屋久悠樹
Yuki Yaku Presents
Fly
Illustration
弱角友崎同學
Lv.9
The Low Tier Characte
"TOMOZAKI-kun"
Level.9
日本小學館正式授權繁體中文版
U0028724

弱角友崎同學

屋久悠樹

Yuki Yaku Presents

Fly

Illustration Fly

The Low Tier Character "TOMOZAKI-kun"; Level.9

Lv.9

角色介紹

友崎文也
高中二年級。弱角。

日南葵
高中二年級。學校的完美女主角。

七海深奈實
高中二年級。開心果。

夏林花火
高中二年級。小個子。

泉優鈴
高中二年級。很吃得開的女孩子。

菊池風香
高中二年級。喜歡看書。

水澤孝弘
高中二年級。志願當美容師。

中村修二
高中二年級。在班上是頭目的地位。

竹井
高中二年級。體格很好。

成田鶫
高中一年級。很多方面都很自由自在。

紺野繪里香
高中二年級。班上的女王。

雷娜
二十歲。愛喝酒。

足輕
「AttaFami」職業玩家。

1 在中毒的情況下到處徘徊最終將會變得眼前一片黑暗

當自己的行為不小心無意間傷害他人。

而被傷害的人對自己而言是很重要的人。

為了對對方、對自己都能誠實以對，人們究竟該如何補救？

在放學後的教室裡，我就只能呆呆地杵在那邊。身體中心有樣東西緊緊絞著我的內臟，那是混雜濃厚懊悔的罪惡感。不久之前我都是一個人過活，從沒有體會過這樣的情感。

智慧手機螢幕上顯示來自雷娜的訊息，看起來別有用意。菊池同學看了就跑出圖書室。我得盡快有所行動才行，能早一秒是一秒，有如黑色藤蔓般的物體纏繞著思緒，讓我來不及行動。雖然我不清楚這究竟是什麼，但那肯定是來自於我的心底。

我做出選擇、展開行動，然後失敗了。導致不好的結果，那是我自己要負的責任。可是因此受傷的人卻不是我。至今我所走的路都是讓自己改變自己，兩者在根本上有著落差。

一切對我來說都很陌生，也不知道該如何應對。因為要為其他人的心情變化負責，從實際層面來看必定有執行上的困難——然而現在菊池同學受到傷害，只有這點是不爭的事實。

那麼除了對接下來能做的事情全力以赴，大概也沒其他選擇。

「……唔！」

我鬆開無意識間咬住的嘴脣，拿起書包跑出圖書室。

總之要動動自己的腳，剝下纏繞在思緒上的藤蔓，想想自己該做些什麼。我趕過在走廊上跟我往相同方向移動的同學們，祈禱自己能逐漸接近現在人不知在何方的菊池同學。穿上從玄關鞋櫃中拿出的鞋子，用衣袖擦拭冷汗，我從口袋中拿出智慧手機。

一打開 LINE 就看見最上面的訊息是來自雷娜。我把那趕至視線外，打開跟菊池同學的對話畫面。

『抱歉，我想跟妳談談。妳現在在哪？』

接著將智慧手機收起來，我再次漫無目的於校園內到處快速走動。雖然被看見的訊息內容容易產生誤會，但實際上我跟雷娜之間並沒有發生過什麼。傷害菊池同學的事實無法抹滅，不過我可以透過言語傳遞事實。想必接下來我能做的事情就只有這個了吧。

最後我終於來到關友高中的正門口。假如菊池同學還在學校裡頭，總會經過這裡，就算她人已經在外面，一旦我得知此事，從這邊也能夠最快離開學校。基於這樣的理由才站在這裡，但也不曉得這樣的推論有多少合理性。硬要說起來，頂多只覺得這套邏輯最能讓自己放心。

一月的空氣冰冰冷冷。離開位在鄉村間的車站再走大概十分鐘左右就能來到位於坡道上的這所學校，而那份冰冷也無情地侵襲著這裡。

好幾組學生從眼前經過。有一些是熱鬧喧騰的團體，也有一些看似感情要好的情侶從我眼前經過，這使得我的心莫名騷亂起來。假如我沒有犯錯，是不是現在也會像那樣，跟菊池同學兩人一同漫步？那些情侶會不會像現在的我一樣，曾經犯過錯誤？

等了五分鐘、十分鐘，遲遲都沒有收到訊息回覆。我再次打開LINE，但也沒有顯示菊池同學已經看過的字樣，這讓我無從改善情況。

「……對了。」

這時我想了想，最後想到一件事情。若沒辦法靠一個人的力量解決，那身為玩家該做的事情就是找人幫忙。我一直以來都是這麼做的。雖然我已經開始能夠駕輕就熟地面對人生，但在戀愛這方面卻還是等同門外漢。那麼為了能夠向前進，該做的事情必定是一樣的。

我在對話一覽表滑動，尋找能幫助我的人。

恐怕這種時候去找日南還不如——

「唔喔喔!?」

就在這個時候，我的智慧手機突然收到通知。是通知 LINE 收到了新的訊息——可是對方並不是日南，也不是我期待的菊池同學。

「……泉？」

上頭顯示出泉在用的用戶名稱「柚子小姐」。若是她沒什麼正事找我，平常我們很少聊天。這令人意外的對象讓我不解地歪頭，而從對話一覽表那邊顯示出的訊息來看，可以推測出大致的狀況。

『友崎你做了什麼好事!?』

有個即時傳來的訊息，內容如上。

照這看來，恐怕她已經從菊池同學那邊聽說什麼了。雖然這麼做並不能解決問題，但有可能可以跟菊池同學聯繫上，或許還能讓事態有所進展。我把那當成救命稻草，點開那封訊息。就在這時。

「唔喔喔!?」

又有毫無預警的狀況發生，這次整個畫面都自動切換，泉的自拍頭像占據了我所有的智慧手機畫面。這樣的經驗有過幾次，所以我知道這是那個，是有人要跟我通話。不管經歷幾次都不習慣，真希望可以先通知等一下會有人找我通話再打過來。我用顫抖的手指在綠色區塊上滑動，把通話接通。

『喂喂喂——!?』

話筒那頭傳來泉那聽起來有點生氣的聲音。

「我、我在。喂喂。」

我壓抑住因困惑、混亂和驚訝連番來襲而越跳越快的心跳，努力裝出冷靜的音調。

『這是怎麼一回事!?』

「是在說……？」

泉劈頭就提出沒頭沒腦的質問，語氣上氣沖沖地。按照眼下情況來看，大概是在說我跟菊池同學的事情，但她就只說「這是怎麼一回事」，讓我不知道該從哪回答起。

『還說什麼說！快點回答問題！』

「原來是在問問題嗎……？」

我一頭霧水，但碰到這樣的情況大概無法讓人保持冷靜。看來這下我要邊釐清對話條理，邊跟她對談比較好。

「……是在說菊池同學的事情吧？」

『那還用說！』

「原來說對了嗎……？」

我被她橫衝直撞的對話方式搞得暈頭轉向，那樣反而讓我恢復冷靜。像這種時候對方如果很激動，原來我會變得冷靜下來啊，嗯。

「那表示菊池同學把事情都跟妳說了吧？」

『當然是那樣啊！這是在幹麼，別轉移話題！』

「原來這是在轉移話題……？」

微妙的是，我們兩個一直雞同鴨講，但每次都回話，感覺無法讓對話繼續。於是我決定先等泉說重點再說。

『我真是看錯你了，友崎！竟然外遇!?』

「不，說那是外遇……」

我在否認時答得模稜兩可，不曉得她是聽別人怎麼講的，才會有那樣的說法，因此我也不知道該從哪邊開始說明才好。不過照這個狀況來看，菊池同學肯定去找泉商量一些事情了吧。而身為商量對象的泉都這麼說了——表示菊池同學大概也抱持類似的感想。

「呃——抱歉，總而言之我並沒有搞外遇之類的。但我想這之間還是有產生些誤會，所以想跟菊池同學好好談談……不過……」

我盡量讓自己用沉穩的語氣說話，話筒那端泉的聲音卻頓了一下。

『……好可疑。男人都那樣說。』

「什麼啊……」

『總而言之！你先過來這邊一下！』

「這、這邊？」

『啊啊真是的，你應該知道吧！』

「我、我會知道嗎……？」

『我現在把地點傳給你！』

「喔、喔喔……」

被行事風格總是有點跳躍的泉搞糊塗的我，還是正色等待訊息到來。

＊　＊　＊

而我目前就在學校附近的家庭式餐廳裡，脫下鞋子在沙發上跪坐。坐在我眼前的有泉跟另一個人——中村。

「……事情就是這樣。」

在跪坐的我低著頭，那兩個人八成正在俯瞰我的頭頂，我則對他們說明這次的事情經過。完全就像是在神明面前懺悔一樣，我等著眼前這兩尊神明開口。

「嗯——」

中村用看似感到無趣的眼神盯著我，拿起裝了薑汁汽水的玻璃杯喝了起來。那是家庭式餐廳提供的免費飲料，喝起來應該很甜才對，可是被中村一喝，看起來就變得很辣。

在他旁邊的泉用認真神情看視我，接著像是恍然大悟一般，微微地嘆了一口氣。

「原來啊，原來是那樣。」

「是的……」

剛才我解釋的內容包含我開始去參加 AttaFami 網聚。在那邊遇到名叫雷娜的女人，她積極接近我。我用委婉的方式跟她拉開距離，卻又有點被她牽著鼻子走。

還有——之前那則 LINE 訊息一不小心被菊池同學撞見，這也講了。

「好吧……感覺很像友崎會做的事情。對不對？」

只見泉皺起眉頭，同時發出嘆息，還看著中村像是要徵求他同意。

「對啊。你太遲鈍了。」

「什麼……」

中村那番話對我造成衝擊。說到中村就聯想到遲鈍，提起遲鈍就會聯想到中村，泉那顯而易見的好感表現就連我都看得出來，中村卻一天到晚忽略掉，簡直就是遲鈍的代言人，我卻被他這樣宣判。

「可、可是我覺得這樣講很明白了啊……」

「這套說辭，你還沒有跟菊池講吧？」

「嗚……」

居然在這方面被中村說教，那讓我大受打擊，但仔細想想，中村已經跟泉交往好幾個月了。還有光就聽說過的傳聞就來看，他之前已經與好幾個人交往過，跟我比起來等級上肯定差了好幾級。但我就是覺得不服氣。

「話說——你有跟她好好談過了嗎？碰到這種事情，解決的方法就只有大吵一架再好好談談了。」

「……也是啦。」

中村這話說得彷彿他曾經經歷過，我聽了非常能夠體會。因為他的臉太可怕，所以給人過分強烈的強權印象，但撇除這份恐怖不談，他提到的內容也確實讓我覺得有道理。不甘心。

不過實際上確實如中村所說吧。對如今的我而言，就只有去找菊池同學談這個辦法可行。

「是說——你們兩個怎麼會知道這件事情……？」

當我把心中的疑問問出口，泉就接著說道「啊——那是因為……」。

「之前新年參拜的時候不是有跟她聊天一陣子嗎？後來我跟風香就三不五時會用 LINE 聊天。」

「喔喔。」

這下我明白了。開始交往以後遇到第一個寒假。我跟菊池同學兩人一起去冰川神社做新年參拜，碰巧遇到泉和中村這兩個人。當時還在想菊池同學跟泉聊起天來意外熟稔，沒想到已經要好到連 LINE 聊天都在聊了。

「她找我商量很多事情。但我在這方面也不是很厲害，還在煩惱該怎麼辦才好。」

「原、原來是這樣……」

然後她二話不說就把資訊分享給中村，不過男女朋友就是這個樣子吧。如果有人來找我諮詢戀愛問題，我可能也會去找菊池同學商量。

「不過呢，友崎你那邊真的就只有這件？」

「這件是指？」

看到泉抬眼用窺探般的目光看我，我如此回應。

「不只是那個女孩的事情，根據我聽說的，好像有更多問題。」

「……更多……」

我把她的話重複一次，開始回想最近發生過的事情。比較重大的就是雷娜這檔事，但確實一些小矛盾發生的機率比之前更加頻繁。

「像是在許多時候剛好都有安排活動……不太有機會找時間跟她兩人獨處？」

緊接著泉臉上神情彷彿像在說「好吧果然」，用這類猜中一半的絕妙表情看我。

她看起來好像有點傻眼，這是為何？泉維持著看似受不了我的眼神說道。

「嗯，大概就是這樣吧，不過更重要的是活動中發生的事不是嗎？」

「……意思是？」

我沒有完全會意過來，催促她繼續說下去，結果泉就「唉」地嘆了一口氣。

「好比說大家一起去小玉家裡玩，好像還跟深實實聊了許多重要的事。」

然後泉依然維持那種拿我沒轍的語氣，把後續的話說完。

「還有去參加類似那種網聚的活動，跟葵兩人單獨相處等等。」

就在這瞬間，我背上有冷汗流下。

雖然從她說話的語氣聽來，只是在陳述好幾樣事情中的一樣，但我知道自己的腦子裡有種溫度一口氣驟降的感覺。對喔，怪不得會變那樣。

我要求自己盡量不要有所隱瞞，所以一直有在參加 AttaFami 網聚的事情都跟菊池同學說了，還跟她表明日南也有一起參加。光說這些並不會讓人窺見日南私底下的另一面，但總會讓人覺得哪裡怪怪的吧。

「對、對喔。」

我邊控制自己的說話音色以免亂套，並點頭回應，結果泉接下來說的話像是在責備我。

「我說你，知道是哪部分做得不好嗎？」

可能是因為我跟日南他們關係要好的事情早就人盡皆知了吧？幸好泉看上去並沒有對這部分特別糾結，而是讓話題進展下去。

只不過，剛才她說這些已經讓我弄明白了。就算交往的對象是菊池同學好了，或許什麼都跟她說也不見得是好事。關於日南跟我的祕密關係，可不能因為我的失誤一不小心洩漏出去。

我得更加小心才行。我吸了一口氣在心裡暗自打定主意後，把目光拉回泉身上。眼下重要的是我跟菊池同學的事情。

「應該是把菊池同學丟在一旁，跟其他朋友一起玩的機率太高了吧……可能害她感到寂寞之類的。」

我邊參考泉說過的話邊回應。接著不知道為什麼泉又發出嘆息，中村則是眉頭深鎖。

「怎麼這麼笨啊，你真的很遲鈍耶。」

「什麼……！」

這是今天第二次，我被中村說遲鈍。而且在他旁邊的泉看起來還非常認同，一直在「嗯嗯」地大動作點頭，看來在場所有人都認為我有罪。

「嗯──這樣看來八成兩人想法還是有些出入，是溝通得不夠吧？你何不反過來站在她的立場想想？」

「反、反過來想想？」

只見泉點了個頭，整個人在桌面上向前探身，凝視我的臉龐。

「假如風香說回家時有人會跟她坐到同一個車站下車……對了。」

說到這，泉的眼神向上飄了一下，然後對我做出犀利的試探。

「如果她跟『橘』一起頻繁地放學回家，你會怎麼想？」

「──唔！」

泉特別強調了某個部分，這下我總算明白事情看在菊池同學眼中是什麼樣子了。

「唉，總算注意到了？」

「……對。」

仔細想想是那樣沒錯，應該說她理所當然會那麼想。

在我心裡，跟我一起遊玩的人們頂多就是朋友，不會有進一步發展。但那些想法就只有留在我心中。

「看在菊池同學眼中，與其說那是其他的友人——不如說她看了會覺得那是其他女孩子吧……」

泉一拿橘來比喻，我就在那瞬間明白。菊池同學在看我做那些事情的時候，只覺得是男朋友跟朋友一起去玩——其實根本不是這麼一回事吧。而我在不知不覺間，一直在傷害菊池同學。

「總之，你能明白就好。那接下來你自己看著辦吧。」

「我自己……？」

我現在根本聯絡不上菊池同學，才要講這句話而已，那兩個人就莫名其妙地不再看我，而是看向我背後，這連我都看出來了。他們兩個臉上還堆著微笑。

感到疑惑的我轉頭朝著後方看去，結果發現——

「菊、菊池同學……!?」

菊池同學就站在那邊。她用困惑的表情看著這裡，等等怎麼突然會出現這種狀況。原本還在想是不是至少能找些機會跟她談談，現在卻像這樣，在毫無預警的狀

況下和當事人面對面，害我不曉得該做何反應才好。

我慌慌張張地回看泉和中村，發現那兩人用一種暗自竊喜的表情互相張望。這下我懂了，原來我被設計了。

「友、友崎同學……？」

然後神奇的是，菊池同學看到我也有驚訝反應。這代表菊池同學並不知道我在這裡，我跟菊池同學同時遭到算計。

簡單講這都是泉和中村的策略，在我跟菊池同學很難見面的情況下，雙方都不曉得對方就在這裡，在這種情況下被人製造能夠見面的機會……咦？有那麼一瞬間我差點覺得人家在耍我，但其實他們是不是幫了我大忙啊？

當我跟菊池同學見面並感到困惑的當下，我背後突然傳來金屬碰撞發出的堅硬聲響。轉頭看才看見泉和中村在桌上放了零錢和紙鈔，正在收拾準備走人。

「那我們先走啦～」

伴隨著這句話，泉臉上浮現得意的笑容，揮揮手漸行漸遠。中村則是笑得有點樂，用力拍拍我的背。

「你要好好幹喔。」

「喔、喔喔。」

於是我就順水推舟進入和菊池同學兩人獨處的情境。

＊　＊　＊

我們兩個面對面坐在可以坐四個人的包廂式座位上，一陣沉默籠罩。

那裡放了兩個原本裝了薑汁汽水和冰紅茶，現在已經變空的玻璃杯，還有我跟菊池同學裝來充數的兩杯冷開水，隔著一張放了這些東西的桌子，我們面對著彼此。

我該說些什麼，又該問些什麼？可以肯定的是一定要先解開誤會，我也知道自己不該找些娘娘腔的藉口。根據從泉那邊聽來的消息，問題不會只出在那些別有用意的LINE訊息上。那麼我該解決的問題點，應該在於別的部分。

可是我該跟菊池同學說些什麼，該如何改變我們兩個的關係，才能夠挽回這一切，還有我往後想怎麼做，這些我都還沒找到答案。

猶豫不知該說些什麼的我開始整理思緒，這時突然有人開口——

「對不起！」

菊池同學沒頭沒腦地對我道歉。

「……咦？」

我眨眨眼睛。就連我自己都感覺到了，我快速眨了好幾下眼睛。

「先等等，為什麼菊池同學妳要道歉……」

再來不曉得為什麼，菊池同學看似尷尬地低下頭。之後三不五時偷看我，並且輕啟那對薄唇。

「那個……先不說友崎同學都跟人傳了什麼樣的 LINE 訊息……我擅自看了那些，覺得這不是很好的行為……」

「——唔！」

我胸口突然湧現猛烈的罪惡感。我讓菊池同學露出那麼悲傷的表情，卻害她先跟我道歉，這是在做什麼。

「等等，不對。該道歉的是我。」

「不，我也有錯……」

「不，原本就該怪我做了讓妳擔心的事情……」

「可是……」

就這樣，一時間我們兩人都不願退讓。而且彼此都反過來主張自己有錯。

這個時候我想起一件事情。那就是中村和泉也曾經說過。若是要解決問題，唯有兩人好好談過。

「我知道了。」

我對著菊池同學伸出手掌，阻斷這一問一答。那讓菊池同學錯愕地睜大眼睛，一雙眼盯著我的手掌看。

我們兩個人的關係是這樣建立起來的。我對菊池同學並非已經有了透徹的了解，但自認一路走來跟她建立起來的關係已經比其他人還要深厚。

那麼我一定能弄明白。考量到我們兩人的關係，知道眼下該說的是什麼。

「的確如菊池同學所說，我認為擅自看別人的手機不是件好事……所以我也認同妳剛才說的。」

我們兩人在一來一往間都主張自己有錯，於是我脫口而出的便是「承認對方有錯」這種逆向操作的主張。但我想這麼做應該不會有誤。

結果菊池同學變得不知所措，卻還是用直率的眼神直視我。

「嗯，所、所以我……」

「不過……妳已經跟我道歉了，我也已經原諒妳。那這件事情就到此為止。」

除了面露微笑，我還清楚地表達看法。

就算做了什麼不對的事情，只要能夠跟對方說明白並且道歉，而且讓雙方都能釋懷，那我認為這就應該獲得原諒。雖說這也許是希望她能原諒我所犯過錯的願望投射。

「我、我明白了……既然你願意原諒我……」

在那之後，菊池同學也接受我的提議。

「那麼，接下來輪到我了。」

在跟菊池同學對話的時候，像這樣認真用言語應對，一字一句循序漸進累積，盡量朝著我覺得理想的方向推進，應該會比較好。而且這樣也比較符合我的個性，我想有助於維繫我倆的關係。

「我讓菊池同學感到寂寞，一個人到處遊玩不是很好，不過……」

假如像這個樣子，認真面對問題並解決，而這樣的做法也能夠看到效果，那我想這次碰到的矛盾應該有辦法逐漸化解掉。

「假如還有其他的……像是妳特別討厭什麼，或是妳有什麼想法，都希望能夠告訴我。」

菊池同學究竟在為哪些事情難過，她想做的又是什麼——換句話說，我想知道自己能夠針對哪些癥結做出改變。

當然說實在的，若我能夠自行察覺固然是最好的，但那是像水澤或日南那樣的戀愛大師才辦得到。我這種戀愛弱角光靠自己的力量，肯定想半天也想不出答案。那麼我就要好好地把能說的都跟對方說，慎重到一條一條指認盤點並做確認，把問題都挑出來，只能這麼做了。

「……那個，我——」

只見菊池同學臉上浮現嚴肅的表情，視線看向斜下方。我想這應該很難說出口吧。因為那麼做就等同將自己的願望赤裸裸地暴露在對方眼前。話雖如此，她還是願意誠懇面對此事，這點從她的表情可以看出。

「我……一直都很支持友崎同學。」

「支持？」

然而當下菊池同學說出口的，卻是些預料之外的正面言詞。我們明明在談先前產生的誤會矛盾，她說這話又是什麼意思呢？不曉得她接下來會說些什麼，我選擇默默等待她把話說完。

「看你去參加網聚，去花火他們家開的店裡玩……這些都讓我感到有點寂寞。但我知道這都是友崎同學為了自己的將來著想，為了自己的目標才會去做……即便不是這樣，友崎同學能夠讓自己的世界變得更美好開闊，對我來說也非常值得開心。」

「……謝謝。」

她將自己的想法如實說出，但仍不忘對我表示尊重。

「所以我並不想干涉這些，想要在背後替你加油……那、那個……是用女、女朋友的身分。」

「嗯、嗯嗯。」

菊池同學說那些話的當下有點害羞，但語氣上很真誠，讓我不由得聽得入神。

「對友崎同學來說，你的世界肯定比我生活的火焰人湖泊更加寬廣。所以跟我以外的人一起度過的時光，對友崎同學你來說一定也很重要。」

「……火焰人。」

唯獨這個字眼，我小聲重複了一遍。

之前為了戲劇一起創作劇本的時候。我們針對波波爾、菊池同學的價值觀談天時，這是一個關鍵存在。

——那種種族只能在特定的環境下生存，是一種與世隔絕的種族。

「因此……我不希望因自己的任性，破壞友崎同學的世界。」

這時菊池同學用那白皙指尖順著桌上玻璃杯的邊緣畫圈撫摸。碰到一些露水凝結成水滴，留下歪歪扭扭的透明痕跡，滑落到桌面上，將桌子表面沾溼。

「友崎同學不是火焰人……而是波波爾。友崎同學為了貫徹自己的道路而要擴展自己的世界，這是很棒的事情。」

菊池同學話說到一半將目光別開，然後又用水潤的雙眼抬眼望著我。那對黑色眼眸看起來很迫切，微微地不安搖曳。

「我跟友崎同學……那個、正在交往，可是……我們兩個人並不會過上完全相同的人生，這點我也明白。因此我知道自己必須尊重這點。」

那聲音聽起來既懊惱又寂寞，混雜了各式各樣的情緒，卻還是依然清晰地傳進我耳中。

「不過……」

菊池同學話說到這邊垂下眼眸，像是在確認些什麼，舔了舔脣瓣。

「我還是會覺得——有點落寞。」

嘴裡邊說著，她露出有些自嘲的笑容。

菊池同學露出那種表情令我感到難受。彷彿身上開了一個洞，一股沉重的感覺沉澱在下腹部處。

「抱歉，假如我之前也有邀菊池同學就好了。」

雖然我那麼說，菊池同學卻還是緩緩地微笑，並且搖搖頭。

「沒關係，我想那樣並非是好事。」

「並非？」

被我這麼回問，菊池同學點點頭。

「因為友崎同學跟我說過。」

在那之後，她對我展露溫和的微笑。

「你叫我別勉強自己，就算居住的領域和人截然不同也沒關係——讓我可以在火焰人居住的湖泊中尋找同伴。」

聽到這話，我才反應過來。

「……對喔。」

我曾經說過那種話。

菊池同學曾經一度迷惘，不曉得是不是必須改變自我，而我對她提出的其中個答案就是這個。

假如學校這個社群跟自己格格不入，那就不用勉強自己在那邊開闢出生存領域。這並不是人生中唯一一條道路。

於是我提議可以在社群網站上尋找跟自己興趣相投的世界，也告訴她該怎麼做。因此茅塞頓開的菊池同學選擇走上「未來要當作家」這條路，現在正朝向那個目標邁進。

假如獨自一人探索世界對菊池同學而言是比較舒適愉快的，那她完全不需要為了接納他人，不惜連自身樣貌都去改寫。

「……我到現在也確實是那麼想的。並非只有改變自我才算得上正確解答。」

於是在文化祭的慶功宴上，我才沒有勉強要菊池同學去唱卡拉ＯＫ，後續跟班上同學聚會也都沒有邀請菊池同學。因為我不希望硬是將她拉到湖泊外面。

只見菊池同學用自己的右手抓住左手，狀似不安地撫摸著那隻手，同時開口道。

「從湖泊之中看著讓自身世界越加寬廣的友崎同學，對我來說應該是很自然的一件事情才對……」

她說話的那對雙唇像是在顫抖著，透露出的音色果然顯得有些落寞。

「我知道自己是火焰人，友崎同學是波波爾……照理說我早就接受這樣的關係了。」

當菊池同學說完這些，她突然變得激動起來，用力握住原本還在撫摸的手指。

「——可是除此之外，看著在遠處過得開開心心的友崎同學，我一方面又感到嫉妒。」

嫉妒。這個字眼讓我湧現一種感覺，覺得胸口那邊滑過一絲冷意。

「我並沒有在懷疑你卻感到不安，想要找到某種能讓自己相信你的證據……在理想上應該是要有正確的做法去執行，那卻跟我的心情漸行漸遠。」

菊池同學吐露出的心聲打在我身上，文化祭當時於圖書室中交談過的內容在腦海中重現。

「那就是說……」

我的話都還沒說完，菊池同學就點點頭。

「這就是所謂的理想，對上個人情感。」

「……唔。」

想要循著應有形式前進的理想，對上從自己心中湧現的心情。

總結起來就是——矛盾。

人並非只依循正確的邏輯，也不是單憑那份衝動的情感，而是兩者兼備地活著。於是心中的理想和個人心情就會產生矛盾，這樣的窒礙往往會產生痛苦。

我在這之中加上了「只要於矛盾中同時追尋兩者就行了」這樣的說法，賦予其意義，找到在相同事情上做法與我完全相反的夥伴，抓住能跟她交往的理由——然後憑著自己的意志選擇了菊池同學。

可是這次的情況又是如何？

「友崎同學確實選擇了身為火焰人的我……但我卻沒辦法離開湖泊到外面。」

假如在這段矛盾的關係中，我是用了一些話術創造出理由，讓這段關係得以連結，但那個接縫已經開始滲漏。

「如果只有我一個人沒辦法離開湖泊，那我接受這樣的世界就好了。在自己能夠存活的世界中尋找匹配自身情感的話語來跟人溝通，那就解決了。」

假設那不只是存在於自己心中，而是「基於跟某人的連結和關係才產生矛盾」。

這時該改變的是什麼，又該貫徹些什麼？

很少看到菊池同學像這樣失去冷靜，她用吸管不停攪拌裝在玻璃杯中的透明清水，同時怯弱地開口。

「可是——」

明明沒有出口，那些水流卻形成了漩渦，最後終究像沒了電的玩具般停止。

「跟無法離開湖泊的火焰人相結合的，若是和所有種族都相處融洽的波波爾——那火焰人和波波爾該怎麼辦才好？」

這話就好像一語道盡我跟菊池同學的關係。

看得出她是針對這點思考過的，也對我跟菊池同學之間橫生的問題提出疑問。想必這是比預期中更難解決的問題。

我拚了命地絞盡腦汁。

現在我該說些什麼，該針對哪些重點改善。

菊池同學用有點落寞的眼神望著我，這之中包含了這幾個月來累積的各種預感與不安吧。

「菊池同學。」

我要自己特意營造出給人穩重感的語氣。

即便那是透過技能創造出來的語調，若要將自己的心意傳達給對方，這麼做還是必要的。

受到泉和中村的鞭策，現在又在這得知了菊池同學的想法。

我不會說自己能夠明白她心中所想的一切，但依然可以盡自己的力量努力去想像。

這種時候最重要的一定是「個人感受」。

「讓妳感到寂寞，對不起。」

接下來，我選擇直率地望著菊池同學的雙眼。

「讓妳感到不安，沒能仔細跟妳解釋，很抱歉。」

我在戀愛這方面完全沒有經驗，根本不曉得遇到這種狀況該說些什麼。然而現在在我眼前正感到悲傷的不是火焰人也不是克莉絲，而是菊池同學。那麼我該要珍重的人，當然就只有她了。

無論何時，我擅長的都是將自身想法坦承相告。既然如此，為了好好對待某個重要的人。現在我所能展現的，就只有那個率真的自我。

「……好的。」

菊池同學用真摯的態度接受了我的道歉並點頭。

「希望妳能安心……那個……」

為了要徹底抹除菊池同學的不安，我想要用自己的話，道出自己的想法——

「我喜歡的就只有菊池同學一個人。」

當我說完這句話後，時間像是瞬間停擺了。

「那、那個……！這、這、這……！」

不管是誰聽見了，都能夠聽出那語氣很著急。一抹紅潮彷彿都紅到能夠聽見煮沸噴氣的聲音了，那現象就出現在我身側。

「謝、謝謝……！」

這些幾乎都轉化為熱源，不知不覺間那股溫度也傳達到我的臉頰上。搞不好我從一開始就已經是這副模樣也說不定。

「嗯、嗯……」

在我們兩人身上湧現的熱度，緩緩將剛才那冰冷停滯的空氣推擠掉。

至少偷偷潛伏在腳邊的毀滅性預感已經不復存在。

這份真摯的心意令我們兩人心跳加速。雖然身為戀愛新手的我不曉得該如何處理，但就在這一刻，那份暖意久久都未曾消散。

＊　＊　＊

之後我來到距離菊池同學住家最近的北朝霞站。

「那個……謝謝你特地送我回來。」

當我在家庭式餐廳說完那些讓人難為情的話。後來我們兩個人聊了一陣子，想要共同找出能夠攜手填補代溝的方法，為了彌補我們之前錯過的時光，我決定要努力增加我們在一起的時間。

既然如此，外面天色也暗了，我提議來實踐在我的認知中，經常會出現的戀愛橋段「送人回家」。話說就連這種事情我也完全沒做過，這可能會成為我的死穴。

下了電車的我們來到檢票口附近，結果菊池同學突然停下腳步。

「那、那就到這邊……」

「……咦？」

「那個、你已經送我到車站了……」

菊池同學客氣地開口，有些難為情地低頭望著下方。嗯。

但我可不打算這樣就算了。

「既然都來了，就讓我送妳到家門口……呃──前提是菊池同學不討厭那樣就是了……」

「我、我不討厭！」

這時菊池同學突然用力抬起臉龐，嘴裡一面吐出這句話，然後又慢慢地低下頭。

「我不討厭……反而還很開心……」

菊池同學的話說到這邊，語尾越來越小聲。

接著她用洩氣的表情點了點頭，再客客氣氣地望著我。不過菊池同學在想些什麼，我大致上能夠猜到。因為我也跟她一樣。

「……覺得過意不去？」

「那個……是、是的。」

對。肯定是因為之前大部分都是一個人走過來——所以會不願意只有自己單方面接受別人的付出。那是因為要讓別人替自己做些什麼，往往都會給對方添麻煩。

「這沒什麼。話說……其實……」

於是再一次，我打算表明自己是怎麼想的，要將自己的想法如實告知——然而在說出口之前就已經讓我感到害臊。

畢竟聽起來實在太蠢了，或者說太過愚直。

那太像以「戀愛」為主題的故事會出現的場景之一，害我有點難為情。

「……其實？」

等著我把話說完的菊池同學，眼裡含著些許期待，搞不好她已經察覺些什麼了。

「呃……」

「嗯。」

菊池同學做出的回應就像是在催促我一般。這是怎麼一回事，我好像有種窮途末路的感覺。

在這邊乾著急也不是辦法。我心一橫下定決心，要把心中浮現的那句話說出來。

「我！我希望能夠盡量跟菊池同學在一起……長長久久。」

「……！謝、謝謝你……」

緊接著我們兩人再次雙雙成了紅通通的熱源。剛剛才在家庭式餐廳說了讓人丟臉得要死的話，這次又換成在回家路上的車站上演這一齣，我們這是在幹麼。

「那、那麼……我們就一起……回到妳家門前吧。」

「嗯、嗯嗯。」

後來我們一起離開檢票口，開始在夜晚的街道上漫步。

＊　＊　＊

一月下旬。隨著落日西沉，提醒我冬天依舊冰冷，可是我卻不覺得冷，肯定是因為旁邊有某個人在。

埼玉這裡的夜空看不到多少星星。只能看見為數不多的幾顆星子，它們正發出專屬於眼下這一刻的美麗光芒，美得讓人心揪。

夜風為臉頰捎來寒意，我走在北朝霞的步道上。跟人坦言許許多多的真實心意後，後續迎來一段安穩的沉默，不會讓人覺得坐立難安。不需要刻意多費心思，不過這種氣氛會讓我體認到我們兩人真的是在獨處散步，我很珍惜這種氛圍。

「友崎同學……你為什麼會選擇我呢？」

像是不經意洩漏了祕密，對方突然落下這麼個疑問。輕輕柔柔地，我則像是要將之收拾，謹慎珍重地調整自己的語氣。

「怎麼會問……為什麼？」

「就是……在友崎同學身邊，明明有很多頗具魅力的女孩子，我在想為什麼是我？」

「呃——這是因為……」

稍微想了一下，我最後得出一個答案。

而那也是之前某一刻，曾經在圖書室跟人說過的話。

「好比是假面具和真面目……理想和真實心情。這樣的矛盾之中所擁有的煩惱恰恰相反，不過仔細想想又覺得有相似之處……那就好像是奇蹟一樣，因此會覺得對方很特別……大概是這樣。」

我這話才剛說完，菊池同學就有些不滿地仰望我，還噘起嘴脣。

「這是要拿來解釋這段關係很特別的理由吧？」

「咦，那樣很奇怪？」

當日南問我要選誰，要我從中選出一個人的時候。我便尋找起跟人交往的理由。在這段期間被菊池同學吸引，才在戲劇演出結束之後跟她告白。

這難道不能直接拿來當成選擇她的理由嗎？

「是不會奇怪，但是……」

只見菊池同學看似害羞地望向斜下方，兩手的指尖交握，有些難為情地扭動身軀。

「友崎同學你為什麼會選擇我……為什麼會喜、喜歡我……我想知道這個。」

「我、我嗎？」

當我說完，菊池同學就有些著急地點了兩次頭，動作很細微。

「我在想，理由和個人心情應該會有出入……」

這句話讓我明白過來。

我得出的理由，只是為了讓我們兩個人的關係顯得特別才在後來加註上那段話，也就是找個理由捏造出理想。並不是我在心情上會受菊池同學吸引的理由。

可是被人問究竟是什麼樣的理由，我會覺得很難去說明。

「是什麼呢……是跟妳一起創作戲劇劇本，然後……」

這條寬廣的道路上沒什麼車，路延伸到河川上方，有陣風搜刮了河水的寒冷氣息再吹過來，讓我們二人的髮梢隨之搖曳。天空和水面都染上了夜色，那酷似煙火大會之後的寂靜，跟從戶田橋看見的景色相仿。

「透過故事能夠更認識菊池同學……那對我而言很有魅力，會覺得……想要守護妳，一方面也萌生了這樣的情感。」

我在說話時一面回想兩人一起度過的珍貴時光。

「就在那個時候，菊池同學認真的模樣，為了克服自身遭遇的艱難問題，顯得積極樂觀，這看在我眼中真的好耀眼……」

「嗯、嗯……」

這都是真心話，我越說越難為情，大概是菊池同學也聽出那是我的真實心意了，她的臉龐跟著變得越來越紅。

「原本我們的想法就有某些相似之處……所以我能夠對菊池同學的煩惱感同身受，在跨越這些難關的時候，會引起我的共鳴，讓我的心悸動……」

「謝謝、謝謝……」

我們兩人臉上的紅暈又變得更深。這裡是少有街燈的住宅區。在這架於寬廣河面的橋梁上頭，歷經的時光安穩祥和，卻只有我們二人顯得手忙腳亂。

「所以不知不覺間……那、那個，開始覺得妳很重要……然後好像就喜、喜歡上妳了……」

「——！」

聽我說了這番話，彷彿處在引爆點上，菊池同學突然睜大雙眼，當場停下腳步。至於那番話是哪段話，我說不出口。

「我、我！」

菊池同學的音量突然出了紕漏，在步道正中央發出好大的聲音。接著又被自己的聲音嚇到，肩膀瑟縮了一下。

「我、我……對於不論何時總是積極向前，要讓自身世界變得更加遼闊的友崎同學，一直懷抱敬意……」

她頭有點低低的，從髮絲的縫隙間偷望著我。

可是說話語氣非常率直。

「會捉住友崎同學伸來的手……也是基於這樣的理由……」

言詞之間穿插的沉默，被河川那冰涼的潺潺流水聲填滿。

「因此友崎同學要讓世界變得更寬廣……要繼續當波波爾，這些我都不希望它停止。」

聽到她跟我表明了這些心意，我再度害羞起來。

不希望我再也不當波波爾。

那話一定是在肯定，肯定我做自己是對的。

「嗯……謝、謝謝妳。」

一邊調整呼吸，我邊來到離我有點遠的菊池同學身側。當我們雙方陷入沉默，這才察覺自己的心跳有多快，我甚至還想「若菊池同學跟我一樣就好了」。隨著一聲

「噗嗡」聲傳來，一道來自車子車頭燈的光芒劃過，但那個駕駛不會知道我們之間有過這段令人害羞的對話。

我們一起走過那條橋。在那之後經過三棟房子，接下來遇到的第一棟房子似乎就是菊池同學的家。

「今天……謝謝你特地送我回來。」

來到在窗簾後方有溫暖光線洩漏出的家門前。依然帶著熱度的聲音傳進我耳中。

「不客氣。我才是，抱歉之前有很多事情都沒注意到。」

「……沒關係。我才該道歉。」

就像這個樣子，我們又開始互相謙讓，菊池同學說著八成也注意到了吧，一跟我對上眼就朝我輕輕地笑了一下。

「……晚安。」

「嗯，晚安。」

只見菊池同學在我面前轉身，朝著大門走去。打開門後再次轉頭看這邊，在門關閉之前，對著我輕輕揮手。

感到害羞的我也對她揮揮手，接下來一直望著應聲關上的門。

我獨自一人被留在陌生的土地上。但是我完全不會感到寂寞，走上了前往車站的街道。

＊　＊　＊

這天晚上。

我用半是幾近憤怒的力道，在智慧手機上快速點擊。

畫面上顯現出的文字如下。

『不要突然送那種訊息過來。』

這當然是要發給雷娜的，對方可能會覺得我在遷怒，但仔細想想突然聊些色情話題的也是雷娜，無預警傳送『抱歉突然跟你說那種色色的話。』這類言語的人也是雷娜，我應該有這個權利生她的氣才對。

我用力點了一下，按下 LINE 的發送訊息按鈕，接著就像在丟飛鏢那樣，把手機丟到被褥中。那軌道有夠犀利，假如現在是江戶時代，那團被褥早就變身了，而我八成也已經幹掉敵人那邊的一名忍者了吧。

過沒多久手機就開始震動。

「……嗯。」

我悶不吭聲、慢吞吞靠近被褥拿起手機，看完畫面發現對方是雷娜。

『是喔抱歉。那個時間你在學校？被別人看見了？』

「唔嗯……」

對方是那個我行我素的雷娜，還以為她會裝傻到底，卻沒想到她乖乖道歉，讓我體內的忍者之血沉靜下來。將原本準備丟出去的空氣忍具十字釘收回心裡，冷靜地眺望畫面。

「算了……那就不去追究了。」

事情就是這樣，想說接下來再跟她小聊一堆話也怪怪的，就只打了一句『是有點困擾！只要之後妳不再做就沒關係！』。就算她之後會回一些訊息好了，只要我在這個地方將對話終結就沒問題了吧。

不過話說回來，這次是在意想不到的地方產生誤解，害我傷害了某個人。這大概也包含了多半靠運氣破關的遊戲會有的要素在裡頭，光靠我自己沒辦法處理得當。那麼為了盡量減低這類要素，就必須步步為營確認是否有陷阱再前進吧？人際關係不容易，也許在這之中的某些部分不是靠講道理、按邏輯處理就行得通了。

腦子裡邊想著這些，依然躺在床上的我凝望著天花板。

＊　＊　＊

隔天早上。

「喔，一大早就很火熱呢。」

我跟菊池同學「兩人獨處走在一起」，在上學路上被水澤調侃。

看了臉上堆滿笑容拿我們尋開心的水澤一眼，我發出一聲嘆息。

「好死不死被頭號麻煩人物撞見……」

我發自內心感到一陣無力，卻看見水澤笑得很愉悅。

「哈哈哈。你們是怎麼了，要開始一起上學了嗎？」

「對、對啊。」

沒錯。昨天送菊池同學回去之後。我打算要做些事情增加兩人獨處的時光，就用LINE聯絡菊池同學，決定今天早上要兩人一起上學。而且還有確實透過LINE跟日南報備，她說今天不用和她開會了。

當我們兩人一起步出最靠近學校的車站，說時遲那時快，馬上被水澤撞見。

「……嗯——總之，兩位看起來很幸福真是太好了。」

「多管閒事。」

我用半開玩笑的語氣回應，菊池同學則是在我身後偷瞄水澤。發現這點的水澤和菊池同學對望，臉上露出溫和的微笑。

「早安。」

「早、早上好……」

他這舉動未免做得太熟練，讓我很想對他說「喂別勾引她」，但仔細想想，這只是在跟菊池同學打招呼吧。水澤有充分的無罪證明，我也只能迫於無奈接受這現象。

話說這樣的陣仗還真奇特，應該說這樣的組合很少見吧。一方面是因為早上會特地集合、好幾個人一起上學的人並不多，三個人走在一起就變得有點醒目。而且大家好像都在傳我們這對情侶一個是戲劇的編劇，一個是導演，才會湊在一起交往。事實上我也感覺到同學年的同學們有在偷偷看我們。

八成是察覺這點了，水澤迅速跟我們拉開一步的距離。

「那電燈泡就跟到這邊——」

「啊——!?你們居然一起上學！」

水澤的話才說到一半，突然有一道很有精神又不滿的聲音傳來。轉頭看才發現是泉正從後方快步走過來。接著來到要跟我拉開距離的水澤和我之間。雖然這樣變得更醒目了，但既然人數都變這麼多了，我看乾脆就隨意好了。

「你們幾個一起上學還真稀奇！怎麼了？在開作戰會議？」

「沒啊要開什麼會議？」

一被我吐槽後，泉就慵懶地「啊哈哈」笑。然後瞥了瞥菊池同學跟我。

「喔！你們已經和好……看你們那麼要好，真不錯～嗯嗯！」

「對啊，託妳的福。」

水澤應該不曉得內情，泉好歹還是要顧慮到這點吧，她在說話的時候避免提及我跟菊池同學爭執這檔事。八成是緊急收回說到一半的「和好」，硬是把話圓回來。感覺就是很會看場合的現充才會用的技能。

「感情很好啊……」

只見水澤用有點狐疑的表情望著我跟菊池同學。是不是注意到剛才那微妙的突兀了，還是另有其他想法。不管怎麼說，既然泉都那麼努力化解了，我就打算配合她演出，正打算接話，泉就像是突然想起什麼似的，轉頭面對我跟菊池同學。

「啊，話說。友崎跟風香！」

「嗯？」

「是、是的！」

跟我的回應重疊在一起，我聽到菊池同學在回話的時候回得很用力。被水澤和泉這樣的現充包圍，突然被人叫到名字就會有這種反應，這我能體會。因為我也會那樣。

「你們來得正好！有件事想拜託你們，可以嗎？」

「有事想拜託？」

雖然開始跟他們這些現充混熟了，但會被人拜託事情，這種情況還真少見。而且還是拉著菊池同學一起，內容讓人無法預料。

「是說。這次不是要辦三送會嗎？我負責擔任執行委員。」

「噢，是那樣啊？」

三送會，就是「三年級生歡送會」的俗稱。好像也稱作「預先餞別會」之類的。由就讀一、二年級的在校生推出一些活動，歡送那些之後要離開學校的三年級生。相較於畢業典禮等其他活動，關友高中的三送會相對隨興些，由社團或委員會等等的自願與會成員來演出具娛樂性的戲劇，至於座位順序，也美其名按照座號來排，但是在不會擾亂會場秩序的範圍內，允許大家自由移動。

當然對去年的我而言，這份自由最具殺傷力。為了從中逃離，我從一開始就坐在那一堆折疊椅中最邊邊的位置上，展現完美的定位技巧，一直都是靠這樣化解危機，不過——這個三送會說到底究竟是怎麼運作的？

「友崎你知道嗎？關於贈送紀念品的事情。」

「……紀念品？」

這話的意思我懂，但我不知道泉為什麼要特地在這種時候提及。若是要送很昂貴的東西，那我還能理解，但應該不是那樣吧？

「哈哈哈。文也，看來你去年真的跟任何人都沒交集呢。」

「這、這是在說什麼啊？」

「看來友崎是真的不知道吧？」

緊接著泉就突然換上閃亮的眼神，雀躍地開口。

「——命運的舊校徽！」

那個字眼我是連一次都沒聽過，可是水澤卻跟著「嗯嗯」地點頭，再加上連菊池同學都擺出像在說「啊，原來是那個」的表情，極有可能是我太孤陋寡聞。

「那個……菊池同學也知道？」

謹慎起見，我做了個確認，結果菊池同學看起來有些躊躇，用對我充滿體諒的模樣點點頭。

「是、是的……有稍微、聽說過一些。」

「嗯。」

這下子她完全是在顧慮我了。也就是說當我就讀二年級的這段期間，在五月之前我完全像個影子，而剛才說的那些事情廣為人知，反而不知道的人才奇怪吧。很好。

「……具體說起來是怎樣？」

「這個嘛！」

於是我順勢問了菊池同學，然後泉臉上彷彿寫著「這件事就交給我吧」，從一旁飛快地插嘴。也許主題跟戀愛有關，她很想講吧。

「話說在關友高中，不是有現在沒在使用的舊校舍嗎？就是有理科準備室和第一服裝教室的地方！」

「喔……喔喔，我知道。」

在意想不到的時間點上，那個再熟悉不過的地點突然成了聊天材料，大吃一驚的我不忘做出回應。

「大約十年之前，那邊還正常使用，不過從那邊整個搬移到現在的校舍時，無論是制服或校徽，甚至是高中名稱，全部都煥然一新了。」

「啊——……好像有聽說過這件事情，在不久之前這裡還是別所高中，之類的。」

聽說大約十年之前有了重大改革，當時的升學率讓這裡根本稱不上是重視升學的學校，因此舉凡從高中名稱到制服、校舍，甚至是校徽，都從常見的櫻花圖案換成筆的圖騰，徹底將一切朝著注重學問的方向改寫，花不到十年的時間，就把這裡培養成在埼玉縣中足以名列前三大高中的升學學校……在學校說明會上，我彷彿聽過這一段故事。

「然後。在三送會上，二年級生會送紀念品給畢業生，男女代表分別會遞上獎狀和花束，不過——其實就在當下，會趁老師沒看見的時候，三年級生也會偷偷給那兩位二年級男女某樣東西。」

「……哦。」

這麼聽來，也就是說。

「那是改換為現今校徽之前的舊校徽——也就是命運的舊校徽。」

這時水澤在一旁若無其事地插嘴，說話當下還一臉超得意的樣子。

「喂——別這樣！那裡是我最想說的耶！」

「哈哈哈，我知道。所以我才說。」

「好差勁——！」

「多謝誇獎。」

那兩個人還是老樣子，在鬥嘴上完全不留情面。雖然我也已經習慣現充的對話了，可是被這種最速模式捲入，眼睛還是不習慣那速度，實在沒辦法應付呢。

不過我大概聽懂來龍去脈了。

「也就是說……那種現在已經看不到的十年前校徽，會在三送會的那一瞬間傳承下去。」

當我話一說完，泉就點點頭。

「而拿到那樣東西的兩個人，在畢業之前都能因為校徽獲得好運……就算畢業之後依然還是能維繫著絕無僅有的獨特關係，傳言是這樣喔！」

「……原來是那樣啊。」

我邊點頭，邊為裡頭提到的某部分受到些許吸引。

以前跟菊池同學對談的時候也出現過類似用詞，那彷彿映照出我們兩人的關係。

「事實上，聽說今年三年級生中的某兩個人也一起上同一所大學，而且還準備同居呢。」

「啊，沒錯沒錯！聽說他們很快就會結婚！」

水澤說那番話的時候正好重新拿起書包，泉則是開心地指著他。

這也能解釋成在學校常會看見的不成文規矩，可是一想到這扯上十年前換過樣式的校徽，而且同樣的東西還會趁他人不注意每年偷偷傳承下去，就不難理解這為何會讓人覺得具備某種特殊意義。而且正是有很多人都覺得那有特殊意義，才會對那兩個人的關係帶來變化吧。

一面想著這些，我看向左邊——只見菊池同學像是在按壓某樣東西一般，右手手掌放在胸前，雙脣微張。

伴隨著一記白色氣息，菊池同學開口道出話語。

「這樣的傳統還真浪漫。」

「啊哈哈，的確很像在講什麼故事一樣。」

當我溫和地接話，菊池同學就閉上嘴脣微笑，慢慢地點了點頭。我感覺有人在看我，轉頭朝著右邊看去就發現泉和水澤笑咪咪地看著那樣的我們。這兩個傢伙。

——這時我突然驚覺。

「咦……那要拜託我們的事情，莫非是——」

這話才一講完，泉就快活地應道「沒錯！」。

「負責接受那樣東西的人，希望是友崎和風香！」

「要、要讓我們來做……!?」

菊池同學發出驚呼，滿臉通紅。我想她一定覺得很開心吧，可是眼中卻看得見些許不安在搖曳著。

那單純是因為要在人前拋頭露面才感受到壓力，或者是基於別的原因？

「願意拜託我們來做，是我們的榮幸……但為什麼是我們？」

我覺得還有更合適的校內公認情侶，而且我也跟泉提過自己和菊池同學出現誤會的事情。即便只是考慮到這些，我也感到不安，心想著我們真的合適嗎？

緊接著泉回了一句「那是因為！」，繼而開心地道出原因。

「看看你們兩個，已經變成在文化祭上創作了那齣戲劇的公認情侶，會覺得來擔任這種角色非常合適！而且在學校裡知名度也很高，不覺得這樣超特別的嗎!?」

「這樣特別啊……」

雖然後來講的這些令人開心，但我腦子裡依然浮現昨天之前和菊池同學之間的不愉快過往。我們之間的矛盾確實逐漸化解。但要說是不是所有的原因都解決了，這部分我還沒自信打包票。

假如先前繼承了舊校徽的男女都能建立特別的關係——不，應該這麼說，如果能夠營造當事人之間會覺得特別的關係。但以往感受到的矛盾依舊存在。我敢抬頭挺胸說我們兩個之間也能營造出很有默契的關係嗎？

「……雖然我原本還有點拿不定主意，但是今天看到你們一起上學，想說就這麼定了！」

泉話說到一半，聲音一度變小，接著她補了這段話。

「啊——……原來是那樣啊？」

「啊哈哈！還有就是，希望你們兩人能夠一直攜手走下去！」

看到我們兩個出現一些隔閡，泉試著用她的方式來拉我們一把，裡頭也有這樣的成分在吧。

「謝謝妳的好意。可是，嗯——……」

我正在猶豫，水澤就用輕浮的語氣補充。

「文也你不想啊？如果文也不想幹，那我就接收囉？」

「咦!?孝弘交到女朋友啦!?」

「沒有，雖然還沒交到，可是在活動開始之前，我會盡全力攻陷葵。」

「竟然說出那麼震撼的話!?」

水澤話裡充斥挑釁意味。聽起來像是在開玩笑，但這傢伙搞不好真的會採取行動。我再一次看向菊池同學，可能是因為我遲遲沒有給出答案的關係，菊池同學用比剛才更加不安的眼神望著我。

……不過，嗯。這也難怪。

「我知道了，我願意。」

「！」

「……菊池同學也可以接受吧？」

被我一問，菊池同學便隨波逐流回道「好、好的」。

「謝謝你們二位！那事情就這麼敲定了，多多指教！」

聽到泉那麼說，我朝她露出笑容。偷偷把視線拉回來一看，這才發現菊池同學一直低著頭，可是從頭髮縫隙間露出的臉頰變得一片通紅，這項事實令我放下心來。

在這種時候猶豫不決又不能怎樣。昨天好不容易鄭重表達了自己的心意，修復了我們兩人的關係，若是為了這點小事再次令她感到不安，我就沒資格當人家的男朋友了吧。再加上泉還特地幫忙。

——但就在這時。我突然有個念頭。

「……對了？可是泉和中村不來承接這個沒關係嗎？」

這活動乍聽之下應該是情侶都會很想參加的。那麼泉平常似乎就很喜歡跟戀愛有關的活動，她應該不惜毛遂自薦也要參加才對。

在下一刻，泉面有難色地翹起嘴唇。

「這個嘛，我確實想跟修二一起承接那樣東西，想要到畢業之前都跟他在一起……」

她用手指觸碰外套上用來別校徽的孔洞。

「……但是像那樣的小東西，我沒把握修二不會在一年內搞丟。」

「不是吧，原來是基於那麼現實的問題啊。」

最後一刻冒出完全沒半點浪漫氛圍的發言，害我差點站不穩。

＊　＊　＊

這天的休息時間到來。

「嗨。」

我正在收上一節課的教科書，水澤迅速竄到我身邊，過來跟我說話。他嘴角揚起、含著笑意，當這傢伙帶著這種表情來跟我說話，八九不離十都是要來捉弄我的。雖然也滿常因為這樣化解危機，可是照時間點來看，這次應該不會那樣吧。八成是為了跟菊池同學一起上學，或是那個舊校徽的事情，這才跑來調侃我。

「有什麼事……」

我用疲憊的口吻回話。這是為了讓他感受到「你又來了」，才表現得這麼脫力。快點發現，快發現我的小心聲。

「我說文也。」

然而水澤完全沒把我那種表情當一回事，而是挑起一邊的眉毛，展現平常那副德行。

接下來稍微頓了一下——這才開口說了那麼一句。

「關於剛才提到的舊校徽，去接沒問題嗎？」

「問我有沒有問題……在說哪部分？」

這突如其來的提問令我摸不著頭緒。而後水澤臉上的神情依舊沒變。

「沒啦，只是想到你不是跟菊池同學吵架嗎？」

「咦……你怎麼知道？」

那讓我大吃一驚，不由得反問對方。

水澤今天早上不只是撞見我跟菊池同學要好地一起上學，甚至還把我答應接下命運舊校徽的過程從頭看到尾。所以我才猜想他會過來捉弄我，嘴裡說著「唷——唷——真有你的～」這類話語，不料他卻對我拋出完全相反的質問。

……照這樣看來，背後肯定有鬼。

「是從誰那邊聽說的嗎？」

我腦海中立刻浮現中村的臉龐。泉剛才一直在替我們巧妙隱瞞，從她那邊聽說的可能性應該不高，可是在現充群組的情報熱線中，跟其中一個人說了祕密，耳提面命說「只能講給信賴的人聽」，然後那個人就會跟一到兩個人說，最後往往會搞得人盡皆知。

「沒呀——？我什麼都沒聽說。」

「是這樣嗎？那你怎麼知道？」

「哦。這麼看來是我猜對了？」

「嗚……你好奸詐。」

只是抓到一點語病，三兩下就被看穿心思。這表示我實在太嫩了，可是在這種情況下對水澤說什麼都會穿幫，就算我想隱瞞好了，也只會使得事態發展有違期望，這部分我已經學到了慘痛教訓，於是我決定直截了當反問他。

「啊——對啦是那樣，我們吵架了。為什麼你會知道啊？」

水澤接著朝整個教室晃了一眼。大概是在確認附近有沒有人在聽我們說話吧，還是在搜尋菊池同學的身影？總之他似乎沒發現什麼問題，這下再次撇嘴笑著開口。

「那是因為之前總是各自行動的你們突然兩人一起上學，我就在猜可能是那樣。」

再次聽到那種沒頭沒腦的言論，我為之困惑。

「……那是什麼意思？開始一起上學，看起來反而是變要好了吧？」

我話才剛說完，水澤就呵呵笑，晃著手指說「嘖嘖嘖」。就連那可恨的表情都有加分作用，讓他看起來很有型，但我是中招的當事人，就變成在心裡暗道「這臭小子……」。

在那之後的水澤開始一臉得意忘形地發表高見。

「文也你聽好了，交往中的男女朋友突然開始在意這樣的『形式』，那就證明是想要掩蓋兩人有過不愉快的事實。」

「嗚……」

「喔，猜對了吧？」

一樣還是那種吊兒郎當的語氣，當我回過神，他就已經快手快腳地逼視我的真實想法。緊接著水澤直接手一劃，指向我的胸脯。

「反正我看八成是對人家說了『抱歉讓妳感到寂寞，想要增加兩人獨處的時間，今後一起上學吧。』，諸如此類的吧。」

「喂，是不是有人跟你提過？」

甚至令我懷疑是不是有在我的書包和其他地方裝設針孔攝影機或小型麥克風，那些猜測準確到令我不寒而慄。

「啊啊真是的，被你說中了啦，真不是水澤同學的對手。」

「哈哈哈。是不是？」

我故意說些惹人厭的話來挖苦他，但連這些都被吸收掉，我根本就拿他沒轍。

「那這之間發生了什麼？詳細說來聽聽吧。」

「……好吧，既然這樣。」

事情就是這個樣子，我移動到教室的角落，決定跟水澤說說先前發生的事情。

「——怪不得你們會吵架。」

我把跟泉和中村說過的話再說一遍，結果水澤就用超漫不經心的語調如此回應。

「不過，這是常有的事情。」

「不、不對……我可是認真的……」

當我為這樣的認知差異戰鬥時，水澤輕聲哈哈笑，嘴裡說著「知道知道」並制止我。然後像平常那樣挑起一邊的眉毛，用老神在在的表情望著我。

「雖然是那樣，你還是先聽聽吧。」

「喔、喔喔。」

我一不小心就被那自信滿滿的語氣牽著鼻子走。

水澤開始用輕鬆的姿態跟我闡述，明明只是在休息時間於教室牆邊對話，不曉得是因為他的姿態使然，還是說話語氣的關係，讓我有種這片空間被獨立出來，只剩我們兩人在講話的錯覺。我懂了，這傢伙總是用這招追女孩子。

「首先，明明都在跟菊池同學交往了，卻跑去跟其他的女孩子遊玩，文也也有錯吧？」

「說、說什麼其他女孩……」

「哈哈哈。但我也沒說錯不是嗎？」

「是那樣沒錯……」

確實單看表面會給人那種感覺，但怎麼這樣說話。

「話不能那麼說。女孩子就很看重這樣的『形式』。」

「形式……」

當我喃喃自語重複這個字眼，水澤就悶不吭聲地笑了一下，並點點頭。是要說接下來換我自己想想看對吧。你這是在當優良導師喔。

「在意內心層面不如把重點放在行動上，是這樣……？」

「嗯——接近了，但是有點不一樣。話說文也靠著直覺應該也能明白喔？」

「咦？」

面對這段意想不到的話，我為之困惑。

「因為你都會為了跟她和好，決定做些像是『送她到家門前』或『早上兩個人一起上學』，這種很像情侶會做的事了？」

「……啊。」

當我恍然大悟並發出呼聲後，水澤更是自以為是地擺出得意神情。

「這下懂了吧？」

「意思是說我現在正在實行戀愛會有的『形式』……？」

在水澤的敦促下，我將自己的體察道出。怎麼會有這種輸掉的感覺。不過我是真的輸了。

「就是那麼一回事。」

當我在引導下立刻得出答案，水澤就跟著孩子氣地咯咯笑。

聽他那麼一說，害對方感到寂寞，接著才做出那種「像是情侶會做的事情」，感覺上是一種減輕罪惡感的方式。若說這是表面功夫，那也算是表面功夫吧。

只見水澤一臉暗自竊喜地堆起滿意笑容，得了便宜還賣乖，緊接著發表接下來這番言論。

「既然要跟女孩子談戀愛，原則上不時要注意一下表面功夫，給她們一點甜頭吃。所以你在做的事情，從某個角度來看算是正確做法。」

「不對吧，說那是甜頭……講這種話會不會太黑心了？」

當我開口反駁，水澤再次嘖嘖嘖地擺動手指。我看這個人是越來越起勁了吧。

「你之前在做的不也是這樣嗎？」

「……或許是那樣吧。」

例如早上一起上學，看的角度不一樣，就有可能被解釋成「表面功夫」。

看到我點頭後，水澤開心地笑著說「很好很好」。

以結構上來看的確是那樣。因為讓對方感到寂寞，才要用別的形式來填補，補足兩人之間拉開的距離。那的確像是在給甜頭，我的直覺告訴我這活脫脫就是表面功夫。

當我陷入沉思，水澤靜靜地斂去笑意，改為凝視我的雙眼。

「不過，這樣子做——雖然是對的，卻不像文也的作風。」

他說這話彷彿看到我自己看不見的那一面。

因此對於水澤說的話，我又多了一點想聽下去的意願。

「……這話是什麼意思？」

「嗯——該怎麼說呢？」

在回完這句話後，水澤用食指抓抓耳朵下方，再度環顧教室一眼。

那裡有好幾十名同學。在那裡的每個人肯定都有自己的想法，卻又有可能被某個人牽著鼻子走，有的時候會改變意見，在這狹窄的世界中過著這樣的生活。

是為了得到樂趣才跟人對話的？還是為了對話而對話呢？是哪一種，就連那是戴著假面具在說場面話，還是展現真實自我說心裡話都看不出來，已經是很司空見慣的尋常景象。

「所謂的形式再怎麼說都只是在做表面功夫，並非你的本質吧。」

這句話衝著我來，語調上根本就像是在告發我。水澤臉上依舊掛著看不出真實想法的微笑，但唯獨那對目光很認真。

接著他暗中收放，將那笑容收起，視線從教室挪到窗戶那邊。那裡高掛著有冷風吹拂的沉靜天空，想必誰也不知道下一次吹過的風會吹往何處。

「關於這部分……其實我也曉得。」

「我想也是。」

我想起當時那個暑假。想起水澤跟日南開門見山說過的話。

表象與本質。玩家視角和遊戲角色的視角。

大概是知道水澤在跟戴著面具的自己戰鬥，又或者是他可能比任何人都還要了解一直戴著假面具的人。不管原因是哪種，我都能夠理解他說的——我想水澤可能也是如此認為。

「所以我開始覺得不一定要為了符合輕浮男的形象，只顧著做表面功夫……雖然只有一點點的改觀就是了。」

只見他用帶著熱度的語調如此訴說。

「可是文也在做的事情，從某個角度來看都算是情急之下的亡羊補牢吧。因為不管日後再怎麼給甜頭，你都是去參加網聚，一直在跟朋友遊玩的男人，而菊池同學不是這樣的女孩子，這點是不會改變的。」

「……說得也是。」

我點點頭，回想起昨天的事情。

菊池同學說過我們兩人的關係就是波波爾和火焰人。

「照理說文也在這個部分應該算是有潔癖才對，幹那種事讓人有點詫異。如果是文也你，應該會說『那一開始就不該去參加網聚』之類的吧。」

水澤像是要在當下釐清思緒，說話的速度比平常更加緩慢。總覺得這樣的語調，突顯出比平常更加赤裸裸的水澤。

「啊，不過我不認為那樣是正確的解決方式啦，只是覺得文也可能會這麼做。」

「也對……」

聽他那麼一說，我也覺得這次自己找到的解決方法很不像我會做的，有點像是在參考「戀愛」的固有形式，也覺得那並不是最根本的解決方法。

儘管如此，我還是沒有選擇由根本出發的做法，而是選擇去做表面功夫。

為什麼唯獨這次，我會做出那樣的選擇？

稍微對著自己自問自答了一陣子後，我感覺到自己逐漸得出一套說辭了。

「我想……大概是網聚跟自己的將來有關，跟要好的朋友們一起度過的時光，當然也是一段非常開心的時間……跟那些之後可能有機會繼續深交的人遊玩，這也是為了擴展自己的人生，是我為此主動想做的事情。」

從我口中脫口而出的，是再真摯不過的情感。

「哈哈哈。這是什麼啊。小學生的作文？」

被水澤拿話調侃，我拚命反抗。

「少、少廢話。一旦表露出真實心聲，大部分的人都會說得像小學生作文那樣啦。」

這話一出，惹得水澤哈哈大笑，開心地拍拍我的肩膀。

「哈哈哈！或許你說得對。」

之後他還繼續「呵呵呵」地笑，還沒笑夠。不對吧，我說的話有這麼可笑嗎？

「啊——算了不管了啦！總而言之我像那樣思考過後，決定戀愛這部分要用跟人談戀愛的方式去面對，大概是這樣。」

水澤這時才逐漸收斂他的笑聲，似乎明白我的意思，嘴裡小聲說著「原來是這樣啊」。

「嗯，我看你剛剛說的，應該就是所有的想法了吧。」

水澤又像以往那樣，自顧自說了些只有自己聽得懂的話，話說得很吊人胃口。

「……這話是什麼意思？」

「文也你呀。不會想要在戀愛上敷衍以對，便宜行事──」

接著果不其然，他再度露出寂寞的笑容，補了這麼一句話。

「不管是將來的事情、跟朋友有關的事情，還是戀愛這方面……你都覺得同樣重要。」

那讓我大張著嘴，一時間說不出話來。

因為他已經明確地一語中的。

「確實……不管是對戰聚會，還是跟原本就很要好的朋友一起相處，甚至是今後將要擴展開來的人生……我都希望能夠跟自己和菊池同學相處的時間擺在同等位置上，列為優先事項。」

也許某些人會說應該要最看重戀愛才對，或者有些人會說將來才是最重要的。

可是在我的心目中，這些都沒辦法排定優先順序。

「我想也是。」

雖然水澤點頭接受，我卻不知道該怎麼去看待才好，陷入迷惘。

「……這樣做不好嗎？」

當我為了尋求答案去詢問他，水澤就挑起單側眉毛，用輕佻的語氣接話。

「不知道。是說這其實也無所謂好壞吧。」

「那、那不如就這樣——」

「不過呢。」

我才想要肯定自己的一番說辭，水澤就拿出像局外人在看戲的表情，兩手手掌向上一攤。然後在半空中做出抓取某樣東西的動作，撇嘴笑了一下。

「文也你的時間有限，沒辦法全部都選吧。」

「……唔。」

他說得沒錯，那也是我先前就在嘗試的。

「假如你真的要認真以對，那就只能選擇你真正想選擇的。不過，你一直都放棄選擇。」

「喂、喂喂……」

這讓我無法反駁，水澤看來說到興頭上了，他伸出手指指著我。

「而眼下，菊池同學正準備從你的手掌心中滾落。」

「嗚……」

我想這八成就是事件的核心所在。

我要擴展自己的世界，去面對各式各樣的事情。再來就像 AttaFami 中會出現隱藏角色或隱藏關卡那樣，要從至今為止無法做出選擇的事物中，做出各式各樣的選擇。

但那總有一天會超過自己的負荷，那些被推擠到邊緣的，將會陸陸續續從手的外側掉落。換成這次，那指的就是菊池同學。

我學水澤將手掌朝上舉，不停望著手掌表面。

「……若做了太多選擇，總有一天會再也無法擁有某些東西。」

聽我說完，水澤點點頭。

然後當下變得若有所思，稍微頓了一下才緩緩開口。

「關於這點。用你的話來說——不覺得就等同不夠誠實嗎？」

猛一聽，這話聽得還不是很明白。

「……明明是自己選擇的卻無法承擔到最後，那表示太不負責任了是嗎？」

「不，話也不能這麼說。」

水澤在第一時間回應。

「嗯？」

「其實這不只能夠套用在菊池同學身上。」

水澤的視線往上飄，像是在做一場即興發表，話中透著一股熱切之意。那樣活靈活現的表情讓我看得目不轉睛。

「你選了太多東西，其中的某些會自然而然掉落——」

話說到這邊，水澤將原本面向上方的手打斜，動作就像是要讓原本已經擷取到的某樣東西掉落。

「在做選擇的時候明明是自己去選的，但是『要捨棄哪一樣卻由不得你選，只能隨波逐流。』——剛才說的就好比是這樣吧。」

這句話一語道中隱藏在我心中的不忠。

「……關於這點，我確實沒想過。」

「當然。我也是現在才想到的。」

「喂。」

只見水澤笑起來罪惡感全無。那笑容彷彿來自天真無邪的少年。

「是說若要捨棄某些東西，那也要自己來做選擇是嗎……」

「對對……總之，唯獨持續把持住一切算不上誠心以對，可以這麼說吧。」

「……這樣啊。」

這句話確實刺進了我的心坎。

「話說你真的明白嗎？關於優鈴打算將命運的舊校徽託付給你所代表的意義。」

「……這話是什麼意思啊？」

我這話才剛說完，水澤就發出一聲嘆息。

「優鈴她啊，相信你們在一年後依然會持續交往。」

「啊……」

的確，其實我也隱約察覺到了。

那個校徽會由畢業生情侶傳承給在校生情侶。

這代表——「明年也一樣會是這兩個人來傳承」。

「所以說文也，如果你沒那份自信，拒絕也算是一種有勇氣的行為。」

「……我會好好想過。」

我深吸了一口氣，手用力握緊。

然後再一次，去回想自己目前擁有的東西。

在人生攻略中，我除了跟好幾位朋友建立了友誼，還跟人談戀愛，甚至涉足AttaFami——以及。

若是要詳細列舉，根本就列舉不完，雖然不是當下立刻要做決定，但總有一天這之中的某幾樣必定會無法被我列入選擇，遭到遺落的那天將會到來。

「所謂的選擇，那同時也意味著捨棄……」

當我用嚴肅的語氣呢喃完，水澤便一直凝視我，再度開口換上足以挑動人心的語調。

「幹麼說這麼饒舌的話耍帥？」

「喂。」

虧我話說得那麼認真，別在這種時候耍寶啦。受不了，依然是個難搞的對手。

水澤看似漫不經心，實則肆無忌憚地直抒己見。雖然被他捉弄，不知不覺間我也感覺到腦袋裡變得清明起來。

「一邊是表面形式，一邊則非表面。分別代表理智和情感……是這麼一回事吧。」

我喃喃自語，像是在說給自己聽一樣。

想必這就如同以往。

當我在人生中遭遇迷途，看見自己的行為出現矛盾。擋在我眼前的，總是這兩者。

而我看——這次八成也是如此吧。

這部分一定就是我該去思考、去找到答案的關鍵所在。

「……謝謝你給我建議，很有幫助。」

當我坦率地說了這番話，水澤又再次得意洋洋地挑起一側眉毛。

「不客氣——」

接著他原本靠在牆上的身體稍微使勁抽離，開始狀似輕鬆地滑起手機。

那代表重要的對話結束，現在要小憩片刻，要回頭閒話家常——照理說原本該是這樣。

「但是你呀，在事情搞成這樣之前，都沒有去找別人商量嗎？」

然而就在那一刻，對方卻不經意問了我這麼一句。

「不，我有找過。」

一面做出回應，我腦海中浮現日南的臉龐。

「有找過啊？那就奇怪了。」

「你說奇怪，是指什麼？」

面對我的提問，水澤還是用一派輕鬆的語氣應和。

「就是說……你們兩人這次的糾葛，以戀愛而言算是初階中的初階，不管誰聽了大概都會猜到這樣下去不太妙。」

「……唔。」

是出自不祥的預感，還是那份不吉利的情感。連我自己都不曉得，我感覺到有股型態不定的鬱悶感在胸口處擴散開來。

當我去問日南關於這次的事情，她回答「這沒什麼問題，繼續下去就行了」。可是水澤說那是「初階中的初階」，那傢伙卻看不出來，怎麼想都很不自然。

「既然有找人商量，為什麼還扔著不管？」

水澤這一席話，彷彿與我感受到的不對勁不謀而合。

「這是……為什麼呢？」

聽完我的回應，水澤頓時陷入沉默，並用詫異的表情望著我。我不知道自己臉上一直帶著怎樣的神情。

不過，看樣子可能不像是平常會有的。

「……總之，我不至於問你都去找誰商量，這種不解風情的問題。」

在話語的最後，水澤露出足以砍殺人的目光，砍中了我心中脆弱的部分。

「——你可別搞錯商量對象啊？」

2往往在夥伴脫隊之後才會察覺對方有多麼重要

這天放學後。在第二服裝教室。

「聽說你要負責領取命運的舊校徽？」

日南難得問我課題以外的事情。

「消息還是一樣靈通……」

不過我有點意外，這傢伙竟然會特地提起那個話題。因為如果是日南，感覺她好像會說那都是迷信，笨蛋才會相信。

「因為學生會也有參與。話說你是會相信這種浪漫傳說的人啊？」

「這個嘛，算是順勢而為吧。聽說那是持續了十年的傳統，讓我有點期待，而且菊池同學也有意參與。」

嘴裡一面說著，我想起今天早上水澤跟我說過的話。

我跟菊池同學的關係曾經差點走上錯路。必須跟日南確認這件事情才行。

「……對了，可以問妳一個問題嗎？」

「什麼問題，這麼慎重。」

從某個角度來說，與其說那是我心中的疑問，倒不如說更像是在確認。

「菊池同學跟我的關係惡化……日南妳都沒有發現嗎？」

當我用慎重的語氣詢問完，日南先是沉默了一下子，接著就不悅地回應。

「……你問這個問題的意圖，我不是很清楚。」

「就是字面上的意思啊。我跟妳報告過很多次相關狀況。當時妳都不覺得有問題嗎？」

聽了水澤說完那番話。我才產生疑惑。

我覺得這就像是在確認不能窺探的洞穴對側。但我總覺得必須確認才行，於是才對日南那麼說。

「希望妳可以老實回答我。」

「……唉。」

我已經做好要深入挖掘的覺悟，這才問出那樣的問題。但不曉得為什麼，日南像是拿我沒轍似地嘆了一口氣，像是在看某種無趣的東西，眉頭緊皺。

然後用理所當然的語氣說了這番話。

「當然注意到了。知道這樣下去你們肯定會產生摩擦。」

「……！」

那話說得臉不紅氣不喘，讓我不由得情緒高漲。

不是要把我們起摩擦的責任推給日南。只是一種近乎憤怒，或者該說是悲傷的感覺，正衝擊著我。可是一方面也覺得自己早就做好心理準備了，猜想到事情必定是如此。

「那妳為什麼不跟我說？」

像是要照亮洞穴的另一端，我抛出這句話，而接下來會得到怎麼樣的答案，我好像也心裡有數了。日南那表情甚至可以說是有點像在嫌麻煩似的，開始淡淡地說明。

「雖然你們在交往，但不是這樣就能放心吧？反正遲早有一天會吵架的。」

就跟平常一樣，是那個總是很講究正確性的日南葵。

「但也不能因為這樣，就故意不去管出事的導火線……」

我懷著一絲希望做了賭注，拿這句話插嘴，日南臉上的表情卻絲毫未變，而是繼續說明。

「某天起摩擦導致你們分手，這才是最應該避免的結果。那麼第一次吵架其實換個角度看就等於是在練習。原因清晰可見，很好解決，而且事實上還是誤解，那什麼都不做其實比較好吧？這樣算是很簡單的，我想盡早練習比較有效率，才故意視若無睹。」

就跟往常一樣合理，日南頭頭是道地羅列出一套理論。聽起來確實會覺得是一套不具備惡意的理論，擺在那的，只是打算用最短距離抵達目的地罷了。

「事實上，只要你們兩人談過就能輕鬆解決，而且不覺得能因此培養出想說什麼就能說出口的關係嗎？還有優鈴也拜託你們繼承舊校徽不是嗎？光只是這幾天，你們就有不少進展嘛。」

的確在事件過後，我跟菊池同學就能夠敞開心胸溝通了，泉原本很擔心我們之間萌生誤解，還替我們準備了繼承命運舊校徽這種浪漫戀愛事件。單純論發生在眼前的「現象」，這可以說是有所進展吧。

「我明白妳的意思……不過。」

那樣未免對「他人心情」不夠體諒。

這傢伙心裡總是只裝著「正確性」。

「拜託妳下次別再幹這種事。」

在近乎焦躁的情感驅使下，我的聲音微微顫抖。不過這並非對我和菊池同學產生誤解糾葛一事感到憤怒。

而是日南葵果然「是那個樣子」，這讓我恨得牙癢癢的而感到悲哀。

「我說，交到女朋友頂多也只是中期目標喔？為了更有效率攻略往後的遠大目標……」

「日南。」

我反射性打斷她的話。

「……抱歉，拜託妳別再講了。」

我們兩個繼續這樣談下去，讓我無法忍受。

因為這跟那個夏天，跟在北與野站的訣別感很類似。

「……你這是什麼意思？」

只見日南用冰冷的目光看著我。

「我不是在否認妳的價值觀。」

然而這次與其說是拒絕或厭惡——還不如說更接近自衛。

「那是怎樣。」

對。這不是在否定。因為自從那次在北與野站做個了斷後，連同日南這種冰冷又頑固的部分也包含在內，我決定要與之面對、與之親近，宣布說要教會這樣的日南「如何找到人生樂趣」，那也是出自我自身意志。

因此日南還把這種冰冷的正義感用在我跟菊池同學的關係上，我甚至覺得那也是沒辦法的事情。我早就知道日南現在的價值觀就是那樣。

不過。

「若是繼續聽妳說下去，那我對妳的做法、想法。可能真的會感到厭惡……所以現在我不想再聽妳說那些。」

我老實告知心中的想法。

我一直都曉得日南這個人就是那麼想的。在理智面上確實明白這點。

而這樣的想法從某方面來看，總是具備一定的正確性，我已經有過好幾次體認。

——只是。

「就算知道妳的做法是『正確』的，我在心情上還是難免會感到厭惡。」

這話我說得語帶唾棄。

我一直很想了解這傢伙。是真的想去了解她。可是繼續像這樣沐浴在冰冷的正論下，繼續把那一套說辭套用在我對珍視之人做的事情上。

那在我們兩顆心拉近距離前，別說是互相理解了，必定會先讓人感到厭惡吧。

套用在人類身上的，不能只有理論邏輯。

「所以，為了守護自己的心情，我不想繼續聽妳多說。」

至少不想套用在這次菊池同學的事情上，不要在兩顆心已經出現分歧的當下。

「……喔。」

日南在回應的時候，依然面無表情。我可以說是掏心掏肺，內在都毫無保留地用這樣的心情在跟她談話，但日南是怎麼看待那些話的，我完全不曉得。

這是一種不對等的關係，仔細想想，或許一直以來都是那個樣子。

「話說，日南。」

我打算更進一步溝通。

雖然這絕不是在拒絕她。

但我認為那並非眼下優先該做的。

「在這裡開會的行程，要不要暫時先取消？」

聽到我那麼說，日南在剎那間一度睜大眼睛。

「……為什麼？」

日南難得會提出這種用來確認我意圖的問題。我在傳達想法的時候，特別避免讓話語間參雜虛假。

「其中一個原因就像剛才說的，我怕繼續聽下去可能會開始感到厭惡，這是第一個原因。另一個就是——」

珍惜的女友露出悲傷神情的樣子在我腦中掠過。

「我希望增加跟菊池同學在一起的時間。」

如今回想起來，不管是早上還是放學後，我都在跟這傢伙開會，假日還一起去參加網聚——也許比起和菊池同學一起度過的時光，我跟日南在一起的時間更多。

當然我不認為在一起的時間多寡，會跟自己與對方的關係深遠性直接連結在一起，但即便如此，若我已經在跟一個女孩子交往了，而我也想要好好呵護菊池同學。以及做好了覺悟，要由我們來傳承持續了十年的舊校徽傳統。

雖說這份覺悟還不至於如同跟水澤談過的那樣，得去捨棄些什麼。而且搞不好還是「在做表面功夫」。

但最起碼做出決定優先順序的選擇，我認為還是必要的。

聽完我說那些，日南先是沉默了一會，接著極為簡短地點了一下頭。

「我知道了。」

臉上表情依然如同鋼鐵般堅硬，不曉得日南在試圖隱藏什麼樣的情感，甚至連她有沒有情感波動都看不出來。

沒有說出她的心情，就連一些比較觸及內在的話都沒說，什麼都沒講。

「那之後就不定期開會。關於出的課題，該怎麼做都交給你自己決定，只有在我們彼此都有話想談的時候才來這邊。這樣行嗎？」

她說話沒有分毫停頓，我聽了悶不吭聲地點頭。

「好。那若是還有什麼事情，再跟我聯絡。」

日南說話音色聽起來甚至連些許的留戀都沒有。她一點都不抗拒，就這樣接受了提議，這讓我感到落寞，然而那都是我一廂情願的任性決定罷了。

「喔。那就……改天見。」

之後日南頭也不回地離去，目送著她的背影，我想那明明就是我主動提出的，感覺起來卻有點像是日南主動退出。

照理說舊校舍給人的氛圍，已經讓我感到很舒適了。

如今就在這個瞬間，卻為我帶來寂寞不已的感受。

＊　＊　＊

染成橘色的天空，與正要放學回家的學生們相輝映。

我們七個人一起走向車站，乘著風傳遞過來的甘草和泥土香氣包圍著我們，這些都如同往昔那般。

剛才表露出的鋼鐵面具已不復存在，日南在我的斜前方跟小玉玉一起捉弄竹井，人一直在笑。再往前一點點，看到的是今天休息時間和我推心置腹侃侃而談的水澤，正在用輕佻語氣聊著最近於女人圈中周旋的事情，被橘和深實實冷嘲熱諷。

越看越覺得這之中充滿了表象化，甚至讓我覺得沒有一個人表露出他的本質，或是真心之類的。

在空檔之間，我會拿出不用再刻意多想什麼就能做出的現充式回應與笑容來填補，有種自己好像落單的感受。

當我越是無意識融入這個空間，越覺得自己更容易被流放到某個遙遠的地方。

「嘿——換小臂來接！」

這時突然有人叫了我一直都不能接受的綽號，有個書包隨即飛過來。雖然我已經看見了，但不曉得為什麼，身體就是沒有動靜。

「好痛！」

當我用臉接住那樣東西，這個書包就「咚」的一聲落到地面上。一起放學回家的夥伴們當場目擊到，大家都笑得很大聲，不曉得這其中包含了多少真心。我笨拙地牽動顏面肌肉，用開朗語氣應道「抱歉抱歉」，同時撿起掉落在地面上的書包。看樣子這個書包的主人是橘。

「用臉接得好！」

竹井的聲音聽起來很樂。平常他只讓人覺得很吵，可是看他那聲音和表情，可以知道他對眼下狀況是真的樂在其中，這讓我有點放心。

「好什麼啊！」

聽到我用活潑的語調吐槽，大家都笑了。像這樣假裝自己是現充，對如今的我而言已經是信手拈來了。也因為這樣，會覺得這段時光令人感到空虛。

把那樣東西還給橘後，我轉頭面向前方。我的顏面肌肉已經變強了，不太會因為擺出笑容引發肌肉酸痛，但是卻覺得繼續裝出這種笑容，似乎會有其他地方開始痛起來。

「真是的——可以停了吧——？」

「下一個輪到竹井吧，接招。」

那些聲音雖然離我很近，聽起來又像是從遠方傳過來的。我呆呆地望著分不清是天空還是地面的模糊交界處，帶著恍惚的心情混雜在這群人之中，裝出笑臉、說話的語調。我知道越是這麼做，這個世界就變得越來越模糊。

如今的我，是否還能看見多采多姿的世界。

「——軍師！」

就在這時突然有個聲音傳進我耳裡，那宛如藍天般清澈，是徹頭徹尾的開朗聲音。

「……咦。」

「軍師你還是一樣反應遲鈍呢？」

對方像在調侃我，話裡含著玩笑意味。可是那語氣聽起來又有點溫和。

我轉頭過去看，發現深實實正在一上一下動著她的眉毛，我在撫摸剛才被書包打中的鼻子，她則是凝視著我這張臉龐。

「……要、要妳管！」

我朝著深實實的突襲回嘴。經過反覆練習的行動不知不覺問變成反射動作，跟自己是不是真的想做無關，而是身體會自己行動。在格鬥遊戲裡面，這是很重要的，然而放到人生裡頭，不免會有種自己正在被其他玩家操控的感覺。

深實實這時嘻嘻笑，將原本彎曲的身體嘿咻一聲直起。

「啊哈哈！不管怎麼看，你都是在神遊呢！」

「咦，有、有嗎？」

我認為自己有做出像平常那樣的對應方式，因此才會大吃一驚。是不是哪裡做得不夠好。

「有啊——有演過搞笑雙簧的我看得出來！你反應慢了一拍！」

「……哈哈哈，那我甘拜下風。」

在苦笑的我覺得有點開心。有人能夠連這麼細小的變化都注意到。這也算是一種幸福吧。

「你怎麼了？跟風香吵架了嗎？還是肚子餓了——？」

面對她參雜著玩笑話又直來直往的發言，我出現狼狽反應。

「這——……算是吧。」

「算是？」

「算是那個……呃——」

「乾脆一點——————！」

在這之後，就像平常那個深實實會做的，她朝著我的肩膀伸出手掌拍打。由於這實在太過老套，要我避開也是可以，但或許就如深實實所說，為了讓自己乾脆一點，被她打到可能會比較好，於是我就甘願接受了。

可是卻出現一件意想不到的事情。那隻手的角度不像平常那樣跟地面呈現垂直狀態，而是水平的，不是手掌碰觸到我的肩膀，而是手刀的部分撞上來，也就是說這不是深實實牌的拍打，是深實實手刀。

「痛死我了——⁉」

疼痛程度超出想像五倍以上，害我發出超乎十倍想像的喊叫。當然因為我們是一大群人一起回家，所以大家都在看我。拜託別看了。結果深實實笑得很開懷。

「喔喔——！整個人都有精神了！」

「這種做法未免太野蠻了吧！」

結果深實實張嘴燦笑，笑得超誇張。

「很好——！軍師已經恢復了，會像平常那樣吐槽了呢！」

深實實認為我的抱怨是在吐槽，哈哈大笑笑得很愉快。那太有她的個人風格，真累人。

「受不了……」

感到傻眼的我嘆了一口氣，同時覺得很可笑。雖然常常像這樣突然被她牽著鼻子走，但是一旦被捲入就會強制找回朝氣，這也是深實實特有的能耐呢。

「那麼，是怎麼一回事啊～？你們吵架了吧～？」

「啊啊真是的，對啦對啦就是那樣。」

「變乾脆了很好。」

當我自暴自棄地說完，深實實就挺起胸脯露出調皮笑容，滿意地嘻嘻笑。

「為什麼看得出來？」

「咦？那當然是因為軍師一臉為戀愛煩惱的樣子啊。」

「真的假的……」

「而且你今天好像還跟孝弘有過意味深長的對話吧？」

「妳、妳都看到了……」

當時我們的確待在教室角落，看就知道在聊一些祕密……不過這次不只是針對戀愛煩惱，還包括其他煩惱，跟與日南等人的人際交往有關，涵蓋層面甚廣。

「那麼，事情是怎樣呢？友崎選手！可以跟大姊姊我說說看！」

在說這些話的同時，深實實把那個奇怪的吊飾拿到我的嘴邊。我書包上依然掛著樣式一樣但顏色不一樣的同款物品——上面還掛了跟菊池同學一起買的成對護身符。

那讓我心頭感到一陣刺痛，出現某種類似罪惡感的感覺。

「呃——……我們曾經吵過一次架，應該說是出現誤解，當下我有努力化解……但覺得起因都沒有真正獲得解決。」

我邊說邊斟酌用詞，深實實則是嘴裡「嗯嗯」地應和，邊聽我說。

「還有……不是有個命運的舊校徽嗎？」

「啊——對對！已經差不多來到這個時期了啊！」

深實實回了我這句話，馬上就反應過來。看樣子不知道這件事情的果然只有我呢。

「泉問說，可不可以拜託我和菊池同學去接……」

「咦!?那個要給軍師接啊!?不、不公平！」

啊，果然會覺得不公平。害我變得更不安，擔心讓我來接是否妥當。

「不過我們之間起的摩擦還沒有確實解決，我在擔心去接這樣東西是否真的沒問題。」

「原來是這樣啊……話說出現摩擦的原因是？」

被她那麼一問，害我覺得要說出口有點難，想歸想，我還是決定說明一下。

「就覺得……我跟菊池同學之間，好像有某些部分是正好相反的。」

我的腦子裡浮現波波爾和火焰人的故事。

「相反……」

只見深實實稍微想了一下，接著就恍然大悟地點點頭。

「啊！我懂了！是軍師想要跟大家打成一片，但菊池同學卻不一樣對吧!?」

「喔喔……答對了。」

「好耶！八十分！」

「沒頭沒腦的，突然給八十分會不會太高了？」

深實實莫名其妙給自己打了高分，不過這對對話不會造成妨礙，就別管她了吧。反倒是她好像能聽懂我在說什麼呢。

「……不過，妳竟然馬上就聽懂了？」

「咦，有嗎——？」

「因為我跟菊池同學感覺都有點不夠外向……乍看之下不會覺得我們兩人是正好相反的類型吧。」

當我說完，深實實就透過鼻子「哼哼」了幾聲。

「那表示我看人眼光很精準啊！」

「哈哈哈，是這樣啊。」

當我在說這些的時候，我覺得有點開心。

因為她願意看見我比較深層的部分，願意跟我聊她的相關想法。

「嗯～的確越想越覺得你們兩個恰恰相反呢。」

「越想越會覺得那樣？」

這使我出現錯愕的反應。

「軍師會想要擴展自己的世界，而菊池同學……則是想要觀察人類世界，有這種感覺。」

「……喔喔。」

聽了這番說辭，我不由得有所感觸。一個是想要擴展世界的人，另一個想要觀察世界。

我原本是很籠統地說兩人有相反之處，而像這樣換個說法就會發現——

「的確，我們恰恰相反。」

「對不對⁉」

深實實在回話時變得很興奮，接著又「嗯——」地煩惱起來。

「這麼說來，原因就出在這？」

「大概吧……大致上說起來就是那個樣子吧。」

我這話一出，深實實就用食指「咚咚」地敲著下巴，順便嘛起嘴脣。

「不過……那也表示你們兩人很搭不是嗎？所謂的男女朋友，就是要能夠互補。讓人覺得你們兩個很適合來接舊校徽！」

「好吧，這樣說是沒錯……」

應該這麼說，我原本也是這麼想的。

假面具和真心。理想與真實想法。

我們完全是從不同角度在煩惱這方面的事情，我跟菊池同學會互相給予相反的見解，來解決彼此之間遇到的問題。

也因為這樣，我認為那就是菊池同學跟我必須在一起的「特殊理由」，事實上在那個圖書室裡交換想法的瞬間，我覺得對方是很特別的。

可是有的時候現實狀況和心情也會改變這一切。

「那似乎反而會導致嫉妒，或是誤解……」

「……嫉妒啊。」

深實實看起來有點驚訝，不過她表現出來的熱度並不會給人過於深入的感覺，只是在嘴裡如此呢喃著。我開始擔心自己會不會提到太多關於菊池同學內在的事情，想要稍微把話題帶開，這才繼續接話。

「啊——呃……要說最直接的原因是什麼，那就是我去參加 AttaFami 的網聚，沒有跟菊池同學一起去遊玩的次數太多……」

這時深實實皺起眉頭，用別具深意的語調應了一聲。

「啊——……」

「但我真的想去參加網聚，也有其他想做的事情……每次做這些事情就會傷害菊池同學，光靠言語來表明自己的心情，應該也是無法解決的吧……」

「好吧——這也是啦。那就只能在害她感到寂寞後，試著去討好她了吧。」

「唔……」

被人說到痛處，害我差點絆到腳。她說了跟水澤類似的話。

當下那個動作讓我一不小心「吭」地踢到腳邊石頭，石頭就彷彿要從我身邊逃離一般，掉落到側溝內。我低頭大口喘息，抱頭心想「這下該怎麼辦」。

「嗯嗯也就是說，原本以為兩人正好相反會很搭，結果反而因此造成誤解，是這樣吧？」

「就跟妳說的一樣……」

深實實學偵探語氣抽絲剝繭找出真相，身為真正犯人的我全都老實招了。

「不過我能夠體會菊池同學的心情。女孩子是很容易感到不安的生物……」

先是嘴裡「嗚嗚」地裝出在哭的樣子，接著深實實就學彈簧彈了一下拉長身體。

「不過在男女戀愛中，這可是永遠的課題！」

「果、果然是那樣啊……」

聽她那麼說會覺得好艱難，還心想戀愛等級才練到一的我有辦法解決嗎？可是為了不讓菊池同學難過，這是不得不解決的問題吧。

「嗯～……小玉選手妳怎麼看!?」

就在這時，深實實突然把話題丟給走在她後面的小玉玉。小玉玉從剛才開始就一直和日南一起捉弄竹井，竹井嘻嘻哈哈看起來很開心。然而一被深實實點名，小玉玉就二話不說走過來這邊，導致竹井眼眶泛淚地望著小玉玉的背影。這樣可以聽到小玉玉的看法，還能保護小玉玉免受竹井的魔掌玷汙。算是一石二鳥。

「什麼怎麼想的？」

聽到小玉玉問得那麼直接，深實實一把抱住她的手腕。

「是在問性格完全相反的我跟小玉，怎麼會一直在一起！」

感到一陣錯愕的我聽著深實實問出那種問題，想了一下便茅塞頓開。

「啊！的確……會想問這個。」

如此想來，雖然我和菊池同學也可以說是正好相反——但就和我們一樣，深實實跟小玉玉在人格上也是恰恰相反。

一個是對自己沒有自信，但卻比任何人都更懂得融入人群的女孩子。

另一個是對自己沒來由抱持自信，卻不得要領，很不懂得如何融入人群的女孩子。

小玉玉因為遇到了紺野繪里香事件，已經學會掌握要領，大大改變自己的做事方式，但骨子裡最根本的部分依然沒變。雙方是互補關係這點，到現在依舊如此。

即便如此，那兩個人非但沒有格格不入，每天還變得越來越甜蜜……這樣講有語病，應該是說她們得以維持大家都認可的二人組關係。

我同樣與人保持這種矛盾的關係，跟那兩個人有什麼不同呢？

只見小玉玉嘴裡老老實實地「嗯——」了一聲，再來若無其事地開口。

「是深深太纏人了吧？」

「咕啊！」

深實實被小玉玉那毫不留情的言語子彈擊穿心臟。再見了深實實，剩下的事情就交給我吧。

「唔……沒事。」

然而深實實是個堅強的女孩，不過是被射穿一兩顆心臟似乎也沒問題。她搖搖晃晃的身體甩了一下拉回原位，堅強地開口。

「竟然有這種事……如果我不夠纏人，小玉原來會離開我啊……」

「嗯——也不盡然啦。」

這話小玉玉是用很平實的語氣說的。

「不過，有很多契機都是深深製造的。」

「小玉……我的愛。」

「好啦好啦。」

只為了那麼一句話，深實實的表情就大反轉，開始用亮晶晶的眼神看著小玉玉，小玉玉對此視若無睹。

「……可是小玉玉和深實實，感覺上的確像是互補關係呢。」

當我從一旁插嘴，深實實就開心地用手指指著我。

「對吧!?也就是說，這是來自小玉的無償之愛！」

「好煩喔。」

「咕啊⁉」

這次深實實整個人被小玉玉一刀兩斷劈成兩半，但她看起來就很開心。愛情有各種形式。

「話說回來，為什麼會講到這個？」

「啊對喔！那——就交給軍師你啦！」

「啊——……這——」

老劇碼又上演了，深實實把麻煩事都推給我，但會有這樣的疑問確實合情合理。話說都還沒有先問這個，就說了那麼多內情，可以說小玉玉率真過頭了吧。於是我決定也要對小玉玉大致說明自己的狀況。

「——事情就是這樣。」

「原來啊。嗯——……」

聽完我說的那些話，小玉玉開始用非常認真的表情思索。這個女孩不會說謊，我想她實際上正是拚盡全力在為我絞盡腦汁。人也太好了。

最後她大概已經釐清狀況了吧，開口說了這番話。

「我們跟友崎你們不一樣的地方在於……我不會嫉妒，應該是這部分？」

再一次，她又說出了毫不客氣的犀利言詞。

「小玉妳怎麼這麼說！這是什麼意思！」

深實實想要深入追究，但身為當事人的我似乎能夠體會。

「的確……說到菊池同學，拿深實實和小玉玉來比喻，比較像是小玉玉吧。」

「嗯。」

小玉玉在這時簡潔地點了個頭。嗯，除此之外什麼都沒說，這很像她的作風。大概是話都說到這個份上了吧，深實實看樣子也明白過來，頭頂上突然亮了一下出現一顆電燈泡，雙眼綻放光芒。

「啊懂了！小玉就像菊池同學那樣，擁有自己的世界，反之我想要跟許多人打成一片，是這個意思嗎？」

聽到深實實那麼說，我點點頭。

「對對。」

「意思就是，我是軍師!?」

「那倒不是。」

「什麼!?就連軍師都這麼不給面子!?」

緊接著深實實一臉大受打擊的樣子，眼睛跟嘴巴都張得老大。看到深實實出現這種反應，我和小玉玉面面相覷，還在偷笑。

「我說真的，假如小玉就像軍師那樣，一天到晚跟其他人玩在一起，我可能會嫉妒！」

「大概吧？」

小玉玉一下子就接受這套說法，她果然有夠豁達，太直接了。

在那之後小玉玉朝著深實實看了一眼。

「就像那個樣子，我想人與人之間，大概分成依賴性強的人，還有會自力更生的人……當自力更生的人去了各式各樣的地方，另一個人八成就會嫉妒。」

「啊──……原來如此。」

若是把這兩者想像成互相支撐的板子和棒子，確實變得更容易理解。

「有一方明明就靠在對方身上，對方卻一直動來動去，那前者就會倒下吧。」

「沒錯沒錯。」

話說到這裡，看樣子就連深實實都會意過來。

「哦哦──說得對！小玉好聰明！好棒喔！」

「我知道。」

「原來妳知道!?」

這下深實實再度整個人呆掉，受到一陣衝擊。小玉玉對她冷處理的功力又變強了，真是太棒了。

而後小玉玉交互指著自己和深實實，同時繼續述說。

「只不過，我們剛好反過來吧？」

「……啊──」

深實實一副頗有同感的樣子，發出帶點自我反省意味的呼喊，但這句話我一時間沒聽明白。

「那是什麼意思？」

「……就是——好比這樣。雖然我有的時候會依賴小玉……」

她在說這些話的時候，有點難以啟齒。

「但我會動來動去，感覺會推著小玉，把她推到各式各樣的地方去。」

「啊……原來是在說這個啊。」

這下我注意到了。注意到這兩人的關係。堅強自立的人必定是小玉玉，可是為這樣的小玉玉帶來契機，讓她有機會擴展世界的是深實實。

這樣的確能取得一個平衡。

「換到友崎你們身上，這部分就反過來了。」

「對啊！如果是我們的話，那小玉雖然很強大，卻容易活在自己的世界裡，而我是可愛又柔弱的世界第一美少女，卻要靠自己的雙腿走出去，來擴展世界對吧？」

「好吧，這次就先不要吐槽好了。」

深實實雖然發出不滿的悶哼聲，用不開心的眼神瞪我，但還是繼續把話說完。

「只不過，換成軍師你們，菊池同學是既柔弱又要待在自己的世界裡生活——」

她話說到這邊，突然露出看似縹緲虛幻的笑容。

「——軍師不僅能夠自力更生，還靠自己擴展世界。」

語畢，深實實寂寞地笑了。

那話說的彷彿她曾經有過切身感觸。

「這樣一來——確實容易嫉妒，就連我都能體會這種心情。」

我原本並沒有意識到那麼深入的問題，可是聽人這麼一說，那些說辭在在都合情合理。

而且這個時候小玉玉還不以為意地補了這番話，像是在做總結。

「所以說，或許你們之間的平衡性有點差吧？」

「平衡……」

我感覺這番言論莫名有說服力。

在跟菊池同學對談的時候，也有感覺到一絲不對勁。

我們彼此會為了相反的事情煩惱。互相給予反向言論來解決。

我認為那簡直如同奇蹟，才賦予它「特別的理由」這個名義——而基於完全相同的理由，那也能看作是矛盾，或是失去平衡性。

假如那是因為種族不同而引起的，那麼我們——

此時深實實嘴裡「嗯——」著，視線邊往斜上方飄邊開口。

「話說菊池同學，的確很少看到她跟友崎以外的人玩在一起。」

「……就是說啊。」

我深有所感地點點頭。

日南教會我攻略人生的方法，我改變看世界的角度，持續擴展自己的世界；菊池同學則是選擇面對自己喜歡的事物，一直將自己深深浸泡在原本居住的湖泊中。這樣的關係就很接近波波爾和火焰人。

「我原本也是來自只顧著玩AttaFami的湖泊……但現在已經離開那裡了呢。」

「湖泊？」

這話讓小玉玉不解地望著我。

「啊，不，沒什麼。」

我趕緊把話帶過。

一不小心就把平常會拿來比喻的火焰人拿來用，但這些別人是聽不懂的吧。小玉玉發出一聲「哦——」，並沒有特別在意此事，讓我們的對話得以繼續下去。這種時候她特別乾脆，幫了我很大的忙。

「既然這樣，是不是就只能好好對她說『別擔心沒事的』？」

當小玉玉如此說完，深實實也跟著開朗地點點頭。

「啊，說得對！因為女孩子是需要言語保證的生物嘛。」

「言語……」

那跟水澤提過的主張很類似。

這就表示實際上大多都會有這樣的傾向，但真的只要這麼做就好了？我還是覺得哪裡怪怪的。

面對那兩個人的提議，我稍微想了一下。

「關於這部分，我認為已經有用自己的方式告知了……」

一面說著，我不知如何是好地歪過頭。

「是這樣啊——？」

「你都說了些什麼——!?」

被那兩個人逼問，我這才注意到。糟糕了。不小心說了多餘的話。

「啊啊那個——！沒有，沒說什麼。」

我趕緊澄清，但所謂的事後於事無補指的就是這個。

「我說軍師，我們這是在給你諮詢，若是你不好好回答，那我們就什麼都沒辦法建議呀～」

聽了深實實的話，小玉玉也笑得很開心，用惡作劇般的表情看著我。

「就是啊——友崎？你要講明白才行。」

「連、連小玉玉都這樣……」

竟然有這種事情。把裝開朗技能用在邪惡的用途上，我可不想看到這樣的小玉玉。

然而那兩個人都帶著邪惡笑容，準心已經鎖定我了，不打算放過我。

「嗚……」

「來吧軍師！時間就是金錢！」

「就是啊——」

「……我、我知道了。」

被逼到無路可退的我，只能選擇從實招來。

「就是——我有跟她說『我喜歡的只有菊池同學一個人』。」

緊接著下一刻，小玉玉她便啊哈哈地笑得很開心，深實實則是用力拍打我的肩膀。

＊　＊　＊

經歷了那段丟臉丟到家的過程，幾十分鐘後，我跟深實實來到北與野車站。

跟大家告別後，我離開電車，兩個人一起通過檢票口，深實實看起來像是有點坐立難安的樣子，頭一直面向斜下方。

「……怎麼了？」

不久之前的歡樂氣氛頓時一變，深實實擺出尷尬又有些僵硬的笑臉，雙眼望著我。

「哎呀，菊池同學她啊！是在嫉妒你去參加網聚，或是跟人家一起玩那類的吧？」

「大概吧。」

看到我點頭表示認可，深實實一時間用力抿緊雙脣。繼而帶著決意開口，一方面又擠出開朗的聲音。

「既然這樣！也許我們兩人今天也不要一起回家會比較好！」

「……啊。」

沒錯。事實上關於這方面的事情，我原本也拿不定主意，不知道該怎麼做比較妥當。

會傷害到菊池同學的理由之一，無疑包含我三不五時會跟深實實從車站一起走回家。雖然這跟我和菊池同學交往之前的情況並沒有太大出入，但的確，就形式上來說，既然都有女朋友了，這也許該說是必須避嫌的其中一種行為。

說真的，我個人認為只要我自己能夠把持住，那就不會有問題，跟深實實在一起的時光，對我來說也是很重要的一環。只不過。

我跟深實實之間，並非能一直保持單純的友誼關係。

「那樣好像、真的比較好……呃——……」

在我說完這句話後，深實實臉上揚起一抹笑容。

「沒什麼好道歉的！還是說你已經做好跟我一起接受校徽的覺悟了!?好不容易才交到女朋友，要好好珍惜你的女朋友！」

「……好。不過，還是很抱歉。」

「都——說——了！沒關係沒關係——！這下好像變成我是造成誤解的原因之一，我才要覺得抱歉！」

「沒那回事……」

結果我跟菊池同學之間曾經有過的互相道歉戲碼在此重演，不知為何心中萌生像是失落感的感受。

「那好——我就先走啦！」

「……好。」

「軍師，你可不要寂寞到哭出來喔？」

嘴裡一面說著這話，深實實轉身背對我。

「少、少囉唆，深實實妳才是。」

我不甘示弱回話，深實實在那瞬間肩膀顫了一下。接著她轉過頭，開口說道。

「呵、呵、呵，這種時候一定是被丟下的人會比較寂寞。」

「說什麼啊，好、好奸詐。」

「再見啦——！學校見！」

深實實說完就一溜煙走人。在橙色陽光的照耀下，深實實逆光背對著我，她的背影一下子就變小了。

那感覺很像重要的東西慢慢從手中溜走。

「……這樣子，真的好嗎？」

當下我感到一陣寂寞，確實很像自己被丟在某個地方，一股複雜的情感油然而生。

＊　＊　＊

隔天早上。

「其實……我在想要不要把小說放到網路上。」

「是喔！」

在早晨的圖書室裡。為了像昨天那樣，增加兩人在一起的時光，我們一起上學，還來到這個地方。聽到菊池同學用頗有決心的語氣那麼說，我給出很陽光的反應。

「想說這樣是不是比較能夠習慣自己的作品被人看。」

「嗯，原來如此。」

猛一聽，會覺得這是個好消息。雖然我對那個領域不熟，可是以任何人都能看見的形式公開自己寫的作品，這也算是在累積經驗，絕對不算是壞事吧。在新年參拜的時候，她曾經說過下一次的作品會送去參加新人獎比賽，若是拿來當成為了完成此事而踏出去的第一步，我認為是很足夠的。

在聊天的時候，我的腦子裡閃過昨天和深實實及小玉玉一起聊過的「失衡」一事。但如今比起那個，我更想聽聽菊池同學的看法。

「我認為這點子很好。妳想要放怎樣的作品？」

「關於這個，雖然很難解釋，不過……」

像是在回顧腦海中的想法，又像是在作夢一樣，菊池同學的視線往上看。大概是在想小說的事情吧，她的表情很柔和，能夠看得出她光是想這件事就非常樂在其中。

在早上的圖書室裡，彷彿每一本書都能夠吸收聲音和光芒，洋溢著靜謐的氛圍，但那並不會給人幽暗的感覺，更像是有微弱的光在舞動。

這樣的氛圍實在很適合菊池同學。

「我想要寫的故事融合了戲劇『我所不知道的飛翔方式』和『波波爾』這兩大主題。」

「哦哦！」

當然光聽這些無法對故事有全面性的概念。可是菊池同學想要結合自己喜歡的小說，和自己認真創作出來的劇本，藉此來打造她的作品，這讓我期待不已。

「那聽起來好棒喔！」

「呵呵……謝謝。」

即便我像這樣含糊應和，菊池同學還是向我道謝。這整個空間感覺好溫馨，沒有一丁點刺人的感覺。

「寫完『飛翔方式』後，我注意到在那部作品裡，還有沒有能描寫完全的部分。所以在這次的故事裡，我想要針對這個部分多加著墨。」

「沒能描寫完全的部分？」

當我一問完，不知為何菊池同學露出有點落寞的笑容。

「是的……『飛翔方式』這個故事都是在描寫克莉絲不是嗎？」

「嗯……的確是。」

我嘴裡一面說著，邊回想戲劇演出的過程。

那個故事都是在描寫克莉絲為主——換個方式來說，這個故事其實就是在寫菊池同學。

「原本一直被關在庭園裡的少女……最後終於發現是她自己想要一直待在庭園中。找到自己跟這個世界相處的折衷方式，發現了能夠起飛去往庭園外的方法……我想那是這樣的一個故事。」

我再度點點頭。

克莉絲選擇成為自己有興趣的花朵飾品工匠，還有菊池同學也——

「主旨就是要創作自己想創作的，並且跟世界產生交集對吧。」

我刻意不要說得那麼具體，在說的時候讓它與現實情況重疊，結果菊池同學把手放在胸口上面露微笑，溫和地點了點頭。

「那個時候的我……非得描寫那些。所以到現在，我才能夠真正走上未來要成為小說家這條路……也才能像這樣，跟友崎同學……」

「唔、唔嗯……可以跟我變成男女朋友。」

「……！」

當我鼓起勇氣把話接完，原本應該已經從妖精變為人類的菊池同學卻突然發動猛烈的火焰咒文。還有我也放出 AttaFami 裡面會出現的噴火技能。在圖書室這邊可能不要用那種技能比較好。

「所、所以說……那個……！」

「……嗯。」

我們兩人的兩把火加在一起形成增幅作用，轉變成高級咒語。菊池同學話說到這邊一時間變得支支吾吾。

「那個……」

最後菊池同學累積了一大堆話沒說，而是說了這個。

「……我剛才說到哪了？」

「妳也真是的。」

是不是釋放太多熱能的關係，菊池同學變成笨蛋了。我邊苦笑邊幫忙接話。

「剛才說到用來描寫克莉絲的『飛翔方式』在某些部分沒有描寫完全，對吧？」

「啊，對喔……」

我們兩個人互看彼此，輕輕地笑了。

當我在說那些的時候，我似乎也察覺些什麼了。

那部作品是在描寫克莉絲。

因此某些部分才會無法進一步描寫。

——也就是說。

「妳是指沒能把克莉絲以外的角色描寫完全？」

「……是的。」

具體來說，那八九不離十是指某個人。

「這樣啊……畢竟我們也已經去做過『採訪』了。」

此時菊池同學點點頭。

對。我跟菊池同學在打造那部作品的時候。

為了深入描寫角色，有去針對「某人」做採訪，我們認為那些消息尚不具備真實性，於是還去找那個人的中學同學來問話。

這一切都是為了描寫另一位女主角的內在層面。

「……還沒描寫完的，是艾爾希雅吧。」

關於這部分——換個方式講，就是在講日南葵。

日南的黑暗面，菊池同學才描寫到一半。描寫手法之敏銳，彷彿用光去照亮日南的動機和價值觀，就連知曉她私底下另一面的我，也覺得耐人尋味。

「是的……雖然有很多部分不好觸及……」

只見菊池同學有些難以啟齒的樣子，目光四處游移。的確，關於日南的過去和內在，還有很多謎團。讓人有種預感，稍有一步行差踏錯，就有可能觸碰到不該觸碰的部分……我們聽說過關於她妹妹的事情，就屬於這部分吧。

「那麼，剩下的就等故事出來……」

「嗯，我明白了。就那樣吧。」

這大概是小說寫手的某種堅持吧，菊池同學不願意繼續深入提及跟作品主題有關的事。

她平常自我主張並不濃厚，但有的時候會拿出專業人士的風範。之前打造戲劇的時候也是，她一直在修改劇本，修改到沒時間再修改為止，甚至還想出替背景上色的表演方式。數度展現菊池同學有創造力的一面。

在這種時候的菊池同學，往往會想出意想不到的好點子，所以我想任由她自由發揮會比較好。

「我支持妳。」

「謝謝。雖然目前情況還是時好時壞。」

接在那抹開心的笑容後，菊池同學突然換上嚴肅的表情。

「友崎同學……你以後想要當職業玩家吧？」

她用很謹慎的語氣問了這一句話。

一時間我感到納悶，心生好奇，但我立刻想到答案是什麼。

畢竟職業玩家這個職業，看在一般人眼裡，依然還是很跳脫現實，若人們用比較不友善的方式解讀，做出這樣的選擇甚至可以說是很荒唐的。她要觸碰的層面看上去有點像是禁忌話題，會覺得很難拿捏距離感吧。

「嗯，我想當。」

正因為這樣，我才要拿出自信，堅定地承認。

「我想要成為職業玩家。」

我說完還咧嘴笑了一下。

不管怎麼看，這都是一條跌跌撞撞的路，但是已經有人在那裡發光發熱，而我也隱約看見能夠達成目標的道路了。

雖然充滿磨難，卻不是一條完全走不通的路。

「那會很難吧？」

「嗯，但我認為自己有那個能耐……不，這樣說好像有點不太對……」

看到菊池同學歪頭一臉困惑，我選擇從自己心中找出能夠讓我萌生自信的理由。

光靠目前的自己，我不認為能夠當上職業玩家。只是聽足輕先生提過一些事，我就認為自己還欠缺好幾樣具體要素，而在現實中，我跟足輕先生玩三分先奪決勝賽，也在比賽中輸掉了。

因此我有自信的理由，並不是出自這個。

「就算有不足之處，我自認也能在往後補足——這樣講好像比較貼切。」

緊接著，菊池同學認真眺望我的臉龐一陣子，然後露出安心的笑容。

「……總覺得，很有友崎同學的風格。」

「怎麼這麼說，那是什麼意思？在誇獎我？」

「呵呵，是什麼意思呢。」菊池同學邊講這句話的同時，臉還突然轉向一旁。「不過，這是在誇獎你喔。」

她補完那句偷偷瞥眼看我，還笑了一下。

「謝、謝謝。」

那側臉很像對惡作劇樂在其中的少女，很有魅力。

「話雖這麼說，我也不是沒頭沒腦地就要衝向目標——」

就這樣，有如受到菊池同學牽引一般，我說了更多關於自己的事情。

提到自己決定的理想與現實——簡單講就是要想辦法當上職業玩家，同時也要上大學，為了實現這些，不管讀書還是 AttaFami 都要認真以對。而且還不是只有讓自己變強就行了，我還說之後會思考戰略，想想要怎麼推廣自己，才能靠那個職業混飯吃。

「好厲害……感覺光是聽你說，都覺得好興奮。」

菊池同學就好像在說自己的事情那樣，顯得很開心，連臉頰都紅了起來。

還是用很肯定我、具包容力的和煦音色說話。

「雖然感覺好像很難，也很辛苦……但如果是友崎同學，我想不會有問題的。」

「……謝謝。」

我害羞地回應，菊池同學則是仔細端詳我的表情，之後輕輕地笑了一下。

「怎麼了？」

被我一問，菊池同學看似有些喜悅地頻頻點頭。

「在說這些話的友崎同學——看起來似乎非常開心。」

——看起來很開心。

光只是這句話，加上菊池同學的美麗笑臉，我就為之屏息。

「……嗯。」

雖然是一句很簡單的話語，卻意義深遠。

正因如此，我才一直想要教那個空洞的傢伙學會去體認。

「我也會替你加油的。」

菊池同學說那話的音色恍若銀鈴，爾後她有些擔憂地望著我的臉龐。

「那個……那你之後還會繼續參加網聚嗎？」

「啊——……這——」

就在這個時候，我變得有點不知所措。

我確實很想去參加網聚。可是如今菊池同學在想的，肯定是那個害我們兩人差點錯過的原因之一，也就是雷娜吧。

腦子裡回想起昨天放學後跟人說過的話。

水澤說了。若是要選擇某樣東西，那就必須放棄別的。

深實實也說了。說我們兩個人平衡性不好。

「嗯……我很想去。」

聽到我那麼說，菊池同學果然迷惘地左顧右盼。

「果然、是那樣。」

「呃……我決定要當職業玩家了，我想過去跟關照過我的人報備一下……而且還想多多打聽那個業界的消息。」

我這話一說完，菊池同學話說到最後變得越來越小聲。

「那、那下次好像是……」

「……是這星期六。有人找我去參加對戰聚會，我想要去。」

面對這句話，菊池同學明顯整個人身體震了一下。讓我心中浮現罪惡感。

「那——那裡、是不是有LINE裡面那個人……」

LINE裡面那個人，這肯定是在說雷娜吧。

「不曉得……但我想大概會在。」

「這、這樣啊……」

只見菊池同學看似不安地低下頭。緊咬脣瓣的模樣顯得好柔弱、虛幻。

「……果然——還是會不安？」

「這、這個……」

雖然菊池同學沒有明講，但那等同是承認了。我知道自己的心被一根刺刺中，陣陣刺痛。

但菊池同學的注意力終究還是從雷娜身上挪開，轉向別的地方。

「對戰聚會……不只是第一次，每次你都跟日南同學一起去對不對？」

「咦……」

那問題越來越逼近核心，讓我增強警戒。

因為在那個領域裡，一旦我說錯話就會給日南添麻煩。

關於我頻繁參加對戰聚會這檔事，一方面是我都已經決定要成為職業玩家了，而且那還是在我成為線上排行榜冠軍之前就一直鑽研的遊戲，拿這些當說辭是能夠說服菊池同學吧。

只不過，每次日南都有陪我一起去，這就顯得突兀，很難去解釋清楚。

「……是沒錯。」

邊點著頭，我陷入決斷困境。

日南也很沉迷於AttaFami，我只有跟菊池同學說過這件事情，靠這些資訊，可以說那個多人遊戲不是只有跟人競技，還受到大眾歡迎，這樣勉強能解釋得通。因此第一次日南是基於興趣才跟我一起過去的，光這樣還不至於太奇怪。

然而那裡有現任職業玩家，還有以後想當職業玩家的網路排名冠軍高中生。以及頗具實力的直播小組，再加上背景成謎的成熟女性。要說日南會持續跟這些深度玩家交流數次，一直浸淫在那樣的場域中，不免會讓人覺得有點怪怪的吧。

的確，日南不管跟誰都能相處融洽，是一個無所不能的人——但說她只是因為有點興趣才跑去參加，這樣說服力是不夠的。

日南是全日本排行第二名的 NO NAME，繼續聊下去應該也不至於暴露這點，但她應該不希望被人得知任何有助於逼近真相的訊息。

「那個……就是……」

話雖如此。

接下來菊池同學嘴裡脫口而出的話，又跟我的預料有些落差。

「在友崎同學心中，日南同學是很特別的人嗎……？」

她的聲音和表情參雜了些許嫉妒。

對方拋出「特別」這個字眼。感覺這問題不只會牽涉到戲劇的劇本，也會對受人拜託的「舊校徽」任務帶來影響。

「……所謂的特別是指？」

當我進一步詢問，面露擔憂的菊池同學就抬頭仰望我，嘴裡道出這番話。

「……友崎同學選擇的是我，這我都知道，但是……」

話說到這邊，菊池同學顯得有點難以啟齒。

「對友崎同學而言，彷彿像是鑰匙和鑰匙孔般的存在，恐怕是日南同學……」

「那不是之前……」

「……是的。」

在打造戲劇時也曾經提及過，關於菊池同學所描繪的「世界理想」。

傳遞過來的這段話語，透著不安定感，菊池同學似乎預期自己受到了威脅。

我打造出的人際關係和所做的行動，再次不經意傷害了菊池同學，讓我心中再度有罪惡感湧現。

「我變得……越來越不安。我們之間的關係，真的能夠說是特別的嗎？……我跟友崎同學，真的有資格傳承舊校徽嗎？」

「……唔。」

這很貼近我和深實實、小玉玉以及水澤等人聊過的內容。

當泉拜託我們傳承舊校徽時，菊池同學的目光顯得不安，展露了些許動搖。我不由得想起這件事。

「我們碰巧是完全相反的類型，這真的能夠拿來當成特別的理由嗎？或者單純只是我們兩個擁有相反特質？……我對此越來越恐懼。」

知道我跟菊池同學在同一時間產生這樣的疑問，令人覺得不吉利。

「關係比較特別的果然還是——」

說這話的菊池同學輕輕觸碰制服外套的衣領。

「那持續了十年之久的故事，負責傳承的——不應該是友崎同學和日南同學嗎？」

見對方再度拋出這樣的疑問，我想了想。

先不說日南是我的同班同學，她早就是我的人生導師，還是在 AttaFami 世界中互相競爭的 NO NAME。

而且我私底下跟她也有私交，想要教教她什麼是人生樂趣，是我很重要的朋友。

要說她特別，的確夠特別，但那是菊池同學不知道的特別。無論如何，想要針對這點說明，都會碰到巨大的障壁。

「……抱歉。」

在這個節骨眼上，我突然有個點子。

那是我跟那傢伙之間的私事沒錯，不能夠做出越界行為。不能為了自己給對方添麻煩。可是——

如果我確實獲得許可。

「我會確切說明的……可以等我幾天嗎？」

假如真的有辦法得到許可。

那我跟日南之間的「特別」關係——也許就有機會首次說給他人聽。

「……我明白了。」

菊池同學臉上的神情，依然混雜了迷惘和信任。

「所以說，我是不是還能夠去參加對戰聚會？」

我當著她的面，重新鄭重問她。緊接著。

「這……」

菊池同學看似困惑地垂下臉龐。

然而就在那一刻。

我嘴裡雖這麼說，心中情感卻變得連我自己都分不清了。

假如——

假如這個時候菊池同學對我說「但我還是不希望你去」，那我該怎麼辦？

一陣短暫的沉默持續蔓延。

之後菊池同學才著急地開口。

「不、不是的！……那個，我並不想對友崎同學的將來造成阻礙……」

看她的語氣和表情。

就連我都知道菊池同學在說這話的時候，心中依然留有迷惘。

她必定是在勉強自己，扼殺自己的心情，這我心知肚明。因為她那雙眼睛顯得迷濛，目光不知道該往哪擺才好。至於放在桌上的指尖，那也在微微顫抖著。光看都能看出對方在不安，甚至會覺得她選擇不觸及此事是很不自然的。就在這一刻，我有了痛切體悟，知道自己傷害了菊池同學。

——然而。

「……嗯，謝謝。」

我卻接受她那番說詞。

這是因為——我沒有自信。

如果眼下她發自內心懇求我，要我別去。

我好不容易找到一條路，可以做「真正想做的事情」，要是被看重的人拒絕了。

我想我——會無法接受。

自己心中有著這樣的情感令我為之震驚，但是現在的我還不曉得該如何面對此事。

「……抱歉。」

像是在償還、在贖罪。我用菊池同學聽不見的細小聲音細語。

雖然菊池同學肯定聽見了，卻沒有任何意義吧。

我們之間的不平衡——算是一種特別的關係，還是矛盾呢？

我有一種感覺，覺得這個問題的答案將會越來越鮮明。

3 能夠進行物理攻擊也能自行恢復的勇者可以一個人冒險

星期六。這天早上有 AttaFami 對戰聚會。

我邊吃早餐，邊待在自己的房間，坐在電腦前。

螢幕上顯示出毫無生命的文書軟體。裡頭打著這段文字。

小目標：依循大賽規則，在三分先勝賽中打贏足輕先生。
中目標：要在S級以上的大型大賽上贏得冠軍。
大目標：要在大賽綜合戰績排行榜中取得世界第一。

當我決定要成為職業玩家，我就定了這樣的 AttaFami 目標，做法就跟日南的人生攻略採取相同形式。這不算是在抄襲她，我原本就會以類似的心態訂立目標，持續磨練我玩 AttaFami 的技巧，這只是延續罷了，這樣說比較正確吧。因此——接下來我將要面臨全新挑戰。這時我操控滑鼠，點開另一項標籤。

那裡寫著這樣的文字列。

小目標：要為我跟菊池同學的關係找出特殊理由，兩人一起傳承舊校徽。
中目標：
大目標：我要成為人生中的「遊戲角色」，快樂過生活。
在我暫時停止跟日南一起做攻略後，我對我自己「立下這些人生目標」。
雖然我跟日南說想要暫停開會和攻略人生，但那頂多只是想要停止攻略日南所想的「現充」路線，就只是這樣罷了。反而該這麼說，至今為止我身為 nanashi，一旦開始玩某個遊戲就會一直認真對應，我開始覺得這個名為人生的遊戲是個名作遊戲了。那就沒道理停止玩遊戲。
「嗯——……」
中目標那邊還是空白的。我是真的傷透腦筋。雖然日南說中期目標是最重要的，但這部分確實難度很高。大目標會拿來當決定該目標的方針，但那設得太含糊也許是一個問題。可是一旦觸及自己的真實內心，就會變得像小學生一樣。
說到大目標。我已經設定為「要對人生樂在其中」，那形同是我的人生觀。
「對日南來說……那應該就是『成為現充』。」
——然而想到這裡。
這樣算是堅強，還是脆弱？
想著想著，我心中突然有個從前曾在走廊上碰到的疑問復甦。

當時日南正在「制裁」紺野繪里香，使我湧現那樣的情感。

這半年多來，我有了許許多多的體驗。不過能夠在自己心中言語化，進而覺得「我想做這個」，那樣的事情並不多。

那麼對我而言，最重要的目標八成就是那個了吧。

——這想法在我心中浮現。

中目標：要去了解日南葵的個人。

做完這些後，我將寫上目標的筆記型電腦蓋上。

＊　＊　＊

我稍微提早一些離開家門，為了去參加對戰聚會，從北與野站搭車走埼京線。

搭上的電車是往東京方向。平常我大部分都是搭乘前往大宮方向的電車，走這邊有點像在冒險，會有真的在外出的感覺，讓我心情跟著高昂起來。很有可能會被總是在守護埼玉縣民的小鴿阿純當成背叛者抹殺，這讓我有點提心吊膽，但我想牠是不會跨越縣邊界的，來到浮間舟渡站就能逃過一劫吧。

當我還在盤算這些，說時遲那時快。

放在我口袋裡的智慧手機震了起來。

「嗯？」

拿出來一看，發現畫面上跳出收到 LINE 新訊息的通知。

「……唔哇。」

看我會出現這種反應，用不著多說也知道發出訊息的人是——雷娜。

在我跟菊池同學重修舊好的當天，夜裡我就跟雷娜抱怨過，這是在那之後她第一次傳訊息給我。順便說一下，那天我最後傳了訊息『是有點困擾！只要之後妳不再做就沒關係！』，打算不管對方回什麼都要結束對話，結果她並沒有針對這訊息回任何話。其實那也無所謂，只是會想這人在搞什麼鬼。

「這什麼內容……？」

雷娜傳來的 LINE 訊息有兩通，滑下來一看只看到視窗上面顯示『我傳照片過去了』『我看到這個就買了喔』。觀看通知畫面看不到照片，所以不知道她傳了什麼過來。我猶豫著要不要讓那些訊息顯示已讀，足輕先生有聯絡過我，聽起來雷娜也會來參加今天的對戰聚會……那樣一來，或許就有必要在參加之前打開來看，假如在沒有看的情況下，對方在現場跟我說「吶——你有看那些 LINE 訊息嗎？」，這樣也很麻煩。

於是我人還坐在電車的座位上，同時打開跟雷娜之間的聊天畫面——結果。

「……!?」

我在剎那間壓下想要發出叫聲的衝動。我的手機螢幕上顯示出令人難以置信的影像。

對方送過來的畫面是一張照片，只穿著內衣，上面套著前方大大敞開的薄紗睡衣，在鏡子上映照出該姿態後自拍。

她之前已經穿過很貼身的針織衫，所以我早就見識過了，該強調的地方都被強調出來，其他地方則是勾勒出緊致蠱惑的曲線。那不單單只是穿著內衣而已，可能是若隱若現的關係，害我有種像在偷窺的錯覺，莫名有種煽情感。鮮豔的深藍色奪去我的目光，顯得活色生香。而且那是對方直接傳送過來的，這個事實也莫名激起我覺得自己在做道德淪喪的事情。

我立刻將對話畫面關閉，用快到不會讓人懷疑的速度轉頭看四周有沒有人在看我。看起來並沒有人看到剛剛的畫面，也沒有人覺得我剛剛忍住沒有叫出聲很可疑，但那張照片強大到能夠在瞬間切換身體的開關。

——這、這是什麼情形？

我不曉得該怎麼辦，就算要回訊息好了，在打文字的這段期間，我必須讓那個畫面持續顯示，那樣一來目光角落就會一直有逐漸削減ＨＰ的攻擊來襲，我的理性值肯定會減少更多。正在假日要前往東京，電車內還算滿多人，要在電車裡頭做那種事情，難度好像有點高。

閉上眼睛，希望讓自己暫時先冷靜下來。可是這樣一來，在眼皮底下就會浮現剛才烙印在眼中的照片。

「……唔。」

想要滅了那把心頭火卻大失敗，臉甚至還變得比剛才更熱，我只好束手就擒睜開眼。碰巧眼前有個年約五十歲左右的大叔站著，我就藉著凝視他的鼻頭來轉移注意力，這才總算沉澱下來。剛才雙方好像視線稍微對上一下，看對方臉上那表情似乎覺得我很可疑，但這就是我要付出的代價。

「……好了。」

找回平靜的我，不再對那個訊息起反應，決定將腦力都集中在對戰聚會和「更重要的正事」上。沒問題，只要把注意力都放在AttaFami上，其他都不是問題。

可是……雷娜應該在對戰聚會會場中吧。光是一張照片就搞成這樣，假如她在現實中真的要對我動什麼手腳，那我該怎麼辦啊。心中滿滿都是不祥的預感啊。

＊　＊　＊

數十分鐘後。我來到板橋站前的咖啡廳。

我跟日南「兩個人」一起來到靠窗的吧檯式座位上坐好。

「幸好妳真的來了。」

「……這也沒什麼，畢竟都約了。」

板著臉，日南在回應時不怎麼友善。

她身上穿著成熟的服飾，比周圍任何人都更加突出，坐姿端正，光是一個坐姿就這麼有型，單純是因為她原本就「很有格調」吧。順便說一下，坐在她旁邊的我覺得坐立難安，畏畏縮縮地啜著咖啡拿鐵。但那並不是因為日南旁邊有我坐著會遜掉的關係——

「你說要暫停人生攻略計畫，卻邀我來參加對戰聚會呢。」

日南話中帶刺，害我無所適從地嘟著嘴脣，嘴裡依然將心中的想法說出口。

「畢竟……人生攻略跟 AttaFami 是沒有關係的嘛。」

幾天前在第二服裝教室中，我跟她確認是否能跟菊池同學說出祕密。之後主動邀約日南，問她要不要一起去參加 AttaFami 的對戰聚會。

「哦……」

嘴裡一面說著，日南拿起放在吧檯上的智慧手機，在看 Instagram 的動態欄，選了幾個看起來很華麗的貼文後，在上面點讚。像這樣篩選文章，對於維持完美女主角形象也是必要的嗎？妳已經有很多衣服和很潮的小配件了，該不會等一下還要去採買這些裝備吧。結果她馬上就開始用美美的角度拍攝剛買的起司蛋糕，這傢伙還真忙碌。

「話雖那麼說，那也不構成邀約我的理由。你難道沒有開始討厭我？」

她說這話的時候依舊面無表情，看也不看我一眼。但我可不會因為這樣就打退堂鼓。

「這個嘛，也是。若是繼續定期跟妳開會，我搞不好會討厭妳。」

「面對那麼容易讓你感到厭惡的對象，何必特地邀她一起去參加對戰聚會。」

日南在說的時候，還朝我斜眼看了一眼。她眉頭緊皺，看起來不是很爽快。

「對於妳那種冷酷的思考方式，只著重正確性不去顧慮他人心情這部分，直到現在，我的確還是不怎麼認同。」

「既然那樣……」

「妳忘了嗎？」

接著我打斷日南的話，先是吸了一口氣，接著再度開口。

我的想法必定還是沒有邏輯支撐，是由衷的寶貴衝動。

「我之前說過，要教教妳什麼是人生樂趣吧。」

聽到我那麼說，日南頓時睜大眼睛。

「雖然要暫停開會，我卻沒說要連這部分都收手。」

日南臉上的表情毫無變化，但就只有一個部位出現改變，那就是眼睛的動向。

我在心中祈禱，希望那就是從面具孔洞中洩漏出的真實面貌。我動動臉部肌肉，為了反映出自己的真實心緒，擺出積極正向的笑臉。

「而這——正是我想做的事情。」

這話我說得得意洋洋，目光沒有從日南身上挪開。

「……是嗎？」

就在當下，日南的雙眼再度大力眨動，但我不知道這究竟代表什麼意思。只不過，我認為目前就這樣也無所謂。

「……也好，反正我也喜歡AttaFami，是沒什麼關係。」

「對啊，早就猜到妳會那麼說。」

當我將這句話脫口而出，日南就不快地皺眉。

「事情都如你料想的那樣，看了就不爽快，我還是回去好了。」

「喂、喂喂，不至於這樣吧。」

看到我慌亂起來，日南再度發出嘆息。

「……真正想做的事情啊。」

她的眉毛往上挑了挑，側眼看我。

「你應該不打算……繼續證明其他的事情了吧。」

「……其他的事情？」

沒有對我的話做出正面回應，日南別開臉看向前方，盯著在大窗戶外走動的行人們。

究竟日南看著這一切時，心中有什麼想法，我還是不得而知。

＊　＊　＊

髮絲受到混雜了冬季味道和鬧區氣息的風吹拂，日南眉頭深鎖。

「就只有這個部分，怎樣都沒辦法解釋清楚。」

我正在跟日南聊的，是菊池同學對我跟日南的關係感到納悶一事。然後關於我跟日南以往經歷過的種種——也就是跟全日本排行第二名的 NO NAME 出來在現實世界中見面，由此展開人生攻略，以及日南為此給了我詳細建議，又在因緣際會下參加現在的網聚等等——我說希望在可行的範圍內，跟菊池同學透露這些相關訊息。

「我左思右想，妳每次都會去參加網聚的理由很難解釋清楚，但又無法隱瞞跟妳一起去參加網聚的事實……即便不是這樣好了，我跟妳的關係還是有點特殊吧……」

「……原來是——這麼一回事。」

大致把來龍去脈說明一遍後，日南點點頭表示她都懂，不過眉頭是皺著的。

咦？接下來的路要走哪邊？」

「你既然跟她變成男女朋友了，我想她也會對我有點介意吧。接下來的路走左邊。」

對了，我根據足輕先生送過來的地址前進，負責帶領日南，不知為何日南也打開了地圖。很有可能是對我的引導沒信心。那也可以說是正確判斷吧。

「……她還說出其實校徽應該要由我和妳去承接，這樣會比較合適，甚至都出現這種想法了。」

「這個嘛……單純只是在旁邊觀禮的人會覺得莫名其妙，行不通吧。」

「話是這麼說沒錯，但這件事情攸關內心層面。」

還是老樣子，說的都非常有道理，或者該說日南第一眼看到的都是現實面。

「……我記得，你已經連受到『某個人』建言，正在做人生攻略這檔事都說了吧？還有，現在是紅燈。」

「唔喔!?」

要看地圖還要跟人講話，更要注意交通安全，這樣一心三用對我來說似乎負擔太重了，被日南一一叮囑。話說日南就算同時做三件事情也能輕鬆搞定。

「呃──對啊。就連在攻略人生的事情，我都跟她說了。」

我在去年暑假的煙火大會過後，跟日南劃清界線。後來在跟菊池同學坦白自己心中的煩惱時，於沒有指名道姓的情況下，我跟她說自己拜了某個人為師。

「那麼說實話……如果是風香，就算已經發現那個人是我也不奇怪。就算她沒辦法實際確認。」

當日南用冷靜的語氣說完這些，我聽了也跟著點點頭。

「菊池同學的話，她很有可能會猜到我們兩人的關係並不尋常……這樣想來，是有那個可能性。」

只見日南在這時無奈地發出嘆息，為了讓路給來自後方的腳踏車，拉了我的手一把。多虧有她。

「是這樣啊？」

「跟她說也無所謂。其實在這之前，也不是完全都不能說。」

聽到我回問，日南二話不說地接話。

「班上最有行情的現充，給了無法融入班級的男學生建議，幫助他融入班級。這也順利達標了。那並不會讓人們給我負面評價不是嗎？」

「這麼說……也對。」

「而且那名男學生在文化祭的戲劇活動中成了核心人物，帶領整個班級做出漂亮成績，後來還跟編寫劇本的美少女交往，最後甚至很有 AttaFami 全日本排行第一的風範，宣稱要成為職業玩家。做到這個地步，反而有可能拉抬人們對我的評價。」

我除了點頭，也再次為這傢伙於人生攻略法上的正確性折服。因為就連在這部分的攻略上，都花了半年再多一點的時間就帶我辦到了。

「不過說真的，能夠做到這個地步都是妳的功勞。妳風評提升當之無愧。」

「……哦。」

然而日南在應聲時顯得興趣缺缺，嘴裡繼續說明。怪了？

「綜上所述，假如你弄丟手機被人看見 LINE 內容、說錯話被人察覺導師是誰，我也都先做好能平常心以對的心理準備了。」

「這句話的前提是穿幫根本原因會出在我身上？」

我也覺得大概會如她所說，但想歸想，好歹要反抗一下。

「那當然。我可是會定期刪除跟你的 LINE 聊天內容，不至於出事。」

「喂，說這種話會讓人覺得很落寞耶。」

雖然帶著苦笑回了這麼一句，我還是覺得她說的有道理。好可悲。

「那照這樣說來，跟她說也沒關係囉？」

「對。無所謂……不過。」

是不是被冬季乾燥的風颳除水分的關係，她罕見地伸出舌頭舔舔乾燥的嘴唇，彷彿在掩飾些什麼。看上去和平時相比，有些失了冷靜。

「對方偏偏是——風香啊。」

伴隨著喀沙聲，枯萎成茶褐色的樹葉在日南四周飛舞。

「……這話、怎麼說？」

我話才剛說完，日南再度用模稜兩可的語氣繼續說。

「那個女孩……似乎在查探我的事情。」

「這……是沒錯。」

我跟著點點頭，稍微猶豫了一下，才把話說出口。

「……是在說打造戲劇的事情？」

日南隨即點頭，被黑色高跟鞋踩爛的落葉發出喀嚓聲，揚起短促的悲鳴。

「總覺得……風香跟我之前遇過的人，很不一樣。」

一邊望著日南那略帶迷茫的表情，我想起菊池同學在戲劇中描寫過的片段。

那談到日南的空洞，對於向上爬升的執著。

的確，仗著那份銳利與冷靜而想對她深入探尋，這樣的人從未出現過吧。

我知道日南的真實面貌為何，恐怕比任何人都更熟悉日南深層的心境，卻沒有踏進去的勇氣。對日南表白的水澤，恐怕已經做好踏進去介入的覺悟了，但他對這傢伙的理解沒我深吧。不過……

菊池同學用那雪亮的雙眼看清現實，拿「創作」當冠冕堂皇的理由，肯定是想進一步刺探連我和水澤都沒能介入的部分。

「因為那樣，我才會有點抗拒……但假如不說會造成困擾，那我就不計較了。」

「收到……得救了。」

就這樣，我們順利達成共識，但我同時感到驚訝。

因為她說了那句話——「偏偏是風香」。

這聽起來像是日南認為某個人會威脅到她，因而保持警戒——這樣的日南葵，我好像還是第一次見到。

＊　＊　＊

走著走著我們總算來到目的地，足輕先生住的公寓下方。

「……就、就是這嗎？」

我從道路上邊仰望邊開口。那裡有一座以黑色為基調的高樓大廈聳立著，從玻璃門看進去可以看到入口大廳，那裡放著色系沉穩的茶褐色沙發，還有呈現幾何形狀的謎樣藝術品佇立，給人很高級的感覺。我完全不曉得那是什麼東西，單純只是裝飾品，好像沒什麼特殊用途，這樣反而讓人覺得更強。

「喔喔，好漂亮。」

「……你好像說過他是兼職專業玩家吧。」

「對啊。」

日南的想法八成如下。這裡一看租金就不便宜，令人懷疑光靠職業玩家的收入有辦法住在這嗎？我將來也想走上這條路，對於現實面有興趣。根據在網路上看到的消息指出足輕先生除了是職業玩家，同時似乎也有在工作，專職玩家這個職業能夠賺多少錢來維生，這我還不了解，該部分又很難開口去問。

「總之我們先進去吧。」

於是我跟日南就透過設置在正面玄關的液晶螢幕，輸入事先得知的門房號碼，打開自動鎖，得以進到裡頭。

我們搭電梯來到十三樓。當位在盡頭處的黑色簡約外門打開後，足輕先生從裡頭探出頭來。

「喔。歡迎光臨，進來吧進來吧。」

「打擾了——！」

「打、打擾了。」

順從對方的邀約，日南順理成章地回應，沒有表現出半點反感，而我不習慣進到別人家裡。打招呼的語調明顯有落差，但這是因為我見過的世面還不夠多，沒辦法。

進入玄關後，一股清清涼涼的木質香氣撲鼻而來。這讓我明顯感覺到這裡真的不是自己家，覺得有點緊張呢。

我們借用廁所洗洗手之類的，在足輕先生的帶領下前往客廳。

＊　＊　＊

抵達客廳十五分鐘後。

「……哦，已經做好決斷了啊？nanashi 適應力真強呢。」

我立刻把自己的決斷告訴足輕先生。

「是的。在那之後我想了許多，覺得只有這個辦法。」

這裡的成員有我、日南、足輕先生、哈利先生、馬克斯先生還有雷娜，總共六個人。

客廳裡擺了綠色的沙發，連接了遊戲機的大型電視和黑色矮桌，另外放了高腳照明燈之類的東西，整體看起來沒什麼多餘的東西，不太有生活感。

沙發旁邊還放了可以坐四個人的餐桌和椅子，我跟足輕先生、雷娜坐在那邊。另外日南則是坐在電視機前方的沙發那邊，手上握著遊戲手把，在馬克斯先生的觀望下，享受跟哈利先生的對戰樂趣。

「你說只有這條路可走，我不這麼認為就是了。」

嘴上這麼說，坐在我對面的足輕先生笑得有些開心。能夠將自己的決意告知前人，對方雖然沒有明講，但也很歡迎我這麼做，這真的讓我很高興。

對了，雷娜坐在我隔壁，因為早上她傳過那樣的 LINE 訊息，因此光是人待在我附近，我心裡就七上八下的。

「不過，我都決定好了……還請你多多指教。」

「嗯，既然這樣，那相較於以往，我在跟你應對時就要更加認真看待。當然那也包括 AttaFami 的練習，還有在這之外的戰略。」

「好。」

我點點頭，嘴角跟著上揚。

「好厲害喔。話說文也小弟弟好像會變成很遙遠的存在呢。」

這時雷娜加入話局，用甜膩的聲音說道。拜託妳不要當著大家的面還叫我文也小弟弟。是說跟她講了也聽不進去吧。

「不……基本上現在就跟妳有段距離了吧？」

我說這話代表要關閉心門，但奇怪的是雷娜開心地笑了起來。

「討厭——！文也你好過分喔——」

她邊說還邊用很撒嬌的動作碰我的肩膀。拜託別這樣。我這可是在給妳嚴厲暗示，妳卻演得像是我們感情要好在打情罵俏，別這樣。

由於對方靠近，以前曾經在雷娜身上聞過的甜美香氣竄進我鼻中。接著我就像是被人操控一般，目光受到吸引，跟雷娜對上眼。剛才她發過來的圖片又回到腦海中。

「唔……」

糟了。她本人就在眼前，害我有了多餘的肉慾想像，雷娜她身上穿的衣服原本就走性感路線，對我來說殺傷力太大。這是怎樣，在搞那方面的戰略嗎？

雷娜笑得很妖豔，身上穿著一件針織衫，設計分成兩大部分，其中一部分是無袖形式，另一部分是露出肩膀的樣式。兩樣合在一起還是露出很多的肩膀，這女孩是不是不露出身體的某個部分就受不了啊。還有就是下襬當然也很短，腿露出好大一截。她老是這樣，可能在雷娜心中，露出腿是種禮貌表現也說不定，也就是說這很有可能是一套禮服。

我感覺到自己的思考都亂套了，同時將目光轉開，但還是知道自己的注意力被雷娜吸過去幾秒鐘。這是哪招，能夠擒抱人的範圍也太廣了。感覺遭到後拋會被丟超遠。

「呵呵，文也。你怎麼啦？」

當雷娜說這話的時候，她的手在桌子下方伸出，對著我的腰碰了一下。等等這該不會是性騷擾吧？一股搔癢感竄過我的身體，當她做這種事情的時候，不知為何同時還會想起她送過來的照片，拜託快住手。

「沒、什、麼！」

我帶著堅定的意志開口，連人帶椅一起跟她拉開一大段距離。以 Found 使用者而言，這算是很誇張的戰鬥距離拿捏，可是雷娜揣著不得了的飛行道具，因此我需要這麼長的距離。只見雷娜輕輕笑著，眼裡還望著我。怎麼了這個人好可怕。

「真的？」

「哈哈哈。不過說真的，搞不好他會一下子就變成遙遠的存在囉。」

足輕先生應該不曉得我們正處於這番心理戰吧，他開口把話題導正回原來的路線上。

呃——受到雷娜的波狀攻擊侵襲，我一時間失了方寸，但剛才是在聊我要當職業玩家的事情吧。感覺並沒有經過多少時間，卻覺得那話題好像是好幾分鐘之前的事了。雷娜好恐怖。

「我也覺得前途無量喔。外表那麼帥氣，卻還只是個高中生，又很性感，然後是線上排名第一名，這些要素都是會讓他成名的嘛。」

關於雷娜說的那些話，除了覺得其中某個字眼來得莫名其妙外，其實我也稍有同感。話說會覺得男高中生很性感，這樣的成年女子是不是很糟糕啊。

但的確，老實說這個遊戲在日本這邊是最多人玩的，雖然線上對戰這邊並非職業玩家的主要戰場，但我好歹是線上排行冠軍。光這樣就很稀有了，而且現在還是高中生，髮型和服裝都靠著努力變得更加有型，照我聽過的這半年份錄音看來，我想說話方式應該也不賴……如此一來，現階段來看，最起碼我還是有某種程度上的看頭。是說除了 AttaFami 的實力，其他都是在這半年多一點的時間內努力提升的。

「啊——……這個嘛，關於這點——」

就在這個時候。

「Aoi 小姐也太強了吧⁉」

我聽到電視螢幕所在區塊有聲音傳來。

轉頭看才發現日南就在那邊，已經若無其事叫出 Found，若無其事使出全力應戰。怎麼了，我看這個人已經不在意自己的真實身分會不會穿幫了吧。還是說她來參加這樣的網聚已經是第三次，認定不管出招手法有多麼類似，這裡的人都不會看出她就是 NO NAME 本人？

「我剛才就已經看過你用那種方式迴避了喔。」

「不會吧!?所以才蓄勢待發準備發動攻擊!?」

日南準確看出馬克斯先生要及時迴避，早就準備好擊墜技能，趁他迴避後出現空檔再發動。針對對手曾經展現過的特殊偏好下手，這也是我擅長的把戲，不過那傢伙模仿我的應戰方式，越變越強，在這方面也做得很精確吧。應該這麼說，她很熟悉「我常常會去判讀的點」，用同樣的方式來判讀，這麼說或許比較貼切。

「嗚嘔，還是一樣那麼強……」

應該是順著我的目光看過去的吧，這時雷娜也邊看電視螢幕邊開口道。都發出嘔聲了，對於自己很討厭日南這點可是毫不掩飾。不過呢，其實我覺得她會有那種懊惱反應也屬正常，我想她至今為止在網聚上大概都像萬綠叢中一點紅吧，突然有別的超級大美女闖進來，而且還是很會社交的怪物，再加上玩 AttaFami 異常強大，應該或多或少都會嫉妒。

「嗯，對啊……那傢伙超強的。」

我也同意雷娜的說法。

日南的遊玩方式依然像機械式操作，該說錯誤實在是太少了。

我若是在對戰的時候越玩越開心，會想挑戰靠著連續技和讀走向來雙重提升攻擊力，有的時候會出現失誤，若要能夠確實戰勝不如自己的對手，光就這方面的技術而言，她搞不好比我還要在行。應該不是說技術，而是自制力比我強，這樣講比較正確吧。

當我遠遠地眺望到一半，足輕先生也面無表情地看著電視螢幕，同時開口。

「……Aoi看起來，好像變很強了？她可以把Found用到這麼強？」

「啊——……」

這都是因為那傢伙之前在隱藏實力……雖然這麼想，其實一方面我也抱持和足輕先生類似的感想。

「她確實……變強了。」

對。判斷基準並不是她在對戰聚會上展現的實力。

而是對比「我原本就見識過的實力」，感覺她好像增強許多。

「辛苦了！」

後來對戰結束，日南看上去心情不錯，在跟哈利先生致意。哈利先生也一臉懊惱地回禮，接著那兩人就把遊戲手把放下，一起走到這邊。

然後哈利先生抓抓脖子，改為看我。

「Aoi小姐真的把Found用的好強喔!?是nanashi教她的嗎？」

哈利先生不愧是遊戲直播主，用很清晰的聲音那麼說。面對這個問題，我不確定能不能夠如實回答，但還是開口了。

「這個嘛——算是吧，差不多是那樣。」

人家都這麼問了，我也只能承認了吧，事實上自從我們認識後，她曾經直接跟我一起用Found對戰過好幾次，前提是這傢伙會變強，都是從模仿我的遊玩手法開始的。照這點看來，跟我教她也相去不遠了吧。在那之後日南也用揶揄的語氣加以肯定。

「我時常受 nanashi 關照。」

「果然是那樣!?身邊有個最棒的教練真好……」

說這些話的同時，哈利先生的聲音和表情都透著懊惱氣息，那讓我產生好感。與其說他是靠實力來決勝負的職業玩家，倒不如說他賣的是節目趣味性，他比較像是這樣的說故事者，但即便如此，他依然是會認真玩遊戲的冒險家。

不管怎麼說，充當對戰臺的電視機前方那片區塊已經空出來了。難得來參加對戰聚會，都沒人過去玩未免太可惜，於是我就從包包裡拿出遊戲手把，鼓足幹勁作好準備。

「那接下來換我玩好了……足輕先生，可以一起嗎？」

「哈哈，拿你沒辦法，都被人指名了。」

「啊，不行啊？」

當我用明亮的口吻提問，足輕先生就換上以往會有的那種語氣，像是在對人自言自語那樣。

「……其實我很歡迎。來玩吧。」

「好──！」

事情就是這樣，我先是讓手指輕輕地開合一陣，接著就跟足輕先生一起來到沙發上就座。

「請多多指教！」

「嗯，多多指教。」

我跟足輕先生的自由對戰就此展開。

＊　＊　＊

數十分鐘後。

我跟足輕先生的自由對戰經歷七場對決後結束，暫且先將電玩手把擱下。足輕先生坐在我隔壁，嘴裡「唔嗯」著陷入短暫的沉思。

「……真奇怪。」

「奇怪是指？」

聽到我反問，足輕先生放下遊戲手把並說了這番話。

「……nanashi，你的動作跟平常不太一樣吧？」

「啊，看得出來？」

足輕先生慧眼識英雄，那讓我笑咪咪地回應。專業的果然就連這部分都看得出來呢。

「也不是看出來……而是獲勝機率全都洗牌了。」

「啊哈哈……對啊，的確是。」

我這話是帶著苦笑說的。

「不過，看起來也不像在找對付 Lizard 的方式……難道說，你重新審視過自己布排手法？」

足輕先生說這話來試探我。

「這個嘛——是沒錯。我有改變自己出招的先後順序。」

「原來如此……所以才會打出這樣的結果啊？」

沒錯。說到這次對戰的獲勝機率，那跟上次有很大的不同。

真正的結果是——「二勝五敗」。

跟上一次相比，明顯是「我的獲勝機率下滑」。

我感覺到有人在看我，這才朝著後方看去，結果看到日南和雷娜都用困惑的表情望著我。恐怕雷娜是看到我輸了，單純不曉得該說些什麼才好，而日南則是對於我實力大幅度滑落一事感到震驚吧。

「這下稀奇了……這麼說或許有點偏頗，不過 nanashi 你是在線上對戰時總會執著於提升獲勝機率的玩家吧？」

「嗯，好像是那樣。」

在那之後足輕先生對我投以冷靜的目光，像是在品評一般。

「是忙於學業？還是有其他的……原因是不是練習時間變少了？」

聽到他那麼說，我的心臟頓時「怦咚」地跳了一下。

「這……事實上練習時間會減少，是有一個很大的理由。」

我邊回想自己近來的遊玩狀況回應道。

其實我也沒跟日南說過，最近這陣子我對待 AttaFami 的方式稍微有些改變。

今天實力會降低，我想肯定是受到那件事情的影響吧。

足輕先生臉上的表情沒有任何變化，他稍微想了一下才開口，似乎心裡有譜了。

「……你該不會是交女朋友了？」

他問得那麼直接，我都被嚇到了。

沒想到第一個問題就問這個。

「啊──不……雖說實際上我是交了女朋友沒錯……」

「咦咦？我剛說這個有一半是在開玩笑呢。」

笑歸笑，足輕先生說話的語氣卻很平淡。人家跟我開玩笑，我卻當真了，那讓我覺得有點丟臉，同時我繼續說道。

「其實是最近交的……」

「哦？所以練習時間才變少？」

足輕先生話中略帶調侃，但是又直指核心。

面對他這番話——我卻搖頭了。

「不，倒不是這樣。」

嘴裡一面說著，我握住遊戲手把。

「不是？」

「退步原因是出在其他地方。」

對。剛才說的那個，實際上無關。

「那——可不可以再跟你對戰幾次？」

「可以是可以……但這個問題的答案是？」

「關於這部分……」

我答得含含糊糊，一面操控手把。

現在在角色選擇畫面。手套樣式的游標在畫面內移動，收回我原本放在 Found 上頭的標記——緊接著。

「我想，這就是那個問題的答案。」

當我一按下按鈕。

連接在螢幕上的便宜喇叭就用低沉的聲音喊出「Jack！」。我的使用角色欄上出現戴著面具類物體的人型戰士形象圖，還有「Jack」這個名字。

「你該不會……換角色了？」

「對。」

當我自信心十足地點頭，足輕先生就帶著驚訝的表情笑了。

「這是要當備用的？」

「不，雖然還在實驗階段，但之後想要慢慢轉換當成主力角色。」

「……唔。」

就在那瞬間，我知道日南略為屏住呼吸。

感到在意的我偷偷看後面，難得看見日南用啞口無言的神情看著我。這也難怪。之前我跟日南一直都用同一個角色，她知道我有多麼純熟，也知道我花了多少時間吧。

在這種節骨眼上改變主力角色，一般而言不可能做出這樣的選擇。

反之雷娜則是面無表情地看著這邊，看不出她在想些什麼。她可能在多方深入推敲，但是又不太會問我相關問題，也有可能在想別的事情。

「嗯——nanashi，你的思考果然很跳躍。」

我將目光拉回，發現足輕先生在看我，頭還緩緩地搖了搖。

「會嗎？不過……我也有自己的打算。」

在我如此回應後，足輕先生笑了一下。

「這樣啊。總之，雖然我不知道這中間蘊藏了怎樣的道理，但我知道最終理由是什麼。」

「……真的嗎？」

只見足輕先生撇嘴笑了笑並點點頭，臉上神情認真。

「你只是單純覺得——這樣會變得更強吧。」

面對這單刀直入的一句話，我好戰地點頭。

「對。我現在還用的不是很熟練，麻煩你手下留情。」

「彼此彼此，若是能夠幫上你的忙，我也開心。」

於是我就用新選擇的角色「Jack」展開與足輕先生的對決——

＊　＊　＊

——後來經過幾個小時。

落日西沉，雖然現在才傍晚六點，窗外卻完全變暗了。

我跟足輕先生的對戰也告一段落，還跟其他成員對戰過好幾回，對戰大會進入尾聲。

我跟日南背對著電視，在客廳桌子那邊挑彼此隔壁的位子坐下，兩人在休息。

日南一隻手拿著小罐寶特瓶裝的檸檬紅茶，沉默不語。背後傳來足輕先生用 Lizard，將雷娜常用角色 Victoria 打爆的聲音。

喝了一口檸檬紅茶後，日南將蓋子蓋上，出神地望著外包裝。

「……你不再用 Found 了。」

這不是 Aoi，而是日南葵會有的語氣——不，或許是 NO NAME 吧。扼殺了情感表現的聲音聽起來好像比平常更虛弱，但那也能解釋成她是為了避免讓電視機前那四個人聽到這段對話。

「是啊。」

「我還想說好不容易就快追上了……nanashi 真是個難纏的男人。」

那語氣聽起來很困擾，不曉得是不是我想太多，聲音似乎變得比平常還要細小。我只不過換了角色，她卻像是失去了比這更重要的東西一樣。

而我想要知道背後的原因。

「有必要說得那麼誇張嗎？」

「……為什麼要在這個時間點上轉換？」

這次也很稀奇，日南在探尋我的動機。還是老樣子，眼睛並沒有看我。

「原因有很多……其中一個是用 Found 常常會卡在推敲動向，碰到實力相近的對手就沒辦法十拿九穩。我很擅長推敲妳的動向，所以都沒注意到，其實按照我現在的打法玩下去，今後參加重要的大賽若是遇到某些對手，可能會運氣不好賭輸。」

「重要的大賽呀……」

那讓日南嘴裡念念有詞，把寶特瓶放到桌子上。目光依然專注於那樣東西。

「這表示，你是認真的吧……真的想要當上職業玩家。」

「當然啊。我是認真的。」

我立刻承認。一旦我下了決定，就不會輕易改變。

「所以我想除了妳，我也必須穩定戰勝其他人才行。」

「原來如此……雖然你這樣說顯得像是很容易打贏我，聽起來不是很舒服。」

「那是因為妳在遊戲中做的取捨跟我很像，所以才很好猜。」

在我拿這句話揶揄日南後，她不再看寶特瓶，而是轉眼瞪視我。

「別說這種無聊話。」

不過她的目光馬上就轉開了，這次放到電視機上頭。

「你還會繼續變強吧，nanashi。」

「對，不過目前實力暫時下滑就是了。」

事實上──剛才跟足輕先生對決的時候，我的成績是零勝七敗。

老實說，算是輸得很慘吧。

「的確……可是跟用 Found 對戰的時候相比，在布排上確實比較安定了。」

「對吧？雖然每一場都輸了，但每次的差距頂多就只有掉一條命……只要繼續把布排方式練得更熟悉，感覺成績也會跟著提升。」

我在說這話的時候，邊回味手感。雖然屢戰屢敗，但那並不代表我退化了。反倒是為了變強，暫時失去某些東西是不可避免的，在勝負的世界中往往是如此。

「……如果現在跟妳對戰，我輸的可能會比贏的多。」

「戰勝正在轉變的 nanashi，一點意義都沒有。」

「哈哈哈。那倒也是。」

我打心底感到認同，同時不忘補充。

「所以妳今天才沒來跟我對戰吧。」

肯定是因為不服輸，才有這樣的堅持——不，也許是在以 NO NAME 的身分，對 nanashi 致敬。

「妳啊……為什麼對我那麼……不對，為什麼會對 nanashi 這麼執著？」

我努力讓自己說話的聲調不要出現變化，問出我真的很想知道的事情，結果日南脣瓣輕啟——什麼都沒說，一會後再度閉上。

最終她嘴裡「唉」了一聲嘆口氣，再度開口。

「這跟你沒有關係吧。」

「不，怎麼會沒有。我可是 nanashi 本人。」

雖然我那麼說，日南的聲音裡卻透著拒絕。

「就算是那樣好了。」

接著她的目光再度從我身上轉開。

「我是怎麼想的，跟你沒關係。」

「……是這樣喔。」

這樣的無情回應很像日南會做的，我知道自己做了多少的心理準備，心就有多受傷。不過就算是那樣，我還是會想繼續跟這傢伙保持交集。

「唉，我知道了啦，你要盡早恢復自己的實力。」

「哼，恢復實力？那是不可能的。」

「……這話什麼意思？」

日南在回答的時候一臉不滿。於是我決定告知出自 nanashi 視角的真實想法。

「不是要恢復，而是我要盡快『大幅度超越』原本的實力。」

當我自信滿滿地說完，日南這才露出既安心又期待的笑容。

「那就好……可不要被我超越。」

她說話的口吻有點像是在挑釁，但這之中蘊含了祈願。

感覺日南不經意展露平常不會表露的神情。就只有在聊這方面的事情時，我會覺得自己彷彿能夠觸碰到這傢伙的真心。那跟我想探尋的事情，有某部分似乎不謀而合。

為了發掘這傢伙拿下假面具之後的真實面貌，我還想繼續找日南來參加對戰聚會。要想達成「目標」，想必這是捷徑。

一面想著這些，我想起今天日南跟人對決的過程。

「不過，妳確實……變強了呢。」

這時日南自豪地用鼻子哼了幾聲。

「沒錯吧？」

「是不是改變練習方式了？」

當我一問，她就像熬夜也要拿來炫耀的小孩子一樣，開口這麼說。

「既然早上的會議暫停，我就拿來練習 AttaFami。」

「哈哈哈！」

那害我一不小心就笑了出來，還發出聲音。

的確，之前被拿來占用的早晨時光多了一些出來，沒想到她拿來做這樣的運用。

「……我說的話又沒那麼好笑。」

「呵呵……好吧也對，說的話沒那麼好笑，可是……哈哈哈。」

我沒把日南的叮囑當一回事，而是在那一直笑，結果肩膀那邊突然傳來一陣衝擊。

「好痛!?」

那超痛的，我肩膀被人硬生生打了一下。而且還是用拳頭。再加上被打的地方還是這陣子遭到深實實手刀襲擊的位置，感覺傷害值又累積上去了，變得更痛。日南都沒覺得自己有錯，拳頭還按在肩膀上，然後用力向前一推。

「我說的話哪裡好笑了。」

「好、好啦抱歉。」

她重複說出的話幾乎跟剛才一模一樣。我痛到沒辦法繼續笑下去，也只能乖乖承認日南說的是對的。

「……妳啊，真的很喜歡 AttaFami 呢。」

我這樣切入有點不自然。但那是用來聯繫我跟這傢伙最強大的橋梁。

日南原本緊握的手指碰觸著我的肩膀，這才放鬆下來落到她自己的膝蓋上。

「……我之前一直在模仿你的打法，藉此提升實力。」

她面有難色，嘴脣微微開啟。

「我一一分析，做跟你相同的練習，能用的打法越學越多。」

「這我最清楚。比任何人都更清楚。」

只見日南露出略為落寞的微笑，說話語氣變得比平常還要稚氣。

「……你若是換角色，我會很困擾。」

這就像是在示弱，聽那聲音顯得有點畏縮，以日南來說果然很稀奇。

「……總之，妳就先忍忍吧。」

我在回話時不知該如何對應才好。

日南確實是在模仿我的 Found，才會變得這麼厲害。有鑒於此，若是我不再用 Found，日南的實力就會停留在我當下的程度上。正確說來應該是會剔除我在該階段的多餘動作，將操作準確度稍微提升，會定在這樣的水平上吧。

只不過。

就算是那樣好了，她也不至於連尋常步調都大亂套吧？

「那妳也開始用 Jack 就行啦。不錯喔～Jack 好用。」

我做出那樣的提議，日南大動作嘆了一口氣。

「……告訴你，很可惜我沒那麼多時間再去從頭把另一個角色練好，那是不可能的……你才該注意，都交到女朋友還要考試，有時間去做這種事情？」

「不確定。但就算沒有時間，我依然有自信。」

「……是嗎？」

日南這次換成吸了一口氣，我則對她一臉得意地笑了。平常都是她在掌握主導權，但是一講到 AttaFami，不管她從哪個角度攻擊，我都有辦法確確實實反擊。

最後奇妙的是，日南發出無奈的嘆息。

「不僅暫停人生攻略，還改變主力角色……也許你繼續跟我在一起已經沒意義了吧。」

「怎麼那麼說？」

說這種卑微的話，真不像日南。

「關於人生，我還有很多事情需要跟妳學習，而且還有一個重要的任務，就是要教會妳歡度人生的方式。跟妳在一起怎麼會沒意義？」

我這話說得理直氣壯，日南臉上神情卻絲毫未變，而是狐疑地看著我。

「歡度人生的方式啊……」

「對。」

「……你認為這樣就能夠拯救我？」

這又是一句別具深意的話，但面對這個問題，我點頭以對。

「對。那是我想做的事情。」

當我如此斷言，日南便語帶嘆息地發出一聲「唉」。

「那就隨便你吧。」

「知道了，我會那麼做的。」

接著我再次展露得意的笑容，日南似乎也已經拿我沒轍了，對我疲憊地笑了一下。

＊　＊　＊

幾分鐘之後。

「……話說 nanashi，聽說你交女朋友了？」

「嗚……果然要問這個？」

因為足輕先生這一句話，話題就轉換到我的私事上，那是我剛才不小心說溜嘴的。

「好好奇喔～」

有人從沙發那邊跑過來，二話不說坐到我旁邊，位子剛好跟日南對稱，這個人就是雷娜。總覺得她一靠近，身上那股味道就會竄到腦子裡，害我想起那張照片，拜託快住手。那張照片是怎麼一回事，變成可以束縛我腦袋的詛咒還什麼的嗎？

「你們現在交往多久了？」

雷娜在問話的時候顯得很有興趣。

「呃——差不多兩個月吧。」

「兩個月啊。這個時候還很開心呢。」

「啊哈哈，好像是……」

我在回答的時候含糊帶過，同時在心裡想著。我跟菊池同學的問題，目前狀態簡直像是只做了暫時的緊急處置。不僅如此，我覺得兩人關係的特別性正逐漸消失。目前正在摸索解決的方法。

這種事情也不方便跟別人說吧，那念頭瞬間閃過腦海，但與其在此隱瞞細節，還不如聽聽大人的意見，那樣對後續發展也有幫助吧。看足輕先生很懂得分析思考，感覺是很有智慧的大人，雷娜平常雖然很難對付，但再怎麼想，她都是經驗豐富過頭的成熟女性。

相較之下，之前願意讓我諮詢的雖然都是一些現充沒錯，但所有人都是高中生。

「不，其實我們兩個之間有出現一些小摩擦，或是類似的情況……」

「哦～」

這時雷娜用很成熟的語調緩慢回應。總覺得她的言外之意是「那要不要換成跟我？」，覺得她好像在用這種方式誘惑我，但那是不是我想太多了。是詛咒在操控我的思考。

在那之後讓人意外的是，足輕先生接話時臉上神情一亮。

「不錯喔。很好，先來去買一下酒好了。」

「等等，怎麼拿這種事情取樂。」

「這種事情拿來當下酒菜最合適。啊，當然Aoi小姐跟nanashi喝的是無酒精飲料。」

「接下來會變成大家一起開暢飲大會吧……」

「當然啦♥」

雷娜臉上笑咪咪的，彷彿寫著「人家最喜歡喝酒～♥」。

「啊，不好意思，我們等一下還要發影片……」

這個時候哈利先生出聲了，馬克斯先生也跟著點頭。

「啊，完全沒問題。這種時候當然是工作擺第一位。就我們其他人一起喝吧。」

耳邊聽著這段對話，我對將發影片這檔事稱之為工作的三位仁兄抱持憧憬。

接著足輕先生站了起來，出聲號召。

「那好，接下來就拿nanashi的戀愛煩惱當下酒菜，大家一起來喝吧。」

「耶——♥。」

「我們下次一定要參加！」

「下次再一起喝吧——！啊，讓女孩子跑一趟太不像樣，我會幫忙採買的！」

在足輕先生的號令下，雷娜發出歡呼，哈利先生跟馬克斯先生除了用歡快語氣回應，還在收拾東西。我被人當成下酒菜了，心情有點複雜，不曉得為什麼，日南也像在分神想些什麼似的，沉默不發一語。日南，莫非妳願意站在我這邊？

「……足輕先生。」

後來日南一臉認真地抬頭，朝著足輕先生輕笑了一下。

「——下酒菜只有戀愛煩惱夠嗎？我這邊有很多 nanashi 的料可爆喔。」

「也是啦，妳怎麼可能幫我呢！」

即便我們剛剛才那樣聊過，日南果然還是留有一兩手。

＊　＊　＊

後來又過了幾分鐘。

我穿過客廳落地窗來到陽臺，喝著瓶身外已經變溼滑的瓶裝水，眺望著板橋的街景。陽臺上放了好幾張鋪著布塊的簡易椅子，我就坐到離我比較近的長方形長椅上，呆呆地眺望天空。

天色已經完全暗下來了，不曉得還能不能看到不是去車站的那一頭，住宅區這邊的霓虹燈已經很少了。足輕先生跟要回去的那兩個人一道出去，房間裡就剩下我、日南和雷娜。這樣的情況令人尷尬，於是我就到陽臺這邊。

我從口袋拿出智慧手機，打開 LINE 應用程式。再打開我跟菊池同學的聊天對話框，要來參加對戰聚會前有先傳送「比完了就聯絡妳！」這則訊息，菊池同學有回「那我等你。」，對話活動就到這邊結束。

關掉跟菊池同學的對談畫面，我回到談話對象一覽表那邊，雷娜的頭像不經意竄入眼簾。今天早上傳過來的照片也不例外，就算是個人頭像，雷娜也不忘強調她的身體曲線呢。

陽臺這邊變得有些幽暗。營造出某種祕密氛圍，周遭是一個人都沒有。

「啊，文也。」

就在那瞬間。有個聲音傳進我耳裡，又是那宛如牛奶糖般的聲音。伴隨著一陣「喀啦喀啦」的聲音，落地窗開了，雷娜來到陽臺這邊。我趕緊將 LINE 關上，故作鎮定並將目光轉向雷娜。

只是她來得實在太不湊巧。直到她叫我的前一刻，我都在看雷娜的照片，雖然只是頭像——而那具肉體正走至我眼前，不想看也會看到。

白皙修長又不失豐腴感的腿，還有那特別被強調出來的身體曲線，這都在刺激我體內屬於理性以外的部分。在腦子裡對此感到恐懼，目光卻被吸引過去，身體已經被觸碰過好幾次，正期待那股搔癢感再度找上門。隨著雷娜一步步靠近，右腿和左腿的大腿內側交互從針織衫中露出，就很像是催眠術在用的擺錘，逐漸奪走我的判斷力。

「呃——日……Aoi 呢？」

「啊——她有邀我玩 AttaFami，但我說現在沒那個心情就拒絕了，她跑去玩線上對戰。」

「那傢伙……」

我隔著窗戶偷看裡面的情況，只看到日南的背影，還有對戰正要開始的畫面。那傢伙一來參加對戰聚會，就不會去壓抑自己對 AttaFami 的愛。這表示接下來至少有幾分鐘的時間，日南都不會過來這邊。

我感覺到自己的思考明顯鈍化了。明明在雷娜靠過來之前可以站起來，目光卻被吸引過去，當我好不容易擠出話來回應，雷娜就已經來到我身邊。

這跟剛才完全不同，現在是待在陰暗的陽臺上，而且只有我們兩個人。

「嘿咻。」

緊接著，雷娜就坐到我身側。在那瞬間有股香甜的淫靡氣息飄過來，越過我的理性，直接煽動著本能，原本就已經變慢的思維跟著被打亂。雷娜扭動著腰肢，身體靠向我，她的右膝撞上我的左膝，那份體溫滲透過來，這讓我體內的某種東西逐漸融化。快住手啊。

「今天也很開心呢。」

她就像在跟我撒嬌，在誘惑我。

聲音、香氣、身體、體溫。光只是這些存在，就透過味覺以外的一切感官逐步浸潤，那種感覺令我背脊發顫、不寒而慄。這是出自害怕被獵食的恐懼，還是為了其他的原因。

「就、就是說啊。」

嘴裡那麼說的我，不敢看雷娜的臉，視線落在互相碰撞的膝蓋部分上。結果雷娜那雙白皙妖豔的腿映入眼簾。這些曲線足以挑動人的本能。

「……唔。」

更上面的部分映入我視線末端。兩條橫陳的玉腿正從超緊身黑紫色針織衫中探頭。由於我就近目睹這樣東西，就連那看似柔潤的肌膚質感都闖進我的思考疆界。

再這樣下去，我的頭腦跟身體將會熱到無可救藥。因此我趕緊將目光轉向，心想「不說些什麼不行」，這才轉眼看雷娜。

然後就發現面前的雷娜疑似一直在看我的臉。一跟我對上眼的瞬間，雷娜就露出淫靡的笑容，彷彿具有控制我的力量。

而她似乎看出我的心中那份衝動已經被點燃，開口如此說道。

「吶，文也。你剛才在看吧？」

聽那聲音並沒有在追究，反而還有開心的成分在裡頭。剛才在看她的事情穿幫了，這份罪惡感加上宛如在說我沒錯的甜美氛圍，令我的倫理價值觀為之動搖。

「沒、沒有……」

我拚命發出聲音抵抗，腦袋卻被焦躁感和熱度支配，害我找不出理由反駁。

「其實你有在看吧？」

接著雷娜纖細白皙的手指就像是在誘導我的視線那般，慢慢從膝蓋移動到自己的大腿處——

「這裡。」

她還將針織衫的下襬稍微掀了一下。

「啊、啊……!?」

這行為來得太過突然。可是透過她指尖拉大的縫隙，就連剛才被遮住的白皙肌膚都暴露在我眼皮底下。能夠蠱惑人心的內側大腿曲線綿延至內部深處，再來就是一片黑暗了。

在我慌慌張張轉移目光之前，雷娜就將針織衫拉回原位，看著身心都完全停擺的我，語帶愉悅地說「文也好色喔——」。我已經放棄回嘴了，就只能一直面向前方。看到我這個樣子，雷娜妖豔地竊笑。

「吶，有在聽嗎？」

之後雷娜對我送上迷濛的目光。

「我不是有傳照片給你？」

在那種狀態下，她直接用手指指著被針織衫突顯出來的胸部。

「——我現在穿的就是那一件喔。」

「！」

只是這麼一句話，一些影像就流入腦海。那已經不是在照片中看到的景象了，而是跟人在眼前笑得妖豔、用那如蜜汁般的香氣和體溫包圍著我的真人雷娜重疊在一起。

「嗚……」

我的心跳變得異常快速，血流量增加。這心跳簡直都要把我的理智淹沒了，未免太超乎現實。

雷娜的身體依舊靠在我身上，嘴唇貼到我耳畔，帶來一股搔癢感，腦子都要融化了。

「等一下要不要來我家？我家就在這附近。」

如此具體的一句話，明顯是在誘惑我。

若是在這種時候感到不知所措，那一定會讓雷娜稱心如意。

「——唔。」

於是我選擇甩除這些雜念，從正面直盯著雷娜看。

「抱歉。我已經有女朋友了。」

我說出口的話明明白白表示拒絕，雷娜很有挑戰精神地笑了，伸出舌頭舔舔嘴。

「哦……」

下一秒——她的手輕輕放到我膝蓋上。

「原來是這樣啊……」

「——喂！」

雷娜的那些手指「嘶嘶嘶」地向上移動。我的身體已經落入非日常的情境中，一股電流竄過，跟剛才被碰觸的時候相比，完全無法相提並論。那從膝蓋來到大腿，又從大腿來到大腿內側——

有感於自己要大難臨頭，我當場站起來，想要跟雷娜拉開距離，結果就在前一刻，雷娜的手指突然乾脆地從我身上抽離。為此大吃一驚的我，連腳都動彈不得。

只見雷娜很吊人胃口地笑了一下，身體朝我這邊貼得更緊，嘴脣再度靠近我的耳朵。

「吶，是不是很期待？」

那是如牛奶糖般的甜蜜聲音，體溫透過肩膀傳遞過來，還有一股蜜糖般的香氣飄散開來。雷娜柔軟的髮絲撫弄著我的頸部，讓我的身體像被電到一樣。

「哪、哪有期待……」

「可是……你還沒有跟女朋友做過吧？」

她說出口的話語擾亂我的思考，在同一時間搔弄著耳朵的吐息令我全身顫抖。

「那就沒關係啦。來樂一樂？」

嘴裡一面說著，雷娜像是要融化我的理性，手指再度沿著膝蓋一路滑下大腿。那手法要碰不碰的，會讓人跟著著急起來，在我身上竄動的電流逐漸增大。

不行了，繼續下去不妙。有鑒於此，我靠著理智阻擋，以免我整個人隨波逐流，並用力握住雷娜的手腕，好拉離我的身體。

「就跟妳說不行了。」

聽到我這麼說，雷娜自討沒趣地挑起眉毛。

「……是喔。」

接著我站了起來，比照剛才那樣，再次拉開一大段距離。一不小心可能就會像先前那樣，被人神不知鬼不覺靠近，我必須保持堅定的態度才行。

不料雷娜臉上浮現頗有餘裕的笑容，慵懶地笑著，眼裡望著我。

「那我就不再做那種事囉？」

就這樣，她看上去突然間失了興致，朝著客廳那邊跨步走去。明明是我拒絕她的，不知為何卻有種被她拒絕的感覺，害我腦袋一片混亂。

「這、這是怎樣……」

大人都是那樣嗎？不，應該不至於吧。話說我該拿這份在心中捲動翻攪的情感怎麼辦才好？

「啊──真是的！」

子吧？

我說，雖然最近更常有人說我改變了，但不管怎麼想，我都是個很普通的男孩子吧？

＊　＊　＊

數十分鐘過後。

足輕先生他們三個已經到附近的超市買好東西了，哈利先生跟馬克斯先生走人，我們四個人一起開宴會，幾分鐘過去了。

我們幾個聚集在沙發前的矮桌四周，直接坐在地上，一下子喝酒，一下子喝無酒精飲料，一邊聊天。談話素材全都跟我的戀愛問題有關。

「──雷娜傳了這樣的 LINE 訊息過來。」

我將之前跟菊池同學之間發生的種種說出──也就是兩人行程都有衝突，導致我們產生代溝，以及對方得知還有雷娜這號人物，害她感到寂寞不安。

「……就是看到這個？」

聽到足輕先生如此回應，我點點頭。

「對……都被女朋友看見了。」

當我將事情始末說完，當下現場便一陣譁然。這是怎樣，感覺很像講了失敗笑話。先等等，我是想跟你們商量啊。

「這又沒什麼好笑的！」

「啊哈哈～文也好有趣——」

「雷娜妳最沒有資格笑吧？」

當我發完牢騷後，雷娜甚至還進一步開心地笑說「好過分～」。不對一點都不過分。而且她還動不動就裝熟，用手掌觸碰我的肩膀，在那種狀態下偷偷動手指頭，於是我就把她的手拍掉。

「只不過，那只是原因之一，其他還有我會跟朋友一起玩，會跟在同一車站下車的女性友人一起回家再中途分道揚鑣。這樣果然還是會害女朋友感到不安，變成我們兩個起摩擦的原因……」

「原來是這樣啊。」

「哦～文也很受歡迎呢。」

只見足輕先生靜靜地回應，而雷娜卻是對其他部分一臉佩服的樣子，看上去莫名開心。感覺她似乎出現微妙的誤解，仔細想想我確實是有女朋友，卻又跟其他的朋友一起玩，還有一個女性友人會在放學回家的路上跟我在同一個車站下車……客觀來看會覺得很現充吧。那麼說來，以人生攻略的「形式」來看，算是進展得很順利。但我不覺得這個事實本身具備任何價值。

「最近班上也傳得沸沸揚揚，說他們兩人好像處得不好。」

「咦，是那樣嗎？」

這個時候日南首次分享這樣的情報。但的確，我有跟好幾個人商量，菊池同學似乎也有去找泉商量過，那樣自然會產生這種情況吧。畢竟我們可是透過文化祭戲劇才在一起的，是班上公認的情侶。

「是喔——你讓她不安了啊。」

這個時候一旁的雷娜將食指放在嘴唇上，妖豔地開口。

「對對。就是這樣不好……」

「嗯——我倒不那麼覺得呢。」

「嗯？」

這時雷娜不經意發表她的看法，然後就這樣擠到我身邊。

「讓對方感到不安不太好，為什麼？戀愛就是這點有趣嘛。」

她臉上浮現宛如小惡魔的笑容，對著我說話的時候，目光蕩漾。

「不安是種樂趣，什麼意思……？」

她是怎樣轉換出這種點子的。未免也太被虐狂了吧，可是確實很容易想像得出來，雷娜有可能對不安感樂在其中，將之轉變成快感，那很適合她，聽起來超有說服力。

「那是因為——……一感到不安，胸口就會悶悶的，可是又滿腦子都是那個人……」

她的眼眸因喝酒添了一層水氣，但眼潭深處卻一片漆黑。感覺若是碰觸了那股黑暗，將會深深地，無止境墮落下去。

「可是相對的，見到的時候就會很開心，只是稍微碰觸到一下，整個人都會發狂喔？」

「會、會那樣……？」

感覺雷娜腦子裡浮現了某種念頭，臉上帶著興奮的表情，還一臉春心蕩漾的樣子。

「嗯，一般那種開開心心又安定的戀愛關係，可能真的也不錯吧……但是光只有這樣，是不是沒辦法長長久久呢？」

這番話以戀愛等級來說算是超高段了，我是第一次交女朋友，感到困惑迷惘，那不是我能搆得上的領域。

「可是這種感覺，應該只有雷娜妳喜歡……？」

當我這話說完，雷娜就換上認真的表情。

「我認為女孩子都是那樣喔。」

聽到那句話，日南立刻有所反應。

「嗯——或許我有點不一樣……？」

「啊，真的嗎？那就只有我會這樣？」

緊接著，面對這樣的雷娜，日南佯裝親切卻語帶調侃。

「雷娜小姐，妳是被虐狂嗎～？」

「嗯──我兩邊都能當♥」

「啊哈哈，真有趣呢。」

那兩人笑著在口頭上你來我往。

但不曉得為什麼，兩個人雖然都帶著笑意，氣氛上看起來卻不像是在說真的，感覺有點恐怖。會覺得言下之意常有一成是在調侃對方。日南大概私底下一點都不覺得有趣吧。

這時雷娜笑嘻嘻地喝著插了吸管的燒酒調酒，開始用愉悅的語氣訴說。神情和聲音都很迷醉。

「Aoi，妳知道嗎？一旦喜歡的心情跟不安混雜在一起，就會滿腦子都是那個人的事情，想到腦袋都變奇怪了，會變得無法控制。」

「嗯──……我大概不曾有過這種經驗吧～」

「心情會將邏輯和常識全部打壞……可是這樣一來，自己就會獲得改變，全盤去配合對方。這正是戀愛的醍醐味，也是樂趣所在喔。」

我總覺得她脫口而出的話每句都卡路里過高，不太能夠消化。雷娜說的那些話感覺滿極端，我不確定是否能照單全收。

在那之後雷娜露出彷彿沉浸在個人世界中的表情，雙手並用拿起裝酒的罐子。

「所以我很喜歡透過這種方式讓腦袋變奇怪──也很喜歡因為我的關係，擾亂別人的腦袋。」

當她用都快滴下蜜來的甜美聲音說完，接著就漾起一抹既陶醉又有些殘酷的笑容。

日南則是一副不以為然的模樣。

「對了，我可是專門擾亂別人的那方。」

「啊哈哈，很像Aoi的作風呢。」

雷娜跟著咯咯笑。

「感覺像是會對他人侵門踏戶，自己卻守得密不透風。」

「啊，搞不好被說中了。」

在日南單側眉毛翹起後，雷娜就一直在看她，似乎在端詳她的表情。

「妳是不喜歡為了別人改變自己吧？」

這讓日南的眼皮動了動。

「……的確。不管怎麼說，我都想自己操控自己。」

「我就知道。」

緊接著雷娜像是要緩緩伸出手，刺進日南心中柔軟的部分似的。

她彷彿看出端倪了，嘴裡如此說道。

「——Aoi妳，是不是很膽小？」

會有人對身為強角的日南葵說出這種話，有點罕見。

「膽小……應該說把那種主導權交給某人，其實也不太正確吧。」

日南感覺起來變得有些不快，但還是裝出不至於帶刺的語氣回應。

「這麼說或許也對吧，但我是屬於連這部分都很樂在其中的人喔。」

「我不想走上歧路……所以關於這部分的想法或許跟妳很不一樣呢。」

「也是喔。」

雷娜看似心情大好地點點頭，瞇起那雙迷濛的雙眸，彷彿看穿一切似地揚起嘴角。

「或許我開始有點理解 Aoi 了。」

「啊哈哈，那真是太好了。」

日南笑得柔和，但雷娜卻再一次定睛盯著日南看。

「嗯，或許 Aoi 跟我有點像。」

「咦。是嗎？雷娜小姐跟我很像？」

面對用明朗語氣回問的日南，雷娜開心地勾起一抹笑容。

「我啊，希望獲得他人的認可。知道自己是有價值的，有人需要我。」

「啊——……這樣講起來滿像是那麼一回事呢。」

「對吧？」

對這種纖細的內在話題也能輕鬆肯定，超像是在打近距戰，感覺很嚇人，也許對那兩個人來說，這樣比較方便對談吧。我跟足輕先生都用像是拳擊裁判般的表情觀望戰局。

「Aoi恐怕比我更現實，更貪心——」

嘴裡一面說著，雷娜突然伸出手，用那纖細指尖觸碰日南的臉頰。

「『為了他人』，只是這樣是無法滿足妳的吧。」

那說話聲調聽起來像在調情，可是話裡的內容卻挑起我的興趣。

「……這個嘛。因為獲得他人肯定，就能肯定自己，這樣只是寄生在其他人身上吧？」

當日南說完，雷娜就一臉了然於心地笑了。

「看吧？果然。」

接著她看似沉醉地挪開指尖，慢動作觸碰日南的肩膀。

「我——很喜歡像我這樣空洞的女孩子喔？」

嘴角向上彎出蠱惑的弧度，配上沉靜的視線。無形中散發出一股危險氣息。

日南也回以同等級，又或者是有過之而無不及的笑容。

「多謝抬愛。我也不討厭這樣的自己。」

像是在演繹那張假面具，組裝鎧甲，她不帶情感地陳述。

就在這個時候，身為主裁判的足輕先生「嗯」了一聲，將手放在下巴上，同時一面插嘴。

「的確……Aoi 小姐該怎麼說呢，做事情真的是正確無比呢。」

「咦？」

足輕先生的一席話讓日南頭跟著一歪。

「啊沒什麼，在說 Aoi 小姐的遊玩風格。」

「這——啊，是 AttaFami 的？……常有人這麼說，但為什麼現在突然提起那個？」

日南困惑地提問，結果足輕先生理所當然地回應。

「因為 AttaFami 的遊玩方式，自然也能套用在人生上。」

「啊——……是那樣沒錯……」

看到足輕先生說得那麼理所當然，日南為之困惑。

「足輕先生，你的心情我很能明白。」

「真不愧是 nanashi。」

我跟足輕先生用熱切的目光對望。

「Aoi……這兩個人是什麼情形。」

「不知道……」

咦，剛才日南和雷娜還在針鋒相對，現在卻完全變成男生跟女生兩派對決。

腦子裡邊想著這些，我興致盎然地聽足輕先生發表看法。單純只是想知道足輕先生眼裡的Aoi——應該說是日南葵，她的遊玩風格是怎樣。

「Aoi小姐，大家都說妳每個動作做得很俐落對吧？」

「啊，確實常有人那麼說。」

「我看也是。」

聽到足輕先生平坦卻清楚明瞭的應和，日南輕輕笑了一下。

「剛才哈利先生也跟我說過，nanashi也常常對我那麼說。」

「對，明明就是參考我的遊玩方式，卻做到俐落過頭的地步……」

聽到我插嘴，足輕先生嘴裡發出一聲「嗯」，若有所思地接話。

「但我認為，實際上跟這有點出入。」

足輕先生的話令我大吃一驚。

「咦，不是嗎？」

要說日南的遊玩方式最大特徵在哪，我一直認為就是那部分。一般人往往會有自己的慣性，或是一套不自覺產生的流程，以及情緒激動的時候會出現一些舉動。在這些情況下將會導致不必要的動作發生，可是這樣的情形卻鮮少發生在日南身上。可以說在人生中的應對方式也是相同道理，我甚至覺得那就是這傢伙的「風格」。

「不，並不完全是錯的，但好像也沒有真的到很貼切的地步吧。」

「唔嗯。」

我隨即思考起來。一方面也有拿剛才日南跟雷娜的對話當參考，我想自己找出答案，可是我跟日南都已經認識了半年以上還是找不到答案，我看真的要找出來似乎不容易。在我絞盡腦汁十秒鐘左右後，我投降了。

「那是什麼意思啊？」

被我那麼一問，足輕先生盯著我看了一會，最後才將目光放到日南身上。他的眼神介於銳利和柔和之間，只是平靜地處理那些資訊，不慍不火。

「不是Aoi小姐在出招上夠果斷——而是每一個動作背後必定都有理由支撐。」

單就字面來看，在意思上或許跟剛才說的那些差異不大。但這其中的微妙差異，我個人深有所感。

「……足輕先生。你說得對，或許真的是那樣。」

「啊哈哈，對吧。」

再一次，只有我跟足輕先生兩人會意。

不是夠果斷，而是必定有理由。不只是AttaFami，綜觀這傢伙在人生中的遊玩手法，也能套用這一套理論。

「嗯——……？」

但是看我和足輕先生那樣，日南似乎有點不解。

「哎呀，是不是聽不懂。其實妳並沒有想那麼多嗎？」

這時足輕先生順口問了那麼一句。

就連面對這個提問，日南似乎也沒有會意過來，眼睛眨了好幾下，同時望著足輕先生。這是什麼情形。

那樣的反應令我感到不可思議，因為剛才足輕先生說過的話，以問人家問題的標準來看算是很普通，內容上並沒有艱澀的部分才對。那她為何對那個問題如此反應。

「不，聽不懂……這也不盡然，不過……」

「嗯。」

在那之後日南歪著頭，用困惑的語氣說了這番話。

「……基本上，有人會在沒有理由支撐的情況下出手操控嗎？」

聽到這個答案，瞬間我跟足輕先生都卡住了。

那肯定是因為我們聽了都覺得日南狂妄得可以。

「——啊、哈、哈、哈、哈、哈！」

足輕先生發出好大的笑聲，從前都沒有聽他那樣笑過。

「怎、怎麼了……」

這讓日南皺了皺眉頭，語帶困惑地開口。她現在還處於女主角模式，這裡頭當然參雜了演技，但她或許真的沒有發現自己說了奇怪的話吧。

「哈哈哈，真沒想到妳的思考那麼跳躍。」

「……嗯——」

「好痛！」

我故意說出那種不給日南留情面的話，這導致日南悶不吭聲用拇指大力按壓剛才打過的肩膀。快住手，最近這已經是第三次遭受攻擊了。既然妳知道一按下去就會痛，那就求妳別按。

「怎麼啦，兩人笑成那樣。有什麼用意嗎？」

只見日南佯裝生氣地開口。由於她處於女主角模式下，就連那生氣的樣子看起來也很可愛，實在狡猾，但她是真的很困惑的樣子，不免讓我心想「妳活該」。

「啊哈哈，就是說呢，Aoi 小姐，若是一般的玩家，大多在行動時，或該說幾乎所有的行動，都會按照慣性或者預先練習好的套路，不然就是下意識行為，都是『自然而然』在操作的。」

「咦——……？」

日南感覺還有點像是在裝可愛，不過顯而易見的是，身為 NO NAME 的她內心遭受了衝擊。

「當然越是頂尖，在行動時背後具備理由的玩家就越多……可是像 Aoi 小姐這樣，說沒有理由就沒辦法操作的人，老實說……我好像還沒見過。」

「那——……足輕先生和 nanashi 也是這樣？」

被日南那麼一問，我跟足輕先生互相看了看並點點頭。

「我大部分也都是憑感覺吧。當然在推測對手如何出招時會轉換成具體言語，但像是『在這樣的距離下不是很痛快』或者『感覺現在對手可能會跳起來』這類的，像這樣憑直覺操作的次數也很多。」

「的確。不過我用的是 Lizard，會有點不一樣，但要使出自己練好的招式組合，往往都會依賴慣性。」

「原來是這樣……？」

一開始日南還一副難以置信的樣子，但似乎慢慢接受現實了。話說沒辦法接受現實的人應該是我才對。在那樣的遊戲進展速度下，還能替所有的行動賦予理由，她腦袋是動得多快、轉換成言語的能力有多強啊？

只不過這種「所有行動都有理由」的價值觀，若是要拿來形容日南葵這個人，那可是再正確不過的用詞了。

畢竟——沒錯。

笑聲、聲音、舉止，從細部作為到談話內容。

日南在行動時，會對一切都賦予理由，到了令人恐懼的地步。

那正是在操縱遊戲角色日南葵、身為玩家日南葵的遊玩風格。

「所以說……在戀愛方面，Aoi小姐應該也會討厭被其他人干涉，讓自己一直以來日積月累的動機理由遭到破壞吧。」

「啊，講到這邊就把話題繞回來呀。」

只見日南頗能認同地笑了。

雖然氣氛和和樂樂，我在聽足輕先生說那些話的時候，依然不免感到驚訝。因為這正是我一直很想知道的，屬於日南葵的部分內在。

「我想這就是Aoi小姐那麼強的理由吧。所有的行動都具備動機，找不到動機的時候絕對不輕舉妄動，而是選擇觀望。一旦情況是自己能夠掌握的，就會針對該情況採取『自己所知的正確行為』。」

足輕先生滔滔不絕地將行動原理轉換成言語，我對此毫無招架之力。恐怕身為當事人的日南會感受到比我更大的壓力。

「妳大概不喜歡採取毫無根據又不正確的行動吧。就像剛才雷娜說的那樣。」

「這個嘛，是有一點道理……」

聽完足輕先生的分析，日南在回話時似乎有點不快。這時的我，被足輕先生的那番話嚇到。

對於日南，照理說足輕先生應該只知道她在AttaFami中是如何遊玩。

可是那些話聽起來卻彷彿說到了完美女主角面具底下的真面目——不，是提到了人類日南葵的本性。

足輕先生明明就沒看過這傢伙私底下的一面，那個講求完美主義的日南葵——不對，豈止如此，他甚至沒看出她就是在線上排名全日本第二的 NO NAME。

「話說回來！怎麼說著就聊到我的事情了！」

最終日南總算掌握了主導權，把話題帶開。視線在我跟足輕先生身上來回梭巡。

「足輕先生是怎麼看的？關於 nanashi 的戀愛！」

隨著她掌握主導權，日南順便將話題繞到容易聊的素材上。事情就是這樣，跟日南有關的話題結束了，但我可以感覺得到，剛才提及的幾句話，將會成為釐清真相的線索。

我知道日南私底下的那一面，別人眼裡也看見日南的特異之處。當這兩者交會，我有預感自己想要得知的事情將會呼之欲出。

＊　＊　＊

後來過了十幾分鐘。

足輕先生喝得比較醉了，拿出比平常更強勢一些的語氣開口道。

「……nanashi，你認為人跟人交往蘊含了怎樣的意義？」

這話一出，雷娜就禁不住笑了出來。

「這話被足輕先生認真說出口，聽起來就好好笑喔。」

「一點都不好笑吧。」

嘴裡那麼說，足輕先生還是變得有些害臊。他給人感覺明明是很冷靜的大人，雷娜卻能夠玩弄這樣的足輕先生，真駭人。

話說，跟人交往的意義呀。聽到別人這麼問我，我跟著煩惱起來。

「我早就想過選擇對方的理由……但一講到跟人交往的意義，那就變得很難回答呢。」

我跟菊池同學跳脫了像朋友般的關係，進展為男女朋友，在這之後究竟起了怎樣的變化；除了做些具體的思考，我還是姑且說了個勉強算是答案的答案。

「……像是定期一起去遊玩，或是協助彼此達成目標，應該是這種感覺吧。」

「咦~那樣太無聊了──」

此時雷娜在從旁插嘴，還附帶一個慵懶蕩漾的笑容。完全喝得比剛才更醉。

「太、太無聊？」

「不是嗎──因為剛才文也說的，跟朋友在一起也能辦到啊。」

「唔……確實是那樣。」

我聽了那番話也覺得有道理。一起玩、互相幫忙朝著目標邁進，這確實跟朋友在一起也能辦到，只要利害關係一致，就算不是朋友好了，找其他人也能夠做到吧。要拿這個來當成跟人變成男女朋友的理由，是有點薄弱。足輕先生也認同雷娜的說法。

「也對。只是變成男女朋友會更容易達成，但不是為了這些才交往的吧。」

「唔、唔——嗯……」

那麼不是男女朋友就沒辦法做的事情是……我想到一個答案，再來就只剩下這個選項了吧……

「那就是……比方說、可以跨越界線？」

「在說親吻或上床？」

「別、別說得那麼白。」

即便如此，雷娜還是搖搖頭說不對不對。

「那些跟朋友還是能做。」

「可以做嗎……？」

緊接在這之後，日南也露出豔麗的笑容。

「可以做的事情本來就能做呀。」

喂真的假的。不，就物理層面來看應該是能做沒錯，但那未免也太像大人才會說的話，這在成人世界中還是屬於跟我有太大代溝的，我只覺得要拿來當參考還太早。

「那都是極端言論，但或許真如那兩人所說。」

「足輕先生也這樣想？」

這下我要孤軍奮鬥了。喂日南，妳也是高中生，來幫幫我。

「可是……除了那些，還有其他可以讓人交往的理由？」

當我問完這句話，雷娜就笑了，一副「終於來了」的樣子，用迷濛的表情和聲音那麼說。

「這個嘛。我認為啊……應該是能夠彼此束縛這點吧。」

「束縛……」

這該怎麼說呢，又是有別於剛才那番說詞的大人論調。聽起來好像有點汙穢啊。

「意思是說……不能去見其他異性之類的？」

我這話讓雷娜點點頭。

「對對。不管是普通的朋友，還是特殊的朋友，都不能夠束縛吧？」

「特、特殊的朋友……？」

「嗯，因此能夠干涉對方行動的，應該就只有男女朋友囉。」

這時雷娜雲淡風輕地說出很有大人韻味的意見。那些字眼在我聽來似懂非懂，我正感到害怕時，日南也跟著點點頭。

「如果交了男朋友，確實會變成那樣呢。自己想做的事情不能做，碰到不想做的事情卻必須去做，就好比是這樣。」

「啊——！沒錯沒錯我懂！所以我現在都不太想交男朋友呢～」

「哈哈哈，我也是。」

情況就像這樣，聊到這邊，那兩個散發危險氣息的女孩子總算有共識了。沒有繼續針鋒相對真是萬幸，但這還是第一次看見日南透過自己的觀點講述男朋友這種存在。

此時足輕先生也跟著開口。

「嗯，不過，那從某方面來看好像有點類似。」

「是在說束縛的事？」

被雷娜這麼一問，足輕先生點了點頭。

「好比說，若是要定義非友誼非同好之間的關係……拿到AttaFami中來看，就很像是組隊作戰。」

「喔喔，原來如此！」

「怎麼這種時候才開竅。」

「Aoi，這兩個人是不是怪怪的？」

看到我恍然大悟，日南和雷娜發動吐槽。我跟足輕先生心有靈犀，那兩個人卻完全沒概念。緊接著足輕先生稍微猶豫了一下才開口。

「那——翻譯成日文就是……既然不是朋友也不是同志，那就『不是毫不相干的人』，我覺得是這樣。」

「這不是在講日文吧……話說，這樣意思上有相近？」

雷娜似乎不太能接受。

「嗯，因為在組隊的時候組到同一支隊伍……那就不再是局外人，會得到能夠干涉對方行動的權利，基本上會變成這樣吧。不覺得這樣很像束縛？」

我點點頭表示很能認同這樣的說法。日南和雷娜聽到這邊似乎也明白了。

「啊——……原來如此，的確是！」

「可是Aoi，不覺得他一開始就這樣說會更好嗎？」

雷娜說話的時候頗為不滿，但足輕先生還是活靈活現地將那番論調說完。平常給人感覺很知性，一說到AttaFami，這個人就會變得毫無心機。

「因為是組隊戰鬥，就能夠干涉其他人的行動……因為不是局外人，才能對他人的交友關係、將來展望，甚至是家族問題插手。因為是屬於特殊的友人，才會對無權干涉的部分插嘴。就連自己有可能無法負起責任的區塊都要干涉。」

足輕先生一面說著，思緒越拓越廣，我跳出來接話。

「反過來說，對方也有可能可以干涉我的行動，是這樣子吧。」

「嗯，是會變成那樣。一旦跟人組隊的話。」

「文也跟足輕先生看起來很開心呢？」

雖然雷娜有意見，我卻還是認同足輕先生的主張。

能去干涉他人行動。在聽取這些的時候，我一面回想之前發生過的大摩擦。

菊池同學大概不是很喜歡我來參加對戰聚會吧。

然後就如足輕先生他們所說，在人生中所謂的交往，就代表能夠對對方的選擇——換句話說，是對對方在名為人生這場遊戲中的遊玩內容加以干涉，能夠獲得這樣的權利。

那代表菊池同學有權利要我別去參加聚會。

「就像這個樣子，能夠涉足『外人』沒辦法介入的『個人』領域，逐漸將彼此的人生責任分享出去……假如不是要當朋友，而是要成為男女朋友，那麼其中的理由應該就是這個吧。」

「……人生的責任。」

陷入迷惘的我，將那句話複誦一遍。

這麼說確實沒錯。

只是這句話——套用在我的人生上，我不認為那算合適。

「對足輕先生來說也是這樣？」

「是沒錯……有什麼不對嗎？」

被他那麼一問，我開始整理自己的思緒。

拿AttaFami的組隊戰鬥來說，套用上去似乎是對的。

可是我心中的「男女交往」型態和這套理論，好像有點出入。

「該怎麼說呢……就是我會覺得即便交往了，若是彼此都有自己想做的事情，就應該要擺在第一位給予尊重。」

這時足輕先生點點頭，若有所思地盤起雙手，嘴裡發出一聲「嗯」。像是要替我的想法做補充，我再度開口。

「可能我會覺得……就算是交往了，那也不是在組隊戰鬥……而是彼此都在打單人戰，只是我們剛好走在一起。」

「原來如此。」

我那樣解釋，足輕先生馬上就明白了，眼睛一直盯著我看。雷娜跟日南則是一臉不解。

「也就是說變成男女朋友沒錯，但頂多只是個人歸個人，每個人對自己的行為負責就行了，是這個意思吧。」

「對。完全正確。」

個人歸個人。

那是我至今的生存價值觀基礎。就算我現在人生變得更加廣闊，唯獨這點依然不會改變。

「我認為——這是在個人競技戰中戰鬥的玩家原則。」

面對我的一席話，足輕先生頗能體會地頷首。

「原來是這樣。是那麼一回事啊。」

對。

所有的遊戲都有規則，會產生結果——這兩者皆與「原因」相繫。

而導致那原因發生的，則是出自自己的行為。

不管是贏是輸都要自己負責。就算是選擇的角色不合適，又或是角色基礎能力原本就有落差，那都是「選了這個角色的自己該負起的責任」。這是遊戲的基本原則，一旦玩家遺落了這點，那就會把造成結果的原因歸咎給自己以外的其他事物，開始產生這樣的想法將會妨礙成長。

能夠在線上排行一直維持第一名的我，從來沒有改變「個人歸個人、結果要自己承擔」這樣的想法。在展開人生攻略之前，看到中村把輸掉的原因都推給遊戲，而我會因此挑他毛病，八成都是因這樣的根本價值觀使然。

「每年新年參拜的時候，我都會祈禱『希望努力能有回報』，我個人認為這樣算是自行承擔的表現。」

「哈哈哈！原來如此！」

「文也果然很奇怪呢——」

只見足輕先生跟雷娜笑得很開懷。我說的都是真的，不是故意要搞笑啦。日南則是一直沉默沒有說話，對全場作壁上觀。

「不過我好像有點明白。我沒辦法像 nanashi 那樣想法極端，可是會認真面對遊戲的人，我想或多或少都有相似之處。」

足輕先生那番話讓日南瞬間為之屏息，我聽了也點點頭。

「對。說得對。」

然後我回顧自己以往的人生。

我孤獨生活了十幾年。後來才開始擴展視野，那是這半年來的事情。

但我心中還是有個根深柢固的想法，就是自己要對自己的行為負責，講究個人主義。

「直到現在，就算 nanashi 你會對誰感到尊敬、有好感或感謝好了，談到對自己以外的人深入了解這部分，或許還是毫無經驗。」

「……也許是那樣。」

這話是在刺探我的陰暗面，但我還是承認了。

確實如他所說。

可以肯定的是——即便面對身為女朋友的菊池同學，也沒有例外吧。

「包含現在的女朋友在內，我認為自己從來不曾將自己該負的責任加諸在其他人身上。」

我帶著自省意味如此述說，而足輕先生似乎察覺到什麼了，他深深地點了點頭。

接著表情還是沒變，就像是用鉛筆淡淡地刻下證據，給人不冷不熱的感覺。

「那麼，也許 nanashi——根本就不適合談戀愛。」

這個意見夠犀利，但我並不覺得他說偏了。

「若是交往了還是不打算跟人組隊戰鬥——堅持個人負責個人，不願意將任何責任分享出去，那成為『男女朋友』也沒意義，是這個意思吧。」

「對。」

足輕先生用詞簡短地肯定了我的說法，我就像在對答案一樣，也覺得有道理。

緊接著雷娜就一臉擔憂地看著我。

「可是文也，這樣不會有點痛苦嗎？」

「……不確定。」

不管怎麼說，我都希望能夠自力更生活下去。所以選擇一個人承擔，從某個角度來看是理所當然的，我也不覺得這樣有什麼不好。

明明是這樣，我還是因為戲劇的關係喜歡上菊池同學，找到讓這份關係變得特別的理由，選擇跟她告白。但這並不表示我要跟菊池同學成為命運共同體，嚴格說起來，那只是在體現我的內在心緒。

必定是這種個人主義，將相剋又失衡的「變得特別的理由」轉換成「矛盾」，成了觸發的媒介，侵蝕著我跟她之間的關係。

舉凡一起去玩、送她回家、早上一起上學。

這些都是很像男女朋友會做的事情，不過維持在朋友的狀態下，想做也能做吧？

這個部分，水澤稱之為「形式」。

「我為了女朋友做的事情全都是『表面功夫』，於是我面對戀愛的態度全都流於

『形式』，會變成這樣子吧？」

當我怯怯地詢問後，足輕先生說了一句「形式啊」，並點點頭。

「假如找不到非成為男女朋友不可的理由，就會變成這樣吧。」

他肆無忌憚，話說得很明白。也因為這樣，我才得以了解自己。

一邊聽他說著，我再度回想起那件事情。

「假如女朋友對我說『不希望我去參加對戰聚會』，那我確實會——」

到那個時候，我會有什麼樣的心情，會做何感受。

當我跟菊池同學說自己要去參加對戰聚會，還說雷娜也會去，而且我要跟日南一起去，菊池同學會因此感到不安。

我想要尊重她的心情，跟菊池同學做過確認，問她是不是不要去參加對戰聚會比較好。

當時菊池同學說希望我去參加對戰聚會，不想阻礙我追求未來——

可是假如她跟我說不希望我去，那我會如何。

「假如事情變成那樣——

那我認為自己將會無法繼續包容對方的情感。」

我老老實實說了。

就連我都被自己嚇到，因為在這次親口說出來之前，我都沒發現自己是那樣想的。

可是一旦說出口，我也就釋懷了。因為這與我用 nanashi 身分持續玩遊戲的美學息息相關。

「那是因為 nanashi 是遊戲玩家，對吧。」

發現這點被人看穿，我不由得頷首。

那並非單純只是相較於我跟菊池同學的關係，我把自己的將來看得更重要。

「我相信自己的感覺，身為一直保有傲骨的玩家……我認為自己的選擇優於一切。」

要讓 AttaFami 成為我的人生寫照，這條路是我選擇的，會自行承擔責任，是屬於我的選擇。

那麼不管是男女朋友還是朋友，甚至是家人都好。

我絕對不容許其他人踐踏。

——我對潛藏在自己心中的情感產生了自覺，同時菊池同學的身影在腦海中浮現。

朝著通往未來的那扇門，菊池同學跟我正在邁進，也許能夠成為並肩而行的夥伴。

或許還能成為擁有相同展望，會互相協助的同志。但就算是那樣，我們正在走的路依然是兩條平行線，不管再怎麼揮手，交換了多少心情、做了多少溝通——在我心目中，那永遠都不會有交集，是屬於各自的路。

位在前方的門，肯定也各有一扇。

我也很確定在我心裡，這項結論絕對不會改變。

「這樣會很奇怪嗎……沒辦法太看重他人，諸如此類……」

在說這句話的同時，我開始感到恐懼。

因為在之前的人生中，我從未跟任何人保有這樣的關係。就算跟朋友也一樣，當然更別說是男女朋友了，在那比特定距離更近的距離內，在那能夠讓我為對方犧牲的距離內，從來沒讓任何人涉足過。

但假如大家都理所當然那麼做。而我原本這十幾年來都是一匹狼，導致我心裡有某一塊是欠缺的，以至於無法像大家那樣……

就算這半年來認真面對人生，眼前的景色有了大幅度的改變，依然找不回、締造了不可逆的結果，如果真是這樣……

「……唔！」

不知不覺間，我的手、嘴脣都顫抖起來。

也許我為了創建出能夠讓自己相信自己、持續努力的價值觀，而失去了無可比擬的東西。

「這樣的我，是不是跟任何人都無法真心往來？」

「文也……」

雷娜在呼喚我的名字。至於日南，不曉得為什麼。她一直用強烈的目光盯著足輕先生。

我用無力的聲音吐露心中情感，足輕先生一臉嚴肅地望著我。眼裡沒有半點同情色彩，這讓我開心一點。

當下足輕先生用像在開導人的語氣對我那麼說。

「少數派，或一般人難以理解的事物若是會被歸類為『怪誕』——那 nanashi 應該就是『怪人』。」

「唔！」

我感覺到有個冰冷的東西刺進我胸口，然而足輕先生話還沒說完。

「只不過，從個人層面來看——」

他臉上神情未出現分毫改變，不過語氣上卻顯得有些溫和。

「那並不算奇怪，也不是什麼壞事。」

「……為什麼——那麼說？」

我彷彿是想找到救命稻草，一張嘴自然而然動了起來。

「也許有的時候，那會害別人感到寂寞，看情況而定，還有可能會傷害到對方。」

足輕先生說著，換成看日南和雷娜。

「因為其他對你有好感的人，也許並不希望你都是一匹狼，會希望跟你更親近，想要跟你擁有對等關係。」

「……了解。」

我心裡有譜了。

明明沒有要傷害他人的意思，我的行為卻會傷害別人。

就好比是我想要了解日南卻遭到拒絕，因此覺得受傷。

那是因為一方懷有堅決要深入了解某個人的意志，另一方卻畫界線隔開，這樣的溫差導致該情況發生。

有好幾個人在我腦中輪番閃過，同時我緩緩地點點頭。

「而 nanashi 想必是不能接受那個樣子。但那並不全然是 nanashi 之前都獨來獨往所導致的。」

「那照這樣說來，究竟是……？」

我試著探尋，像在黑暗中找尋光亮。足輕先生陷入沉默，視線移到電視畫面上。

我選擇的新角色「Jack」獨自一人走到前方，將手輕輕放到蓋住臉龐的面具上。

「那可以比喻成徹頭徹尾只相信自己，持續努力的玩家才會有的業障。」

「……業障。」

只是一個單詞而已——就在我的腦中深深地、頑強地駐足。

＊　＊　＊

前往大宮方向的埼京線電車載著我和日南急馳。

大概是不久之前的對話還在腦海中揮之不去，即便我們兩個人依然話不多，只是乾等著電車逐漸靠近縣界的那一刻到來。

每當車輪擦出聲音，堆積在我胸口處的不安感就為之擺盪，想找到名為答案和藉口的出口，在躁動著。

「……」

「……」

有別於平常那種不會令人介意的沉默，眼下空氣冷冰冰的。可是會有這種感覺，可能只是因為我有那種感受罷了。

先敗給這陣子沉默的，果然還是我。

「……話說，日南。」

「我看你也差不多想說些什麼了。」

「喂。」

聽到這種稀鬆平常的玩笑話，幫助我稍微找回平常的步調。

日南還是老樣子，一臉自信心十足，並且看著我。

「剛才那些話，妳怎麼看？」

我問得很模糊，日南似乎已經聽懂了，連去確認我指的是什麼都沒必要，三兩下就給出答案。

「也沒什麼。別人是別人，你是你，這在遊戲裡面是理所當然的事情吧。知道自己是怎樣的人，有什麼好受到打擊的。」

日南這話說得好豁達，感受不到半分虛假，讓我下意識想將之視為依傍。

「基本上，把這種事情說得像是多特立獨行一樣實在太差勁了。不過我不至於在那種場合中說出跟你類似的話就是了。但每個人都是獨立而活，不會把責任轉嫁給他人，在前進的路上要確實自行承擔，還有什麼事比這個更美妙？……根本就沒什麼好否定的。」

她說話語氣聽起來有點感情用事。然而還是有著果斷的強悍，沒有絲毫迷惘，強到稍不爭氣就會不由得去依靠的地步。

「哈哈……妳果然是很強大的角色。」

被我這麼一說，日南頓時眉頭皺了皺，再來又理所當然地開口。

「那只是因為你太弱。沒辦法一個人度過人生，那不就代表努力和分析做得不夠嗎？」

聽到這句話，我不由得再度感到安心，還笑了出來。

「——妳都沒改變呢。」

我這話讓日南瞬間睜大眼睛。然後雙眼看向窗外，抓住長及肩口的柔順髮梢。

這以日南來說算是很罕見的舉動，我最近好像見識到這傢伙罕見的一面好幾次了。

「對——我都沒變。」

後來放開髮梢的日南，神情上有著堅決的色彩。

剛才被她抓起的髮梢散落，跟其他的髮絲混雜在一起，已經不曉得身在何處。

那肯定如同日南自身的處境。

「可是……一個人活著，會不會寂寞啊？」

想到往後的事情，我說出這句話來排解不安，日南再次只挪動眼睛看我。

「不知道……但至少——」

「至少？」

我回過頭問她，只見日南帶著堅定的表情看我。

那實在太過強韌，彷彿假面具一樣，像是人工製造出來的；但不曉得為什麼，我覺得那是日南的真實面貌。

「我就算寂寞也無所謂。」

電車來到北與野站。

我還來不及針對那句話回應，日南就在我背後推了一把。

「去吧，別發呆。」

「喔、喔喔。」

「那我們學校再見。」

「再、再見。」

我幾乎是在日南的主導下被趕出電車，閉上車門的電車載著日南，發車前往大宮。

被遺留在現場的我就這樣目送電車離去，杵在月臺中央。

一些乘客跟我一起離開電車，對我視若無睹，從我身邊依序經過。

我呆呆地眺望連電車影子都不見蹤影的軌道彼端。

怎麼會這樣呢，我站在那動彈不得。

北與野車站這邊連點星星都看不見，就只有那片夜空俯瞰我。

指尖原本已經被電車內的強力暖氣弄得暖呼呼的，卻在短時間內冷卻，跟夜晚的街道同化。就彷彿是那裡的血液沒有循環到一樣。

我這才回想起日南說過的話，嘴裡吐露出幾乎要被水泥都給吸收掉的言語。

「怎麼可能不寂寞。」

後來當我慢慢轉身踏出步伐的那一刻，月臺上除了我，再也沒有其他乘客了。

4 妖精的弓箭能高機率射中要害

跟日南道別十幾分鐘後。

我獨自一個人走在北與野的街道上，一直在看智慧手機的螢幕。一份難以名狀的寂寞冰冷了我的心，為了溫暖這顆心，又或是想要掩蓋此事。我熱衷於閱讀顯示在螢幕上的故事。

這個作品的名字叫做「純混血與冰淇淋」。

顯示出來的作者名字是——菊池風香。

這是幾天前在早晨圖書室中提過的新小說。

我之所以會發現，是因為幾分鐘前在推特上，菊池同學在她創作用的帳號中提到相關訊息。

我已經知道自己造了什麼業，還有感受到日南的寂寞。雖然現在沒心情看不是跟自己有關的故事，但唯獨菊池同學的小說不同。我確實還沒做好覺悟，去跟某個人發展出超越個人框架的關係。不過身為菊池同學的男朋友，而且還是菊池同學所描繪故事的書迷之一。我會想要看看。

一邊看著，我邊回想起菊池同學曾經說過的話。

「……這是。」

在菊池同學的新作品中，確實如她所說，故事上能看出是結合了「波波爾」和「我所不知道的飛翔方式」。

——不過。

內容——跟我想的有點不一樣。

故事發生的舞臺不是現實世界，而是幻想世界。有妖精和半獸人，狼人和雪女等等，在這個世界中總共有三十二個種族共存。少女艾爾希雅住在這個世界的王城中，是屬於體內沒有血統的「無血」少女——這樣的艾爾希雅，就是這個故事的主角。

「……艾爾希雅。」

讀到一半，我看到這個名字略感訝異。那是在「我所不知道的飛翔方式」中也有登場過的主要人物名，那個時候是皇城裡的千金——而且還是以日南為藍本描繪出的角色。同樣的名字，這次懷著截然不同的特徵，用同名角色的身分於故事中登場。

而且這次還是主角。

那齣戲劇再怎麼說都只有演給來參加關友高中文化祭的人看，用同樣的名字，這點並不會造成問題吧。但是刻意拿來沿用，應該有某種意涵才對。

這是友情客串演出，還是只有名字一樣，其實完全是另一個人？無論如何，那個作品對菊池同學來說，都是拿自己身邊的事情為主題做描寫，是很重要的故事——這麼說來……

我回想起數十分鐘前分道揚鑣的日南，想起她的那張側臉，並開始看這個故事。

在這個世界裡不同種族也可以結婚，能夠生兒育女。如果是妖精跟龍生下孩子，那就會產下能夠操控風、運用翅膀在空中飛翔的飛龍，若是狼人和雪女生的孩子，那身上就會包裹白色體毛，變成類似耐寒的雪人那樣。

在這個世界中少有隔閡與限制，而艾爾希雅是不具備任何血統的「無血少女」。由於她身上無血，就無法靠自己一個人生活。無血流動，無法自行製造在這個世界生存所必要的能量，也就是五種「正素」，總有一天會衰弱死去。

可是艾爾希雅就是因為無血，不管是什麼種族的血液都能夠吸收到自己身體裡。若是透過比頭髮還要細的魔法針，在不會造成痛苦的情況下吸取一滴血液並讓自己吸收，就能夠增加血量，艾爾希雅也能夠成為任何種族。

連同艾爾希雅是居住於皇城的少女在內，另外還有好幾個設定都是承襲「飛翔方式」，只是某部分的設定也有點波波爾的影子。

能跟其他種族交配，這點雖然跟波波爾不同，但是許多種族能夠共存的友善世界，這點一定是受到波波爾影響吧。也許菊池同學希望能有那樣的世界……但是。

「吸收，是指模仿嗎……」

讓我感興趣的是這部分，關於艾爾希雅的設定。

艾爾希雅若是不吸收其他人的血液，就無法發揮力量。具體來說就是對血的味道和流動很敏感，只要靠近就能知道誰擁有怎樣的血統，而且只要一滴血液，就能讓其在身體裡爆發性增長。擁有能夠司掌血液的兩種力量，這就是艾爾希雅的特別之處。

但那再怎麼說都是借來的。

雖然能夠暫時讓別人的血液增量來獲得力量，但過一段時間就會消失，並沒有辦法真的變成自己的。在那個期間中重複使用過的力量會變成知識和反射動作，頭腦會記得，所以能夠在某種程度上自行運用，卻不會成為超越知識的感覺牢記於體內，肯定比不上傳說中擁有最強力量的純血。

但是為了戰勝這個世界，只能去複製優秀的純血，讓那股力量轉換成知識或反射動作駐足於自己體內，藉此讓自己成長茁壯。

也就是極度貧乏的萬事通——艾爾希雅就是這樣的人。

「這……果然是。」

因為故事裡有那個名字才會讓我察覺。但就算不是那樣，我也會得到相同結論。

為了在各個領域都做出成績。會去勤奮模仿該領域中的佼佼者是怎麼做的，腳踏實地努力，靠著日積月累脫穎而出，持續證明自己沒有做錯。

就好比在 AttaFami 中會去模仿身為 nanashi 的我，恐怕讀書和社團活動還有人際關係，都是拿某個範本當參考，直到成為自己的血肉為止，一再地模仿，一直到知識灌注在記憶中，大腦學會反射性做出該動作為止，日南葵恐怕都不斷反覆練習吧。

簡直就像是這故事中艾爾希雅的處事方式。

某一天，艾爾希雅來鎮上參加桌上型遊戲相關活動，認識了雜種少年利普拉。

在鄉下長大的利普拉根本不曉得自己前幾代的血統是什麼樣子，屬於雜種中的雜種，他不曉得自己屬於什麼種族，這從某個角度來看也很類似波波爾。

只不過，當下艾爾希雅嗅出一個事實。

因為混了太多種族的血液，利普拉一生下來就不帶任何種族的特徵。他的血統單純只被當成雜種看待。

不過那並非是單純的雜種，而是「所有血統都均等混合的特別血統」。

兩個純血會生出混血兒，這個混血兒又跟別種混血兒結合，生下四種血液均勻混合的四等分之子。而那四等分之子再跟擁有別種四等分血液的四血之子結合，生下的小孩就會均勻帶有八種血液。

若是又跟擁有別種八大類混血的人生下孩子——那就等同難得一見的偶然重複發生。

相同的巧合持續五代後，將會生下「世界上三十二種種族的血液以三十二分之一狀態均等混合」之子——那就不是「雜種」，而是自古以來就被稱為「純混血」的特別血統。

換句話說——利普拉是在鄉下偶然誕生的「純混血」少年。

於是艾爾希雅就利用皇家的權限，將普通人帶離鄉下，招待他來到自己居住的皇城附屬學院，兩人開始發展一段關係——

進展到這邊，「純混血與冰淇淋」的第一章節就結束了。

這個故事簡直就是在深入描寫「飛翔方式」裡以艾爾希雅為名的日南投射者。

我一察覺此事就站起來，整個人愣住。

我還沒有跟菊池同學提過日南的另一面。因此關於比較具體的部分，她應該不曉得才對。

——然而。

這故事卻將日南更加根本的部分，那些像是價值觀或行動理念的東西描寫出來，幾乎與我的理解一致，不，看場合而定，甚至比我知道的更加深入。感覺她已經描寫到核心。

＊　＊　＊

回家後，在自家廁所中。

我看著鏡子，裝出笑臉接著再變回原樣，反覆好幾遍。

這是日南教會我的武器。日南一定是從身為現充的「純血」那邊借來血液，去模仿對方。結果讓她學會了技能，還教給我。這對我而言是為了當能擴展自身世界的「波波爾」才學會的技能之一，是用來跟人建立關係的假面具。

雖然我認為這並非我的本質，可是要確認樹上的葡萄是甜是酸，這是必要的第一步。於是我明知這是一種技能還是假面具，打從暑假時「技能」獲得菊池同學認可，我就當成一種手段來用，不分場合持續著裝。

運用技能來達成我想做的事情。創造出好幾項目標和關係性。

其中的幾個後來對我而言真的變得很重要，被納進我的懷抱中。

只要再讓名為「自願想做」的血液流通，我想這樣就圓滿了。

可是這時浮現在腦海中的卻是——艾爾希雅的「無血」。

艾爾希雅能夠成為各式各樣的種族。不過——正是因為這樣，才什麼種族都不是。

這跟「飛翔方式」裡頭的艾爾希雅實在很相似。

和每種血液都擁有一點的利普拉形成對比，身上不具備任何的血液，得到的技能絕對不會真正屬於她。

要說她能夠得到些什麼，那就只有「這樣做會有好處」這種正確知識的累積。

做什麼事情都要拿第一。可是在這裡頭，日南葵卻沒有「想做的事情」。

那傢伙想要實現的最終目標到底在哪？

我躺在房間裡的床鋪上，回想菊池同學的新作品「純混血與冰淇淋」故事情節，同時整理思緒。

我傳簡訊給菊池同學，說對戰聚會已經結束，想跟她通電話。接著關掉智慧手機的畫面，結果手機畫面突然發亮還震動起來。

「哇啊啊啊!?」

明明應該關掉螢幕的智慧手機，此時卻在發光外加震動，害我發出叫聲。我才準備要進入替自己集氣的狀態呢。一看發現是來自菊池同學，也就是說剛才送過去的 LINE 訊息立刻有人回應。大概是一直在等我吧。

我打開聊天畫面，確認菊池同學傳來的訊息。

『參加對戰聚會辛苦了！

現在到睡覺之前，什麼時候都可以打電話過來，等你準備好請打過來！』

跟在網聚上雷娜散發出的纏人魔性相去甚遠，這神聖特質可以讓人沉澱心情。我心中的負面情感彷彿一下子就被淨化掉了，讓我莫名想聽見菊池同學的聲音。

「……準、準備好了。」

我一直看著手機的畫面。

既然都準備好了，我就鼓起勇氣打電話給菊池同學。

「……」

手機傳出噗啪啪噗啪啪砰的撥接聲，每當這段聲音告一個段落的那一刻，我都以為電話接通了，結果又再次作響。被手機弄到都焦躁起來。

當電話鈴響第六次左右，菊池同學才接起來。

『你、你好！』

她說話的聲音變得有點高亢不安。總覺得這第一聲聽起來就很緊張，讓我明白不只是我，對方八成也很緊張。

「妳好。」

一聽到菊池同學的聲音，不知不覺我就沒那麼緊張了。

『啊……是友崎同學的聲音。』

總覺得她回應的語氣好柔和。

「啊哈哈，在說什麼。那是當然的啊？」

『呵呵，剛才很緊張，但是聽到你的聲音就安心了。』

菊池同學這話說得很溫和，但她是什麼樣的心情我也明白。

「……也許我也是。」

『友、友崎同學也是？』

聽到對方這樣回問，我心想糟糕了。這下可能又得說些讓人害羞的話。

「那、那個……是想說聽到菊池同學的聲音，感覺好放心。」

『——！』

在那之後，有段短暫又讓人難耐的沉默流淌著。才剛跟人通電話就在做什麼啊我們兩個。

『對、對了！……參加對戰聚會辛苦了。』

「嗯，菊池同學也是，謝謝妳等我。」

「……不客氣。」

從這話能十足體會到菊池同學是很尊重我的。

只是聽到她說辛苦了，今天一整天的疲勞就一下子減輕不少。

就在那個時候。突如其來地，菊池同學用鼓足勇氣的聲調開口。

『那、那個……就是！』

「嗯？」

『……友崎同學，你現在在家嗎？』

這突如其來的問題讓我頭一歪。

「啊，咦？嗯，是在家沒錯……」

『……是、是這樣啊！』

「嗯，怎麼了？」

聽到我那麼問，菊池同學頓了一下，這才有點難為情地續道。

『……因、因為想看看你的臉……』

「臉？」

『我有點不安，能夠聽到聲音覺得很開心……那個、就想看看你的臉。』

言語裡提到的不安和那率真的理由使我情感動搖，同時腦子裡還有另一個自己在冷靜思考。

「……可是，現在才要過來？」

對。我現在人就在自家這一帶。這裡離菊池同學的家應該有一大段距離。

『那、那個……LINE 裡面有視訊電話……』

「啊，是那樣啊？妳好清楚喔。」

我用驚奇的語氣回應。也許對世人來說是常識，原本以為菊池同學對現充常識不熟悉的程度和我差不多，因此她知道那個讓我有點意外。

『是、是的……在跟弟弟聊天的時候，我常常用這個……』

「啊──原來如此……」

開竅到一半的我在半路上打住。

「咦，原來菊池同學還有個弟弟？」

『是的……』

當下我腦袋裡浮現影像，是在西洋繪畫中會出現的，外觀像少年的天使圖，但菊池同學是普通的女孩子，不會有那種事情。應該單純只是五官跟她很相似的男孩子吧。

「是喔……也就是說應該很可愛吧。」

在說這話的同時，我發現自己講「也就是說」這句話隱含什麼樣的意思，這才驚覺並倒抽一口氣。

『是的。非常可愛……啊。』

過了一下子，菊池同學似乎也發現到了。

「那、那個，友崎同學，你說『也就是說』……那是什麼意思……」

『啊──這……就是。』

感到慌亂之餘，我也知道自己不回答不行，接下來才會那樣回應。話說最近這樣的情況還滿多的，菊池同學開始會旁敲側擊要我進一步解釋。意外地會希望別人把那種話說出來，原來她是那樣的類型嗎？咕唔唔。

於是我豁出去開口。

「是、是因為……菊池同學也很可愛……」

『……！』

後來我們兩個人都說不出話來。我們這是在幹麼。

「啊、啊啊真是的！那、那我們來視訊通話吧！」

『好、好的！』

情況就是這樣，為了彌補讓她感到不安的那段時光，我們在電波和故事構成的世界中，要加深彼此的關係。

後來過了幾分鐘。

「好、好了。」

『好、好的……那我按下去。』

聽到菊池同學這麼說，我再看智慧手機的畫面，畫面上顯示出「有人邀請你加入視訊通話」這類訊息，菊池同學的放大照已經顯示在螢幕上了。

——話說。

「唔!?」

我只看了一眼就受到強烈的衝擊。

映照在螢幕上的菊池同學。那確實就是她沒錯，不過——

看起來比平常還要休閒一些，穿著居家服。

『怎、怎麼了？』

「沒有，沒什麼。」

下面這些話我怎麼說得出口。

對。今天一整天，不管我再怎麼想擺脫都無法從腦袋中消去的，就是今天早上雷娜傳給我的誇張照片，還有當著我的面掀起裙子，讓我不小心撞見的白皙柔膚。加上用指尖撫摸大腿時，那種撩人又心癢難耐的感覺。

那份衝擊幹掉理智，深植在更深層的部分中，就算我運用腦力試圖消去，身體其他部分依然對後續感到惋惜似地陣陣發燙。

而現在菊池同學出現在我的智慧手機中，在那前襟敞開的睡衣上，從上面數下來的前兩顆釦子都沒有扣。胸口露得比平常還多的菊池同學看起來莫名煽情，而且後面那片景色有別於我們平常用來閒談的圖書室，是很一般的居家景象，這也能形成感官刺激，令我心跳加速。

今天的網聚上，我一直被人發動色情攻勢，腦袋變得很敏感，那樣的刺激實在太強了。

「呃、呃——」

『呵呵。是友崎同學。』

「嗯、嗯嗯。」

一些邪念擾亂我的心，我們隔著螢幕看彼此的臉來對話。這應該是一段讓人非常放心的時光才是，但我光要讓自己轉移注意力以免受到刺激就已經費了九牛二虎之力。我最近好像老是在跟這種情境作戰？

一邊承受這樣的刺激，我們開始聊今天對戰聚會的事情。

「所以我決定改變使用的角色……」

『這樣啊，要改變使用角色嗎？』

接著我如實告知變更角色的一事讓網聚成員都大吃一驚，以及日南的人生攻略風格被人看出端倪等等。

至於足輕先生跟我說的「個人造業」這檔事——我還沒跟她說。

『……這樣啊。一切的行動都有理由為依據，這真的很符合她的作風呢。』

在這些事情中，菊池同學特別對日南的事情表現出濃厚興趣，還點了點頭。那表情與其說是獲得新知，還不如說更像在確認原本就已得知的資訊。

『那個……友崎同學。』

「嗯？」

菊池同學這時抱著薄荷綠和白色條紋交錯的抱枕，看似猶豫地垂下目光，並開口道。

『之前不是有為文化祭辦慶功宴嗎？』

「嗯？有啊。」

『……我那個時候跟日南同學講了一些事情……只有我們兩個人。』

「……啊。」

那景象我記得。

平安夜那天。我們在大宮的廣島燒店舉行文化祭慶功宴。

那個時候泉發表一長串無聊致詞，竹井還是平常那個竹井，還跟水澤聊戲劇的事情——雖然發生了很多插曲。

可是一直懸在我心中的，正是那景象。

「是在廁所前面的走廊上，對吧？」

『咦，是的。』

我的話讓菊池同學驚訝了一下。

「我有遠遠地看著妳們……想說這樣的組合還真稀奇，才留下印象。」

然後——在那之後，泉走到我旁邊跟我說「菊池同學在跟葵道歉」。

到頭來我並沒有跟其中的任何一個人打聽事情原委——不過現在是不是就要談到了？

『當時我也跟日南同學說過和剛才那些相近的話。』

「相近是指……所有行動都有理由這點？」

『是的。』

只見菊池同學點點頭，這次隔著螢幕，目不轉睛用認真的眼神與我對望。

『你還記得那個嗎？戲劇劇本中艾爾希雅有段對白是「我擁有一切。不過——」「正因為這樣——更一無所有。」』。

「……好像有。」

這些對白我也有印象。那些臺詞一定是菊池同學灌注了強烈意圖打造的，正式演出當天，日南說的那句臺詞尖銳到「一點都不像在演戲」。

『其實慶功宴當天……日南同學曾經深入探究那些臺詞有什麼含意。』

「咦？日南主動問的？」

這話讓我大吃一驚。

那傢伙平常都在扮演完美女主角，戴著相應的假面具，確實常常會主動去找很多人閒談。可是遇上一旦碰觸就有危險的話題，尤其是有可能威脅到完美女主角假面具的部分，她應該都不會主動去觸及才對。

再加上那戲劇的內容特別敏感。

『是的。這果然會讓人有點驚訝對吧。』

「……嗯。」

菊池同學也跟我一樣驚訝，但驚訝程度大概沒我大吧。因為日南會主動去涉入這樣的危險地帶就表示——她很在意真相，在意到不得不那麼做的地步。

「那菊池同學怎麼回答？」

我整個人向前湊，這句問話讓菊池同學用力抱緊抱枕。

『我說艾爾希雅找不到自己真正喜歡的東西。

……光靠自己無法肯定自己。』

當菊池同學說出那句話，我除了訝異還是訝異。

『所以——想要找到證據證明自己這樣是對的。』

很快地，我聽出菊池同學話裡的含義。

「要找到證據證明自己那麼做是對的，那就等同——」

『是的。就跟——「行動理由」很像吧。』

像是在訴說自己描寫的角色那般，又像是在說故事，菊池同學一一說明。

『因此才想要得冠軍當第一名，尋求這種淺顯易懂的價值——』

我有點震驚。

那有如在對「純混血與冰淇淋」中提及的，關於艾爾希雅的描繪主軸與其行動，賦予具體動機。

『她想透過經世人認可有價值的東西，找到證明其正確的「理由」吧。』

這半年來，我一直看著她幾乎沒讓其他人看過的另一面，好不容易才能勉強捉摸出日南內在的抽象輪廓。

菊池同學的確在編輯戲劇的那段時間去採訪過，還經過觀察，或是從我這邊打聽一些事情。

但光靠這些——就能逐步貼近我的評判，貼近到那種地步？

我想起那個無血的少女艾爾希雅，為了求生存需要將所有純血種的技能都學會。因為身上無血流動，才會空洞到非得拿其他人的力量做基礎。

「……妳竟然能夠了解得那麼透徹？」

『是的。我做了採訪，思考過，然後……』

緊接著菊池同學所有的目光都集中在一個焦點上，用如此澄澈的雙眸定睛而視。

『我試著在這個世界上——讓艾爾希雅動起來。』

我有個想法。

那個時候看過戲劇的劇本。還有今天讀過新寫的小說。

我能感覺得到菊池同學具備創作者應有的才華。還有她為了小說不惜試探日南的黑暗內在，有那個膽識去觀察，揭露她的本質，我想這都會成為創作故事的利器。

不過——肯定不只這些。

因為，還有一件事情令我感到不對勁。

「這些事情……妳都跟日南說了吧？」

剛才菊池同學所說的，一定都還沒有人跟她說過，就連我都沒跟日南提及，是一套頗冒犯人的假說。

一不小心說錯話，就有可能踏進對方身上一旦介入就有危險的部分，她將那些話跟當事人說了。那個溫和又內向的菊池同學會選擇這麼做，讓我覺得不可思議。

就算是日南主動詢問好了，菊池同學的推測越是正確，這樣的行為就越有可能干涉到對方的內在層面。菊池同學不可能不明白。

『其實我也煩惱過，不知道該不該跟她說……』

先是不知所措地左顧右盼一陣子後，菊池同學下定決心看我。

緊接著——菊池同學接下來說的話。

讓我對她大幅改觀。

『但假如跟她說了——

也許能夠挖掘出日南同學一直以來隱藏的另一面。』

語氣上很客氣，卻有一股沉靜的壓力。

看在一般人眼中，這樣的價值觀在優先順序上顯得怪異。

想要挖掘出別人隱藏起來的柔軟內在，甚至要更深入挖掘。

做到這種地步，感覺實在太極端了。

「菊池同學……妳今後也想繼續了解日南這個人嗎？」

被我這樣一問，菊池同學將手伸到螢幕外，大概是在拿自己寫的原稿。她捧著一疊大約Ａ４大小的紙。然後望著我，稍微猶豫了一下才開口。

不過與其說她是在煩惱該如何回答——還不如說她只是不確定該不該跟我說那些。我有這種感覺。

『我想，那一定會幫助我找到我想描寫的東西。』

菊池同學字字句句都回答得很清楚，那對屬於小說家的雙眸，看的肯定是映在螢幕上，在我眼裡的——位於眼裡更深處的日南，我是那麼覺得。

最後菊池同學才像是突然回神，將那一疊紙放回桌上，枕頭「砰」地丟向床鋪。沒想到在家裡也會做這種事呢菊池同學。

『……！對不起都只有我在說話……』

「咦，這真的沒關係啦……」

懂得體諒人的菊池同學，跟試圖揭露日南真面目的菊池同學不同，是另一番面貌。該如何解釋這點，我現在還拿不定主意。

話聊到這邊，菊池同學變得有點著急，開口如此說道。

『那、那個，友崎同學……果然，還是不行……』

「……不行？」

突然聽她那麼說，我不由得感到困惑。而那聲音的熱度，使我擅自萌生覺得她妖豔的想法。那股一直在悶蒸的餘熱，三兩下就被引燃。

『就是、明天可以見個面嗎……？』

「咦？」

她沒來由發出這樣的邀約。

「怎麼了，突然這麼說？」

經我詢問後，螢幕裡頭的菊池同學變得滿臉通紅，隔著螢幕依然看得清清楚楚。

『那個……原本以為打了視訊電話，我就能按捺住想見你的心情，但是……』

「唔、唔嗯。」

『一看到你的臉……就變得更想見你。』

「……唔。」

她那些心情實在表達得過分直率，讓我身體裡的熱度增高。光是看見菊池同學的身影，我就已經很想見到她了，可是我的理由還包含一份有點難以對菊池同學啟齒的情感。臉和身體滾燙到連我自己都有自覺。

「可是明天就如先前所說……」

『啊……說得也是。』

對。很久之前就講好了，明天要跟班上同學一起去 Spo-Cha 聚會。之前菊池同學也有邀約過我，我也是用同樣的理由推辭。

「不過……該怎麼辦啊。」

我不知該怎麼做才好。

先前我都不曾排定優先順序，單純是誰先約就跟誰一起，用這種簡簡單單的規則來決定自己的預定行程。我覺得從某個方面來說，這可以說是很誠實，但我卻想起水澤說過的話。

我的行為屬於來者不拒，眼睜睜看一些東西逐漸逝去，卻不去主動選擇拋棄。

手上能夠拿的東西有限，如果什麼都想要，總有一天某幾樣會自然而然淘汰。這還不打緊，一路走來我都是能要的就要，卻無法下定決心從中選出再也拿不動的東西。

……那麼。

「明天還是為了菊池同學騰出時間好了。」

『咦……那——可是……』

菊池同學回話的語調明顯透露出喜悅，話卻說得躊躇。在菊池同學平日的認知裡，我不會為了她推掉其他約會吧。但現在還說那種任性話，即便不是出於故意，我依然會傷害到菊池同學。此時要我去相信兩人間有特別的關係，足以承接舊校徽承載的故事，這也會隨之變得困難起來。

到了這節骨眼上，我不免會想，開始對拿不動的包袱逐步擬定優先順序也無妨。

「沒關係。我想跟大家說清楚，他們會諒解的。」

眼看菊池同學對我送上窺探的目光，我對她很有自信地斷言。

「還有……要負責承接命運舊校徽的情侶，怎麼能夠一直吵架吵到活動當天呢？」

我說這話是在利用泉給的機會，結果惹得菊池同學輕笑出聲。

『呵呵，這麼說也對呢。』

在那之後她又換上熱切的語氣。

『你選擇了我……我很高興。』

於是我們對照彼此的活動安排，挑出一個時間。我還在想要怎麼跟大家解釋，但又覺得直接實話實說也行吧。

『那、那麼，明天見……』

「嗯。」

『晚、晚安！』

「嗯，晚安。」

後來電話就掛斷了，我們回歸日常生活。當彼此之間的聯繫像這樣斷絕，也許我們就會繼續以不同種族的身分過活。然而這段距離能夠透過以故事為名的世界彌補。

「……結束了。」

只是這樣談過，還不確定能否有好的進展，就連那能稱之為特別的理由，實際上依然毫無頭緒。我們在做的，或許只不過是頭痛醫頭。但就算不夠精巧，只要能填補兩人之間的代溝，我想那之於我倆的關係依然有其必要性。

——但另一方面。

「～～～～～～唔！」

我的身體已經不行了。

都怪菊池同學那番熱切的話語——「不行」「想見你」。還有透過螢幕看見那純潔又惹人憐愛的標致臉龐，加上身上穿著的衣服比平常還要隨興。

從今天早上開始我就一直在失控前踩剎車，一直有股衝動在醞釀者，而上述這些已經足以讓它死灰復燃，簡單講就是男性部分遭遇重大危機。

我將臉埋在床鋪間，整個人胡亂掙扎，但同時又有點放心。之前只有直接誘惑我的雷娜會帶給我這種感覺……不過身為我女朋友的菊池同學也能確切令我萌生那種感受。這代表我一定是很健全的吧。

……但那些先擺一邊。

「～～～～～唔！」

我還是覺得很難受。

＊　＊　＊

隔天。

「友崎同學！」

菊池同學跟我約好在北與野車站碰面。

「……你好。」

「嗯，妳好。」

就像平常那個樣子，我們互相有禮貌地打招呼，然後來到彼此身邊，眼下人就在車站前。

菊池同學穿著咖啡色的長大衣，脖子上捲著駝色的圍巾，還有從外套下襬露出來的裙子、從黑皮鞋中外露的襪子，這些都是顏色有些許差異的褐色系。全都是用同色系來搭配的，彷彿將不食人間煙火的菊池同學帶向現實，看起來很美。

話說還沒讓菊池同學看過的衣服快穿完了，於是我穿著之前跟日南一起去買東西時，買到的查斯特大衣，並且依然不忘讓襪子跟圍巾的顏色互相搭配。謝謝日南老師。

接下來我們要去的是——在日南介紹下去過幾次的義式餐廳，那邊的沙拉很好吃。

「好了，那我們走吧。」

「好的。」

「走這邊！」

我盡量讓自己看起來不會畏畏縮縮、態度開朗又有男人味，以便領導菊池同學。第一次跟菊池同學兩人一起去看電影的時候，這些我完全都做不到，但現在已經能在某種程度上自然而然那麼做了。

走了幾分鐘後，我們來到那間店前方。一打開門就碰到來招呼我們的店員，我跟他說「我是預約過的友崎」，然後跟菊池同學一起進到裡頭。話說剛才那句話以前沒什麼機會說，於是我有事先錄音起來做過相關練習。可不能大意。

「哇，這裡的氛圍好平靜。」

「對啊，我很喜歡這裡的沙拉……」

之所以會來到這間店，都是依循菊池同學的意願。不過並非具體指定要來這，而是為了今天的約會，我問她想去哪邊，她提的要求是「想去看看友崎同學最喜歡的店」，我才會選中這家店鋪。這裡感覺別具風情，最重要的是餐點特別好吃。怪不得那個很挑嘴的日南會那麼喜歡。

「這裡就是友崎同學很喜歡的店……」

「嗯。」

嘴裡一面說著，我假裝動作熟練地打開菜單。事實上雖然有來過幾次，這裡卻過分時髦，我免不了還是會感到慌亂，只是盡量不要表現出來。

「午餐有義大利麵跟沙拉……如果食量不大，我比較推薦沙拉。這裡的沙拉非常好吃……」

「真的啊！」

大概就是這個樣子，我跟菊池同學分享自己知道的情報。但並沒有說過頭講些多餘的話，我只是想讓對方知道自己跟她聊天很樂在其中。暑假的時候，我準備好的談資已經用掉太多，害我現在跟人聊天的難度提升。

於是我跟菊池同學分別點了義大利麵午餐套餐和沙拉套餐，邊閒談邊等餐點送上來。

＊　＊　＊

「原、原來有這麼好吃的沙拉……！」

「對吧！真的超好吃……隔了那麼久才吃還是覺得很棒……！」

我們都覺得餐點很美味，享受屬於我們兩人的時光。

能夠跟自己喜歡的人分享自己喜歡的事物，這是很幸福的一件事情。

「可以跟菊池同學一起吃這個，真的好棒。」

「謝、謝謝……」

能夠跟對方如實表達心聲，為我帶來淡淡的溫馨感。

「那、那個……關於昨天的事情……」

「嗯？」

不知不覺間話題繞到昨天的對戰聚會上，菊池同學她——

「那個女孩子，昨天是不是也在……？」

「啊——……」

她口中的那個女孩子肯定就是雷娜，昨天針對這部分，我確實不知該如何是好，才刻意不主動提及。

可是對方都這麼問了，我總不能說謊吧。

「嗯，她在啊。」

「是、是這樣啊……」

開口說了這番話的菊池同學，臉上浮現客套的笑容。

那表情代表她不確定能不能繼續問下去。

「呃——……」

這下我陷入兩難。跟雷娜之間發生過的事情，我可以說多少。

直接將一切全盤托出是很簡單沒錯，但這對彼此來說是不是好事，感覺很難講，可是為了自己的方便而去隱瞞，這樣又不夠誠實吧。

於是我決定試著拿問題去試探菊池同學。

「菊池同學，妳是不是想詳細了解曾經發生過的事情？……我沒有做出背叛妳的行為，但不是所有環節妳聽了都會覺得開心，我是在顧慮這個。」

在那之後，菊池同學顯得有些膽怯，看得出嘴脣在顫抖，但她還是換上率真的說話語氣和眼神。

「那個……如果可以的話，希望能夠確實說給我聽。」

「……我明白了。」

先是點了點頭，接著我就將雷娜在對戰聚會上的行徑詳細說一遍。

例如雷娜是年約二十歲的女性，說出「跟朋友也可以幹那檔事」不覺得這有什麼好奇怪，算是很積極的人。

在對戰聚會上常常想要跟我拉近距離，恐怕是盯上我了。

甚至還用很直接的方式誘惑我，當時……她甚至運用那具肉體上演欲拒還迎的戲碼。

「原、原來是那樣的人啊……」

菊池同學顯然很震驚。這也難怪，在高中生中很少有那類型的人，之前有一次還當著菊池同學的面，收到她打來的電話，讓菊池同學看見她的長相。外表上來說，以一般人的標準來看應該算是很正的那種，要是菊池同學因此覺得對方有威脅性，那也是人之常情。

所以說，一方面是為了讓菊池同學放心，我還是覺得自己應該要將心中想法老實告知才對。

「只不過，我已經確實跟她說『我有女朋友』，也不打算跟菊池同學以外的人做那種……」

不打算做那種事情，這話都還沒說完，我就有所警覺。而且看樣子菊池同學也在同一時間發現了。

「要、要跟我……唔。」

對。雖然是間接性的，但我說的話就好像在暗示「打算和菊池同學做那檔事」。先等等這樣沒問題吧。對清純的菊池同學說出這種話，應該不會被警察逮捕吧。

「那、那個……你說的那種事情是……」

「啊——！話說！就是！沒、沒什麼！」

著急到不行的我，用很拙劣的手法混過去，不料菊池同學卻有些洩氣地看向下方。

「沒、沒什麼是嗎……？」

「咦？」

「對、對象是我果然……」

接著她抬起臉龐，不知為何變得淚眼汪汪。

「男人們，是不是都比較喜歡那種性感的女孩子……？」

「咦、咦咦!?」

菊池同學說出這種話真不像她，讓我為之震撼。

「不、不是，我對菊池同學……」

我話才說到一半，不曉得菊池同學是不是想起之前看過的雷娜頭像，緊跟著低下頭像是在審視自己的樣貌。

「可是……我不像那個女人那樣……」

她顯得很消沉，聲音有氣無力。再度仰望我的雙眼浮現出淚光。

「那個……我並沒有那樣的魅力……」

「唔！」

那淚水就快要從菊池同學眼眶中滑落。這我必須要想想辦法才行。可以確定的是，那不包括去擦拭即將要奪眶而出的淚珠。

而是要避免滿盈的淚水潰堤。

就在那個時候，在我腦子裡顯現的——依然跳脫不開我最真的心情。

「沒、沒那回事！」

當我察覺的時候，我已經發出叫喊了。

那是因為我有那樣的感覺，強烈到無以復加的地步。

「其、其實我！也對菊池同學！有那樣的想法——！」

當這話一出口，整個世界便跟著靜止下來。

包括我的思緒、菊池同學的動作，一切都停頓了。

能看出的唯獨一樣。就是我們兩人的臉色，突然間以前所未有的高速染紅。

最後，當菊池同學的臉紅到不能再紅。她劃破寂靜開口。

「那、那說得直接點……！」

只見菊池同學縮住身體，頭低了下去，眼睛向上看著我，跟剛才不一樣的是，她這次眼裡泛著熱切的淚水。

「那個……是在什麼情況下才會……」

後來菊池同學還特地詢問細節。不久之前我也那麼想過，就是菊池同學果然會喜歡探究這方面的事情呢，大概吧。

不過為了讓菊池同學安心，我丟不丟臉已經不重要了，也只能說了。

「就、就是……例如之前跟妳通視訊電話的時候……穿的衣服跟平常不一樣。」

「～～唔！」

下一刻菊池同學上半身微傾，還用手包住身體。

眼神好像在生氣，卻又隱約透露著喜悅，還用那雙眼瞪我。

「……色鬼。」

在這句話的推波助瀾下，我對菊池同學好像又有更多那方面的念頭了。不、不對，這表示我很健全是好事吧!?

＊　＊　＊

經歷了這一段後，我們連甜點都吃完了，正在喝餐後紅茶。

「這真的很好吃呢。」

「對吧！我很喜歡這裡。」

我們兩個互相分享未參雜半分假話的率真感想，品嘗這段幸福時光。

「紅茶也非常好喝，真是段美好時光。」

「可以跟妳一起吃飯，我也很開心。」

「我……我也是。」

雖然這裡的菜色已經吃過幾次了，但只要一起來的人不一樣，感覺這段時光也會隨之增色。當然跟日南在一起的時候也有樂趣，可是跟菊池同學作伴的時光，會覺得時間過得特別緩慢，而我們可以分享這份溫暖。話說跟日南在一起的時候，感覺像是彼此都懷著銳利的兵器，在互相較勁。

「好啦，那我們也差不多該走了。」

「也對。我們走吧。」

緊接著我們打算從座位上起身離開，就在那個時候。

「——咦？是風香跟友崎同學？」

一道佯裝開朗歡快的熟悉嗓音傳入耳中。

「咦？」

轉頭看才發現對方居然是日南，時間點太過巧合令我肩膀大力震了一下。咦，怎麼會，這是人腦光用想的就可以召喚過來的魔獸嗎？

「哎呀，是葵的同班同學？」

有人在這時用高雅又親切的語調接話，是位在日南後方，年紀大概落在三十歲到四十歲之間的女性。旁邊還有長相酷似日南，臉看起來比較稚氣一點的女孩子……也就是說。

「呃——……是葵同學的媽媽跟妹妹嗎？」

由於對方是她的家長，我才能順利說出「葵同學」，除了覺得自己有進步外，經我詢問後，那名女性就帶著孩子氣的笑容，笑咪咪地點點頭。

「沒錯。葵平常承蒙你們關照了。」

「不、不會，我才是常常受葵同學關照。」

「我、我也是……那個，我叫做菊池風香。」

「啊，我的名字是友崎文也。」

我學菊池同學做自我介紹，結果日南的媽媽再度和藹地笑了。

日南的母親穿著包覆至脖子的白色針織衫，上頭套著看似質感高級的黑色長大衣，頸部那邊戴了項鍊，上頭的白色裝飾品看起來像是珍珠，感覺很高級。舉動和表情整體給人的觀感都非常具有親和力，與實際年齡和外在氣質有落差，給人更加年輕有活力的感受。

「多謝抬愛。今後也請多多關照葵。」

那說話語氣很和善又不討人厭，對方說完再次面露微笑。這笑臉不像是第二服裝教室裡的日南會有的，比較貼近在班上扮演完美女主角的日南。但至少看在我眼裡，這不像是刻意裝出來的。

「快打招呼，遙。」

在母親的催促下，原本待在她們身旁的女孩子轉頭面向我們。

「那個，我是日南遙！姊姊受你們關照了！」

對方用有點僵硬的聲音說完後，跟我們點頭致意。從外表上看來大概是中學生吧。相形之下說話感覺就給人有點幼稚的印象，不過在高中生看來，也許中學生意外的就是這副模樣也說不定，所以也沒什麼好說的。

「這位就是家中小妹遙。請多多指教。」

這話她們的母親是用調皮語氣說的。那給人感覺還是很親切，雖然對話只短短一下子，我卻已經萌生好感。

「還真是湊巧——！你們要回去了？」

可能是因為菊池同學也在的緣故，日南在跟我說話的時候，扮演的是身為完美女主角的她。我聽了回道「對，正要走」，目光三不五時朝著日南的母親和妹妹那邊飄。

這些就是日南的家人啊。

總覺得乍看之下就是一個溫暖的家庭，之前我跟菊池同學去找日南的小學同學打聽情報時，對方說過她的雙親特別引人注目，看了會覺得確實是有那麼一回事。

「這樣啊，那明天學校見！」

日南這麼說是要趕我們回去，結果日南的母親帶著淺笑開口。

「哎呀，可以再多聊一下啊。」

「不、用、了、啦！」

這個是極其自然的親子互動，是不希望被同學看到自己跟父母親在一起的樣子，假設對方不是日南葵，這就是所謂的人之常情了吧。

……只不過。

「好，那就這樣。我們走吧。」

「好、好的！」

「再見啦，明天見。」

「日南同學，再見。」

於是我跟菊池同學兩個人把帳結清，就此離開店鋪。

「那一對好可愛。」

「啊哈哈，對啊，聽說是最近才開始交往的——」

日南一家人的談話聲從我背後傳來。

耳邊隱隱約約地聽著這些聲音，我心中浮現一個念頭。

——原來日南在家人面前用的是「那張面貌」。

＊　＊　＊

有那麼一陣子，我們在冬日的北與野漫無目的走著。

我都搭到這一站下車，所以北與野的街道應該已經走到很習慣了，但只是稍微偏離平常走的道路，就彷彿來到陌生的街區。不過想想也是，因為這是我要下車的那一站，因此除了前往車站的道路，其實其他我都沒什麼在走。

菊池同學一步一步「咚——咚——」地走著，像是用腳尖邊踢邊走那樣，在我的身側慢慢走動。用聽在我耳裡似有若無的微小聲音哼著歌，踩著那輕快腳步的模樣彷彿稚氣少女。圓頭皮鞋在冬日陽光的反射下映著清涼的光暈，長長的裙襬像風一般溫和擺盪。

側眼看著戀人這樣的姿態，我感到很充實。我可能還是像足輕先生說的那樣，不會讓自己以外的人、讓菊池同學深入自己的人生範疇。不過像這樣跟她交談後發現，即便偶爾會出現摩擦，這段關係依然還是讓我覺得光就近相伴而行都感到幸福。

那這樣不就足夠了嗎——會這麼想，是否就是我的「業」？

「友崎同學，你知道很多很棒的店呢。」

「嗯？會嗎？」

菊池同學先是轉過身面向我這邊，然後用對我抱持敬重卻又愉快的語調如此說道。

「是的！例如大宮的咖啡廳就很棒，剛才那間店也非常美妙！」

「啊……」

「跟在友崎同學身邊，總是能夠看見很棒的新事物，我覺得非常開心。」

她話說到這邊還微微地笑了一下。看她這樣令我感到幸福，不過心情也變得有點複雜——這是有原因的。

「像這樣的店鋪，你都是怎麼發現的啊？」

我才想到一半，對方馬上就針對該部分拋出疑問。我給的答案是——其實那並非完全是在幹壞事，只是真要說起來還是對菊池同學有點難以啟齒。

「呃——其實今天的店……是因為我跟日南一起來過好幾次，所以才——」

「……日南、同學。」

菊池同學的步伐有點縮小了。直到剛才都還很輕快的步調又變回像平常那樣，一雙眼睛眨了幾下，有些不安地望著我。嗚嗚，果然。

「原、原來如此，所以剛才才會……」

「嗯……對啊。」

沒錯。原本還覺得會在那邊碰到日南真的是非常巧，但仔細想想，那可是日南介紹的店。而且日南還非常喜歡那間店鋪，就算她跟別人一起來也不奇怪。是說搞不好原本就是日南的父母親告訴她這間店的。

「那——大宮那間店不就……」

「啊——……」

我這才察覺。

說起來，連那間咖啡廳也是。

「呃——……雖然我沒跟日南一起去那邊過，但是告訴我有這間店的……是日南。」

「是、是這樣啊……？」

菊池同學的腳步突然停下。

「之前在我打工的地方……你們也是兩人一起來呢。」

「啊……」

我剛開始展開人生攻略的時候。在我和日南偶然造訪的咖啡廳內，菊池同學就在那邊打工……這樣想來，菊池同學是曾經親眼目擊我跟日南兩人一起出遊的班上同學。

「那個時候……友崎同學跟大家還沒有相處得那麼融洽吧……」

菊池同學發現這件事情了。對，那個時候我還沒跟班上的人打成一片，相較於現在，給人的違和感應該更強烈。

不過，這其中是有緣由的。

「話說，菊池同學。」

於是我才想找菊池同學到囊括了一切真相的「那個地方」。

「明天早上，希望妳能來某個地方。」

「早上……不是要去……圖書室嗎？」

我點點頭。

「是某一間教室……在那邊，我有話想跟妳說。可以的話，想要在那邊說給妳聽。」

當我說完，菊池同學想了一下，再度開口的時候像是抓到什麼重點了。

「要說日南同學的事情……是嗎？」

這令我感到驚訝，同時我用直率的眼神看著菊池同學，點了點頭。

「是關於前陣子跟妳提過的，我和日南之間的關係。我有問過她了，她說可以跟妳講。」

「……！」

看菊池同學臉上的表情，似乎參雜了期待與不安。

「所以明天，我想在那邊，把事情全部講開。」

我一字一句說得很清楚明確。

「我明白了……！」

先前關於我和日南之間的特別關係，我都不能告知相關緣由。現在有機會說，那對我跟菊池同學的關係會有很大幫助吧。

「這樣一來……總算也能透露給菊池同學知道了。」

不料就在這時。

可能是受到我的話牽引，突然間，菊池同學下了某種決心，這麼說道。

「我……想要更了解友崎同學……」

「……了解我？」

菊池同學點點頭。

「我明明在跟友崎同學交往，卻好像完全不了解你一樣……」

「怎、怎麼會……」

這讓菊池同學有些沮喪地搖搖頭。

「雖然你教會我許多事情，但我自始至終都只是傾聽者……不管是一起度過的時光，還是相識的時間長短，我大概……都比不上她。」

菊池同學在說這話的時候，彷彿在跟某種東西對抗，她笨拙地看著我的眼睛說話。

「我想成為，最了解友崎同學的人……」

這甜美的話語就好比毒品，讓我的腦袋變得七葷八素，溶進我的耳膜中。

「因為我是……友崎同學的、女朋友……」

「……唔！」

那惹人憐愛的眼眸，躁動不安的手指動作，都讓我受到吸引。那股引力實在太強了，就連我這個弱角都隨之產生「必須好好守護著女孩」的念頭。

「所、所以，那個……」

接著菊池同學在低垂著頭的狀態下來到我身邊，從側面抬頭仰望我——

又白又細，我心愛的菊池同學正用那指尖抓住我的外套袖口。

「等一下……可以去你家嗎？」

在那柔軟渾圓的臉頰上多了一抹紅暈，而這果然也傳染給我了。

＊　＊　＊

於是我們現在來到我的房間。

對。不是只有我，而是「我們」。

「……打、打擾了！」

菊池同學的聲音聽起來很緊張，跟在我身後進入房間，縮著身子，唯獨視線在那左顧右盼。話說爸媽跟妹妹好像都出門了，家裡現在就只剩我跟菊池同學。

「啊——……呃——」

而我豈止是聲音緊張，就連句像樣的話都說不出來，心臟跳動速度活生生是平常的五億倍，明明在自己的房間，卻不知道要坐在哪。

我想說就先坐在床鋪上好了，可是這樣做，菊池同學可能也會自然而然坐到我旁邊，那感覺好像有點不妙，於是我就沒那麼做，我背靠著床鋪坐下，挺直背脊逼自己振作。日南老師說過改變姿勢也會改變心態。

緊接著菊池同學也照做，保持些許距離坐到我附近，怯怯地面向前方。她看起來渾身僵硬，當然我也無法直視菊池同學的臉龐。

「啊——……那個。」

「是、是的……」

我想不到該說什麼，總之就先試著發出一點聲音看看，但是在這種精神狀態下果然什麼都說不出來，開始用奇怪的方式說話帶來壓力，讓我的腦袋、身體都變得一片空白。

「呃——……那——」

「……請說。」

「啊——……就是。」

「嗯、嗯嗯……」

眼下我們毫無進展。

結果這時我房間的門突然被打開。

「文也我回來了——去洗一下衣服……咦。」

出現在那的人，是剛才人應該都在外面的媽媽，她拿著洗衣籃站在房間前方。視線在我跟旁邊的菊池同學身上來回遊走，最終露出一個親切笑容。

「哎呀，原來是朋友來了。別太拘謹。」

帶著那硬擠出來的笑容，媽媽把門關上，幾秒鐘後就聽到她「噠噠噠」跑下樓的聲音。

「文、文也帶女孩子……咦，都沒人在呀~！」

妹妹跟爸爸好像還沒有回來，母親自然就變成一個人唱獨角戲。我家的家長這是在做什麼。

「那、那個……」

菊池同學這下完全不知道該怎麼辦才好，我也很困惑。不過，我心中的緊張情緒已經沒剛才那麼濃厚了。再來就是，我還找到共通話題。

「啊哈哈……抱歉，我媽媽她平常就是這個樣子呢。」

當我用半開玩笑的語氣說完後，菊池同學頓時睜大眼睛，之後輕輕地笑了一下。

「你媽媽好有趣喔。」

就這樣，我跟菊池同學互相看彼此，兩人都在偷笑。很好，氣氛沒那麼僵硬了，感覺還不錯。把女朋友帶回家的時候，媽媽都會發揮很好的作用，這世間還真的有那麼一回事呢。這種事情我只在漫畫上看過，對我來說很新奇。

——不過。

「這下——該、該怎麼辦……」

「是、是的！」

菊池同學說想要了解我，我們才會兩人一起來到這邊。房間來是來了，我該說些什麼才好。最大的癥結點，也就是我跟日南之間有祕密這檔事都已經跟她說了，好像沒有其他事情是還沒跟菊池同學說過的。

「話說……那個。」

結果菊池同學朝放在桌子上的螢幕看了一眼。

「友崎同學最喜歡的東西，應該是那個遊戲吧……？」

「嗯，對啊。」

沒想到她會從該角度切入，提及此事，我在那方面可是非常有自信的，於是我明確地點了個頭。

「既然如此……那我也想多多了解『Attack Families』。」

「咦。」

「我也想……試著一起玩玩看。」

「咦──!?」

我發出驚呼。這並非負面的驚訝反應，反而是非常開心的驚叫聲。

因為我可以跟自己喜歡的人一起，玩我很喜歡的遊戲。還有比這更幸福的時光嗎？

過度喜悅害我一時間動作停擺，菊池同學適時開口填補了這段空白。

「那是因為……友崎同學……」

「嗯？」

下一刻，菊池同學彷彿想起了某段幸福時光。

「因為你也想去了解──安迪的作品。」

「啊……」

這個時候我才發現。

一開始對方誤會我原本就有在看安迪的作品，我們兩人的關係就此展開，後來我真的開始看安迪的作品，知道他的作品有多棒，還跟菊池同學一起去看電影，一起去買新書——不知不覺間，那成了維繫我們兩人關係的珍貴之物。

「所以，我也想去了解。試著了解友崎同學……喜歡的東西。」

菊池同學有點害羞，但臉上的笑容對我充滿包容力。光是看著就讓我愛得不得了。

「那好！」

我把一直連在遊戲機上的手把從彩色置物櫃中拉出，按下遊戲機的電源開關。

「那我們一起玩吧。要學什麼都行。」

「呵呵……你可是日本第一呢。」

「啊哈哈。沒錯沒錯！」

後來我就帶著興奮的心情關注遊戲畫面，這才察覺一件事情。

這搞不好。

搞不好是菊池同學在用她的方式，試圖消除我們之間的代溝。

過沒多久電視螢幕就開始播送讓我耳熟能詳的開場音樂，畫面上出現會在AttaFami中登場的眾多角色，展現各自的個人特質，在畫面上跑來跑去。

「話說——這個遊戲聚集了眾多作品的知名角色，集結而成製成這款格鬥遊戲——」

我在適當時機讓畫面更換，逐步解說。菊池同學看起來對我說的話很感興趣，邊聽邊「嗯嗯」地回應，這讓我很開心，越說越多。

先從這個遊戲的誕生史開始。再來是競技場景中的熱鬧設計，還有單就它身為多人遊戲有多麼受歡迎等等，這些都依序介紹。就連某些用不著講那麼深入的部分也越說越起勁。

「——事情大概就是這樣，這是一個有深度又注重流行感的神作遊戲……！」

說到這邊，我總算發覺了。

因為菊池同學在聽的時候臉上笑意實在太濃厚，害我那會對喜好事物過於熱衷的遊戲狂之血跟著熱血沸騰起來。當我發現的時候，肢體語言已經變得很誇張，根本就像在演講一樣。我得冷靜下來才行。才剛起頭就在搞什麼鬼啊我。

「……啊，抱、抱歉，我說太多了。」

聽我那麼一說，菊池同學先是錯愕地睜大雙眼，在這瞬間過後，她對我露出像是上天要赦免我的恬靜笑容。

「怎麼會呢？請你……再多說一點。」

那是連我的失控舉動都願意包容的笑容。

「天使……」

「咦。」

那字眼我之前大概已經在腦袋瓜裡說了好幾遍了，但應該從來沒有說出口，這下一不小心就小聲講了。這不能怪我啊，剛才那實在太像被一道光芒擁抱。

菊池同學聽我那麼說很驚訝，還把目光轉開並玩弄髮梢，做些害羞的小動作，用有點像在賭氣的表情仰望我。

然後她用楚楚可憐的聲音小聲說著。

「真是……太極端了。」

這模樣未免太激發他人的保護慾，我手上的遊戲手把差點掉下來。但這總有一天會變成我混飯吃的傢伙，於是我重新用力握好，做個深呼吸之後再度看向菊池同學。

「……這樣我會害羞，請你別那樣看我。」

然而菊池同學的臉變得比剛才更紅，身上的神性變得更加強烈。

「妖精……」

「都、都跟你說了！」

這下我再度失去理智。

＊　＊　＊

後來經過幾分鐘。

「看、看我的！……奇怪？」

「啊哈哈，應該是按錯按鈕了。」

在螢幕前方，我跟菊池同學握住遊戲手把，在練習模式中操控遊戲角色。

仔細想想會發現這情況是女朋友來自己的房間，然後我們兩人獨處，對男高中生而言是很令人垂涎欲滴的情境，可是一旦開始玩 AttaFami，我就會不小心變成徹頭徹尾的遊戲玩家，這檔事都被我忘了一半，只顧著跟菊池同學一起享受玩遊戲的樂趣。

畫面中的女性角色 Victoria，當菊池同學很有氣勢地吆喝一聲「嘿！」時，完全沒有半點動靜。我想她可能按錯按鈕了。話說在 AttaFami 裡頭沒有哪個按鈕是按下去不會有動作的，所以她有可能根本沒按好。還有 Victoria 是雷娜在使用的角色，有點希望她不要用這隻。

「弄錯了，要按這裡。」

「按這裡……嘿。」

下一秒 Victoria 的魔杖就發光了，朝著前方釋放攻擊。

「太、太好了！」

「嗯，好厲害！」

「這、這樣很厲害嗎⁉」

菊池同學高興到雙眼都在發光。話說剛才的操作說起來就只是「菊池同學會按A鈕了」，可是她很開心，我才決定大肆誇獎。越來越寵她了。友崎流的AttaFami講座是有誇獎才有進步。

「那──接下來是……」

我邊想邊「喀嚓喀嚓」地操控角色，讓他隨便做些動作，看到菊池同學用驚訝的眼神望著被我操控的角色。

「這、這個動作是什麼……？」

「啊，沒什麼，只是習慣性做一下……」

在畫面上的Jack微微跳躍起來，細碎地跳了幾下並使用「瞬」在地面上滑行，重複這些動作數次。這完全是我在無意識間做的。不過也是，看在外行人眼中會覺得動作非常靈活吧，心想「怎麼能夠做到這樣」而受到吸引，這也很正常。以前泉好像也曾經被遊戲角色的動作吸引過。不過她現在已經是我的徒弟了。

最後菊池同學的目光落到我的遊戲手把上。針對一個動作要按下好幾個按鍵，因此我那指尖在做的動作八成會變得很細微，細到讓人有點驚嚇的地步。相較於螢幕上的角色動作，指尖的動作就顯得很詭譎。

「這個樣子……要做多少練習呀？」

「這——不是很確定……不過若是要把這套動作做到很穩定，光就這點而言應該差不多一個禮拜吧……如果要練到在比賽中能下意識那麼做，大概就需要好幾個月。」

「是這樣啊……」

只見菊池同學一臉感佩地點點頭。

「那這整個遊戲，你已經練習多久了？」

「呃——不太記得……換算成時間的話，應該有一萬小時了吧？」

「一、一萬……」

聽到我面不改色說出這種話，菊池同學驚訝到話都說不出來了。但是看在用一般程度玩遊戲的人眼中，對一個遊戲投入的時間來到一萬小時以上，是有點難以想像呢。人家都說針對考試若是共花三千小時來讀書，那將能考上很難考取的大學，而我這實際換算起來還超過三倍時間。怎樣很厲害吧。

我大概從三年前開始玩 AttaFami，假設是在一千天前開始的好了，那就等於一天平均練習十小時，表示我幾乎把青春歲月都奉獻給 AttaFami。等等，原來我的青春幾乎都耗費在 AttaFami 上了？

「總之，以遊戲玩家的水準來說，其實也不是那麼稀奇的事情，但我想我接觸的時間應該就這麼多。」

在這之後，菊池同學先是稍微想了一下，接著就用很慎重的語調開口。

「可是……你卻換了新角色？」

「啊——……」

果然還是會問這個啊。話說關於這點，就連足輕先生和日南都表示那樣很奇怪，那看在電玩遊戲造詣不深的菊池同學眼中，就更奇怪了吧。

「嗯，因為我想那樣才有機會變得更強。」

「……好厲害。」

我在回答的時候很有自信。因為足輕先生已經問過我類似的問題，我也已經在腦子裡整理過了，有很大一部分原因是出自這，看樣子那反而讓菊池同學更加吃驚。

「那個……友崎同學在這個遊戲裡，是日本第一吧？」

「嗯，雖然只是線上排行。」

後來菊池同學靦腆地望著我的臉，客客氣氣地說了這番話。

「是這樣啊。友崎同學……骨子裡就是個遊戲玩家呢。」

「唔！」

菊池同學那無心的一句話，讓我心臟狂跳了一下。

昨天足輕先生有跟我說過——身為遊戲玩家要承擔的業報。

那句話語揭露了我的本質，重回我的腦海。

「……你怎麼了？」

大概是顯露在我的臉上了，察覺我樣子不對勁的菊池同學如此詢問，我不確定該如何回應比較好。那是我初次對自己的黑暗面萌生自覺，就連我自己都還沒理出個頭緒。

我想我大可回她「沒什麼」來掩飾，並換個話題。

不過。

「其實……昨天在對戰聚會上，也有人跟我說過類似的話。」

「……跟你說過？」

看到我突然改變話題，菊池同學歪過頭。

畢竟——對了。

之前發生雷娜事件時也是如此。我之所以會跟菊池同學起摩擦，都是因為在網聚上發生的事情、心中的想法沒有如實告知，沒有好好跟她溝通才導致的。

既然如此，就算接下來要說的話難以啟齒，我認為還是應該據實以告才對。

「有人說我也許不適合談戀愛。」

聽我說完，菊池同學像是要試探我的真實意圖，略感不安地望著我。

「理、理由是什麼……？」

於是我希望用菊池同學也能聽得懂的方式表達。

「怎麼說呢……我對於自己的選擇和判斷都很有信心，所以會覺得自己負責自己就行了……」

「……是。」

「但那是因為……就像菊池同學剛才說的那樣，我是個玩家。」

「……能夠自己朝著目標努力，自行做出成績，是這個意思吧？」

「咦。」

在短短的思考時間內就找出答案，已經非常貼近本質，讓我不由得發出驚呼。

因為她說得很準確。個人競技類別的遊戲玩家，本質上就是會朝向目標一再努力。

「嗯，是這樣沒錯……妳很清楚呢？」

緊接在這之後，菊池同學突然將目光轉開，說出口的話大出我意料。

「那是因為跟友崎同學有關的事情……當只剩下我一個人的時候，我也會去想很多很多。」

說這種話好可愛，我的心臟又跳了一下，這次跟剛才不一樣。

「謝、謝謝。」

但不曉得為什麼，菊池同學露出寂寞的表情，然後更進一步開口道。

「友崎同學喜歡獨處……就算跟人變成男女朋友了，這點一定也不會改變吧？」

「……！」

菊池同學靜靜地說著，那句話明確刺中我難以透過言語表達的要害之處。

「……目前來看，是會那樣。」

「這樣啊……」

因此我能做的，就只剩下承認了。

「那是……對誰都一樣嗎？」

聽到菊池同學那麼說，我果然還是點頭了。

「也許……我雖然會對別人有好感，或是覺得感激，卻還是不會跟自己以外的人深交……」

我引用足輕先生對我說過的話，跟菊池同學表達自己的想法。那對現在的我來說，一定是最大的煩惱之一。

「所以會覺得有點不安吧……一想到自己可能只能一個人過活……沒辦法真的跟別人相處在一起，就不免感到害怕。」

話聲剛落，就見菊池同學眼神悲傷地頷首，放在桌子上的手用力握緊。

「那個樣子……感覺好寂寞。」

她當下說出如此落寞的一句話。

「果然……是那樣啊。那我不就會一直寂寞下去……」

當我自嘲地說到一半，菊池同學就輕咬住脣瓣。

「這麼說……雖然沒錯。」

接著她眼裡微微地泛著淚光，寂寞地笑了。

「但一樣寂寞的……還有我。」

聽到她那麼說，我心裡滿是懊悔。我又滿腦子只想著自己，完全不去想菊池同學聽到我那麼說會有什麼樣的心情。我張開嘴巴，想要試著說些話來緩和氣氛，卻半個字都說不出來。與其隨便說些話，還不如不說比較好吧。

「說得也是，抱歉。」

於是我就只能道歉。

「沒關係。」

臉上依然有著寂寞的微笑，菊池同學搖搖頭。

「友崎同學明明在煩惱，我卻一樣只想著自己……」

「不、不是，我才是只想到自己……」

同樣的情景再度上演，我跟菊池同學互相謙讓。

可是——接下來她說出口的話，再一次於我心中掀起淡淡的驚訝波瀾。

「——想必日南同學也是一樣的吧。」

「咦……」

在我們兩人之間，一個尖銳的疑問硬生生橫插進來。

「自己朝著目標努力，自行做出成績，日南同學也是那樣的人吧？」

對方的視線很銳利，同時有著不安。

感覺這是在直抒日南，或者該說我和她的本質。

「……是啊。那傢伙在這部分，應該也是一樣的……」

怎麼話題又扯到這邊，這句話我沒講，只見菊池同學雙眼瞥向一旁，垂下目光。

她在看著自己的指尖，那眼神感覺有點落寞。

＊　＊　＊

「今天謝謝招待。我很開心。」

這裡是菊池同學的家門前。

在變暗的天空下，我跟菊池同學面對著面。

「我才要說謝謝。可以跟妳一起玩遊戲，我很開心。」

「好的。還有……謝謝你特地送我回來。」

「別客氣。我們都說好要盡可能增加一起相處的機會了嘛。」

「……嗯。」

看起來很歉疚，但是又有點開心的樣子，害羞的菊池同學垂頭望向下方。

「我很慶幸，今天能夠聽到很多關於友崎同學的事情……這樣一來，我似乎也有努力的動力了。」

「這樣啊……那就好。」

菊池同學這次面向前方笑著說道，雖然我不敢斷言她臉上神情完全沒有不安色彩，但她的眼裡確實透著積極之意。

「那明天也學校見。」

「好的。那麼，先晚安了。」

「哈哈哈。雖然還有點早，但晚安。」

雖然我倆像這樣離別，在那之後的心情卻未隨之冷卻。

＊　＊　＊

那天深夜一點。

「……喔？」

看著 Twitter 的我吃了一驚。

『最新刊登的小說章節已可閱讀。

純混血與冰淇淋 002——學園』

我發現有一則新消息出現在兩分鐘前，是菊池同學的小說更新了，這有點出乎我的意料。

按照以往的 LINE 互動和今天告別時的招呼言語來看，菊池同學似乎都很早睡，再說今天在北與野用午餐的時候遇到日南，而且還來我家玩 AttaFami，度過很充實的一天，原以為菊池同學回家洗個澡後就會去睡覺。

可是她卻在離午夜十二點又有一小段距離的這個時間點更新。我想她也不可能特地把原本寫好的文章拿來放在目前這個時間點上更新，那表示菊池同學寫小說寫到這麼晚吧。

「……唔嗯。」

是因為經歷了這一整天的活動，情緒高昂才寫的嗎？還是單純只是快要寫完的文章碰巧在這個時候完成？無論如何，對於很在意後續的我而言，小說更新讓人意外，同時也是很開心的一件事情。

——然而，更新後的「純混血與冰淇淋」第二章節，也以另一種形式殺我個措手不及。

無血的少女艾爾希雅，看出被當成大雜種的利普拉其實是「純混血」，就招待他來到王城的附設學院。艾爾希雅住在王城裡頭，這點跟「我所不知道的飛翔方式」是共通的，但故事主要舞臺卻不同。

這所學院聚集了世界上最富裕的階層，有許多家族都是基於血統聯姻。因此幾乎所有的學生都是純血種，不然就是混血兒，血統與之相較更為單薄的人將會被當成吊車尾看待。那是擁有這種風潮的一所學校。

利普拉雖然是具備特別血統的「純混血」，這件事情卻不能鬧到人盡皆知，於是就讓他以根本不適合來就讀學院的「雜種」身分入學。是轉學生更是雜種。這樣的利普拉當然一開始在學校會遭受所謂的最底層待遇，後來他「根據艾爾希雅的建議圓滑處世」。這部分就是故事的重點所在。

——那些先不管，話說這不就是——

看到這邊，我感覺到自己身上起了雞皮疙瘩。

因為那故事簡直就像是在「照實描寫日南跟我走過的路」。

感覺起來根本就是——我在看以日南和我為主角的寫實故事。

艾爾希雅教導利普拉在學院求生的技巧，故事裡有一部分在講這方面的課程，再來就是利普拉拿去實際運用在學園中，這部分一再做了好幾次。利普拉失敗無數次，但不管失敗幾次都會重新站起來，漸漸離成功那天越來越近，若是重點只放在努力就會成功，從某方面來看這種寫法可以說是很經典的。

有的時候努力付諸東流失敗收場，可是兜兜轉轉又會帶人迎向成功，原來自己走過的路寫出來給別人看是這種感覺啊，我甚至萌生這樣的感想。

只不過連我沒有提及的部分都寫了，雖不至於完全詳盡描寫，但還是說中了不少。

利普拉的特徵就是適應能力很強。我不確定那個階段的自己是不是也是如此，但隨著我越看越多，也不由得被說服了。

利普拉出生在該世界中特別偏僻的鄉下村落，他個性內向，身邊沒有半個朋友。這跟我的處境有點類似，於是利普拉就改玩一個人也能玩的桌上型遊戲，那個類似將棋的遊戲在該世界擁有最高名氣，他一而再再而三地玩了好幾遍，在那個領域中登峰造極。雖然沒有寫到像我玩 AttaFami 那麼極端的地步，但不免讓我覺得，假如我的處境跟利普拉一樣，搞不好也會一直那麼做。

可能是有這種腳踏實地耕耘的經驗使然，就算面對一般人眼中除了不便還是不便的生活，他也會轉換思維從根本全面改寫，堅忍求生。想必這點也跟我一樣——閱讀得越深入，我的人生跟利普拉的人生就越加攪和在一起，我彷彿成了利普拉，覺得自己好像變成他了。

有了玩這種遊戲的經驗，利普拉不再討厭比常人付出更多努力，很快就能適應新事物，跟我一樣不願服輸。我也覺得把一個遊戲玩到極致就會連帶產生這種效果，確實會有那種體認，搞不好我就跟利普拉一樣，他人看了會覺得我很能夠適應吧。

利普拉雖然擁有「純混血」這種特別的血統，每一種血液卻很單薄，所以能力值不高。乍看之下可以歸類成跟我一樣的「弱角」，不過利普拉的純混血也代表能夠同時「少量取用所有種族的特徵」，對於不厭其煩努力的我而言，這是很讓人羨慕的，那樣的特質也跟利普拉很搭調，我覺得人類這種種族如果都像利普拉那樣就好了。

利普拉、我、利普拉、我。這是創作核心形成的漩渦，還是故事帶來的壓力，我透過自己的人生去譜寫利普拉，利普拉的描寫再度詮釋我的人生，那猶如這樣的循環。我知道有種先前未曾體驗過的感覺，逐漸擾亂我的心。

在編寫戲劇「我所不知道的飛翔方式」時，利普拉的確也是以我為藍本。但好比是擅長直接說出自己真正的想法、跌跌撞撞也要前行的性格與之相通，頂多都只是很表象的描寫。

然而這次不一樣。

這次故事裡所描寫的，是我陳述的片段被菊池同學「解釋」過後，暴露出屬於我的真實一面。

而我看到第二章節最後那部分的某個片段，我更肯定這想法沒錯。

利普拉擁有所有的血統，讓他想當什麼就當什麼，因此對於事物並不執著，這名少年並不討厭改變。

因此把某個種族的技能練到自己能力範圍內的頂點後，他也能毫不猶豫捨棄。離開鄉下小村落跟隨艾爾希雅離去，之後以雜種轉學生的身分活下去，這樣的選擇雖然會大幅改變自己的命運，他卻不在意，把求生這回事當成遊戲，還樂此不疲。

某時某刻，利普拉還對艾爾希雅如此獨白。

就只有他一個人是純混血，所以利普拉跟其他人分屬於不同的種族。

——他說「我只能獨自生存，或許無法真的跟他人交心」。

就在那瞬間，我感到我心中的混亂和驚愕，全都轉變成寒意與確信。

因為那句話。

這其中的糾葛。

——就等同我在那時跟菊池同學挑明過的，我這個人所擔負的「業」。

「……唔。」

這下我全都明白了。

那天在北與野。

菊池同學說她想去了解我喜歡的事物，還特地說她想來我房間看看，我在那邊跟她說出自己的人生觀和想法。

或是在早晨的圖書室中，她說希望我從開頭循序漸進說給她聽，於是我就描述了自己的思考軌跡，還有未來去向。

我的過去、現在與未來。

那個時候在圖書室，在北與野，在房間裡被問到的——當然一部分是真的想了解我的事情吧。

可是——在此同時。

我還被小說家菊池風香取材。

在背後不脛而走的那股寒氣，最終轉換成恐懼的情感。

原本以為菊池同學是為了填補我們的代溝，或者單純只是對我有興趣，才聽我說那些，還以為那是一段這樣的時光。

但那並不是「我的女朋友菊池同學」在跟我對話，而是「小說家菊池風香」在做的——觀察。

當下菊池同學曾經說過一句話，我這才回想起來。

『那是因為跟友崎同學有關的事情……當只剩下我一個人的時候，我也會去想很多很多。』

假如這句話也包含非我所想的另一個意思。

短時間內沒有操作的手機畫面突然間消失。預期外的黑暗造訪的此處，映照出我的模樣。

連我自己都沒發現的部分，被像是在俯瞰世界的純澈之人看透，變成描寫的主題，反映在故事裡。彷彿沉澱在心底的汙濁慢慢受到攪拌，害我不敢繼續看這個故事。

還有——

「……日南。」

等到自己親身體驗。才覺得可怕，感到渾身發寒。

我總算理解了。

對，畢竟。

這就跟「那個時候我們對日南做過的事情」一樣。

戲劇「我所不知道的飛翔方式」。在那個故事裡登場的角色艾爾希雅，明顯是拿日南當參考。聽說是針對日南取材，就連還沒暴露在他人眼皮子底下的，關於那傢伙的本質，全都被暴露出來，那故事是這樣來的。從故事的構造上來看，甚至頗有針對這部分積極深入挖掘的架勢。

如此想來，那傢伙。

我只是像這樣讀著小說，就覺得自己有遭人爆料的感覺，感到莫名恐懼。

而日南不只是拿來當劇本閱讀。

也不是只有站在觀眾的角度觀看。

——而是成為演員，去詮釋自己的黑暗面。

有一句關鍵臺詞。

「我擁有一切——可是——正因為如此，才一無所有。」

恐怕對日南而言，儘管讓人懷疑她是否有自覺，那還是在那傢伙心底四周盤桓的陰暗面吧。

被人具體闡明，日南葵被迫當著學生們的面，讀出像是在懺悔的臺詞，真不知她內心受到多大的衝擊。

「……唔。」

我怎麼就沒發現呢。

那句臺詞是在講述自己有多麼空洞，就算察覺那個人的本質確實是如此，還要她本人親口說出來──

我都沒發現這麼做有多麼殘酷。

就在這個時候，我才明白。

透過戲劇，菊池同學下定決心「要成為小說家」。

那恐怕跟我要讓 AttaFami 與人生相結合的決意不相上下，頑固不可撼動。

雖然有可能傷害他人，卻還是將自己想做的事情擺在前面。

對於可能會傷害他人這點，菊池同學大概比任何人都更有自覺，也比其他人想得更多，但還是不得不那麼做──

她一定跟我一樣。

──要承擔當上小說家所需背負的業報。

5 隱藏能力必定會伴隨相應代價

隔天一早。

時隔許久，我來到第二服裝教室。

這裡充斥著我跟日南半年來的軌跡，是只有我和日南知道的地方。

除此之外。

被我帶過來的「那個女孩子」，正左顧右盼觀察房間。後來才坐到我正對面——

就像平常那樣子打招呼。

「……早安。」

「嗯，早安。」

對。出現在那的人不是日南，而是菊池同學，現在這個時間，除了我和日南，她是第一個來這的人。

過往種種的一切都是在這發生的，我將手放到平常會坐的那張椅子上，站著跟菊池同學面對面。

「……話說，有關日南的事情。」

我這話一出就讓周遭氣氛為之改變。

菊池同學頓時一驚並睜大眼睛，蓄勢待發地挺直背脊。

然後她心懷覺悟大口吸氣，用強烈的目光望著我。

「是的。請告訴我……！」

對方臉上神情充滿期待，有關日南的祕密問題，那同時牽引著菊池同學的嫉妒心，還有來自創作者的興致。

「我想妳或許已經猜到一半了，不過──」

當我開始娓娓道來，菊池同學就屏住呼吸凝視我的雙眼。

我把之前不曾跟任何人講過的事情一點一滴揭露。

「之前跟妳提過，『某個人』改變我的人生色彩。那個人就是日南。」

我這話說得簡短、扼要。可是菊池同學光聽到這些肯定就明白了吧。

「……果然、是那樣呢。」

聽她的聲音，同時有著驚訝與諒解。雖然看起來還有點氣餒，但我也不曉得我有沒有看走眼。

「嗯，呃──若是要從頭說起……」

於是我就將先前那段「人生」中，充實到超乎常理，令人難以置信、足以改變一切的重要時光是怎麼過的，全都一五一十說出。

「雖然初次相遇是在學校……但起始點根本不是現實世界。所有的一切，都是從AttaFami的世界開始……」

我說在AttaFami裡，還有一位排行全日本第二的玩家。這個玩家的遊玩手法跟我很類似，八成都在參考我的玩法。可是她模仿得有多準確、有多麼努力，這些都不用多問，實際對戰就知道，事實會說話，對於這樣的NO NAME，還沒見到之前就很敬重，早就認可對方了，我連這些都說了。

「那也就是說……」

「嗯，我跟這位NO NAME約好要在現實世界中碰面，實際見面才知道——對方就是日南。」

「真、真的好巧……」

「啊哈哈，就是啊。不過，就算剛開始是機緣巧合碰面……接下來仍是一連串必然。」

之後日南告訴我「人生是神作」，我充其量只是想「確認這點」，才決定姑且照辦。

當我認真起來面對人生，便逐漸從這個名為人生的遊戲中找到樂趣。

然後就開始喜歡上這個名為人生的遊戲，和能夠沉迷於這場遊戲的自己。

多虧日南——我才能喜歡上人生、喜歡上菊池同學。

能夠像現在這個樣子，跟菊池同學一起看著繽紛多彩的景色——因此我也試著想教會那傢伙體驗人生樂趣，就連這些我都逐步說給菊池同學聽。

而今後會如何發展，連我也不曉得。

因為日南帶我走到這個地步，但我對日南的了解卻算不上透徹。

「這樣啊……原來是那麼一回事。」

不曉得為什麼菊池同學眼裡浮現些許淚光，邊聽我訴說。

「那她……對友崎同學而言，是無可比擬的重要人物吧。」

「……嗯。」

「所以她果然很特別……比我更特別。」

「沒、沒那回……」

話說到一半，我卻沒辦法繼續說下去。

因為我跟菊池同學要準備交往的時候，曾經賦予理由，讓我們之間的不平衡形成特別之處，那同時也代表我們這兩種人在性質上互相矛盾。

事實上，這成了我們起摩擦的原因——害我數度傷害菊池同學。

「日南同學每天都在這間教室跟友崎同學開會對吧？」

「……對。」

看到我點頭，菊池同學的雙脣微顫。

那代表她自己能承受得住，或是別的意思，這我不曉得。

不過菊池同學對我說了這麼一句話。

「不過……不覺得那很不可思議嗎？」

她又換上身為小說家的菊池同學才會有的表情。

「因為日南同學不只是會用魔法，讓友崎同學的世界為之增色，她還得努力讀書和參與社團活動，做出好成績。」

這裡頭蘊含了硬是強壓下嫉妒的扭曲，和執著追求真相的頑固。

「照理說她應該只會為那些在世間有顯著價值的事物花費時間。」

這將是水澤看不透、我沒辦法涉及，唯獨菊池同學有能耐提及的問題。

「不過——她為什麼會為了改變其他人而使用魔法？」

這時只有我知道的，關於日南葵的重大黑暗真相，已經開始浮上檯面。

當時我跟 NO NAME 相遇，我說人生是個爛透的遊戲，沒有規則和一定的概念可循，若是身為弱角就沒辦法更換角色，是很強人所難的遊戲。後來那傢伙就拉著我的手，帶我到她房間，說要顛覆這一切，開始指導我攻略人生。

之前我都沒去細想，以為那傢伙是生性不服輸才想要證明我說的是錯的，當然光為了這點就願意做到現在這種地步且持之以恆，如今想來很難相信事情就那麼單純。

之前她把我帶去房間時，雖然說過「我唯一尊敬的 **nanashi** 竟然是這麼無聊的傢伙，那不就也顯得我很無趣了。」——光靠這點就持續給予支援，做到從某個角度來看甚至可以說是犧牲奉獻的地步，拿這個來當理由似乎也不夠具有說服力。

「日南同學——她『所做的事情背後都有理由』對吧？」

——既然如此，那是為什麼。

菊池同學的這番話，果然還是踏進我無法涉足的射程範圍內了。

我跟菊池同學走在平行的兩條路上。雖然前方分別有兩扇門，但是關於這個話題，我感覺到彼此要去的方向是一致的。

「其實——我也一直很在意這點。」

像是要乞求幫助，我開口說道。

也許把我所知的訊息跟菊池同學的觀察力加在一起。

就有可能抵達目的地。

搞不好將能達成我的「中期目標」。

「所以我希望妳能跟我一起思考……去想日南會那麼做的真正理由。」

當我這話一說完，菊池同學的雙眼跟著亮了，彷彿能夠看穿真相。那必定就是菊池同學在當小說家時才會有的眼神。

「好的……可是。」

菊池同學的目光筆直對著我。

「友崎同學認為大家的路應該各走各的吧？」

「嗯，沒錯。」

我有跟菊池同學說過這方面的事情，為什麼她要挑這個時間點提及？

「不過——」

我馬上就知道答案了。

「——為什麼友崎同學會那麼想要去了解日南同學的事情？」

「……！」

話鋒轉移到我身上。

她那麼說，是在深入探尋我內在的動機。

想要找出日南如此行動的理由，這話的鋒利程度不亞於此——其實那也是菊池同學在當小說家時要背負的業障。

就在這瞬間，那些也刺向了我。

「想要了解日南葵」。

之前發生小玉玉事件時，自從日南對紺野下手後，我就一直有這個想法。但那比較偏向情緒性的，我心中還找不到會那麼想的具體動機為何。

「這——……」

然而菊池同學彷彿在講述某段故事，要讓心緒化為結晶，而讓我沐浴在接下來這段言詞下。

「那一定是因為……在友崎同學心中，日南同學很特別不是嗎？」

她的目光澄澈，彷彿比我更了解我。

「特別……」

這問題照亮了我一直以來裝作視而不見的區塊，直搗深處。

「我是這麼想的。『艾爾希雅』一定是因為自己身上無血，又沒有想做的事情。所以眼中的世界就跟以前的我和友崎同學一樣……都很灰暗。一再尋求正確解答，卻完全找不到自己發自內心想做的事情。」

「……嗯。」

她是在透過故事深入挖掘。有如在引導我一般。

「友崎同學看到這樣的『女孩子』，有什麼想法？」

菊池同學將某些字眼模糊化，轉換成問題問我。

可是她眼中寄宿的色彩，還包含不安和嫉妒。

面對菊池同學那語帶矛盾的話語，我知道自己的情緒逐漸被牽引而出。

「我可能……不希望『日南』的世界那麼灰暗吧。」

「嗯……」

我讓心中言語化為現實。菊池同學雖然用成熟的表情微笑，但那藏在笑臉下的雙眼卻微微泛淚。

「……大概是因為那傢伙、因為日南對我來說很重要。因為至今為止，那傢伙讓我有很多珍貴的收穫，數也數不清——我才不希望她有那麼寂寥的想法。」

簡直就像是在菊池同學的引導下，將我的心情陳述出來。

「原來……是這樣啊。」

然而。

聽我說得越多，菊池同學眼裡就浮現越多淚水。

「那是因為……日南同學就是你說的……替世界帶來色彩的人嗎？」

她的聲音在顫抖，眼眶裡有淚水。但是在菊池同學的提問下，我再度發現自己心中的新情緒。而那些轉換成言語、情感，隨之潰堤而出。

「日南……就像從前菊池同學跟我說過的，對我來說形同魔法師。所以……！」

菊池同學越是深入擾亂我的心，我就說出越多關於日南的真實心情。而菊池同學聽著聽著，她眼裡浮現的淚水也變得更多，但是她卻不打算停止，還要繼續從我心中挖掘出真實心聲。

我想——這大概就是她的「業」。

「她就是那個讓友崎同學……在這個世界中也能當波波爾的人嗎？」

菊池同學在害怕。

「就是讓這個世界……變得更繽紛的人對不對？」

她想必「非這麼做不可」。

持續提出一些問題來質詢我的動機。

「那傢伙在自己沒有察覺的情況下，明明不是刻意的，卻對這個世界施加了無與倫比的美好魔法……沒發現自己給了他人這樣的寶物……我有多麼珍惜日南給予的，對日南有多麼感激，那傢伙甚至都一無所知。」

有些話語一旦說出口，或道出某些真相。就再也無法回頭。

這就是最強的證據，證明我一直把日南當成特別的人看待。

「……好的。我也猜到、是那樣了……」

嘴裡用顫抖的聲音說著，菊池同學流下眼淚，落下碩大的淚珠。

——只不過。

「因為……你們都一樣……兩個人都能獨立過活……！」

對於我的心，我對日南的心意、看重的理由。菊池同學都沒有停止揭露的意思。永無止境地深入、再深入，說出一些能夠引導他人的話，那持續喚醒沉眠在我心底的心意。

「對……所以就算我對她說謝謝，那傢伙還是認為她沒做什麼。說那些都是她本來就想做的事情。是她『憑著自己的意志做出選擇』……可是這樣的心情，我比任何人都了解！……因為我也是個無可救藥的遊戲玩家，最看重自己……在AttaFami中的遊戲風格也是這樣。」

我的心河被人攪得混濁不堪，在攪動下捲起漩渦，不曾止息。

心靈最深處遭到他人侵門踏戶，自己無從識得的心意零零落落吐露而出，攔也攔不住。

「想要感激卻無法傳達給她。她不願接受……所以我。」

眼前的景色逐漸被淚水沾染。

「我想憑著自己的意志，讓日南的世界變得繽紛多彩。

「希望那傢伙眼裡看見的世界可以多些色彩，在這個名為人生的遊戲中找到樂趣。」

我將我心中所想，連同自己背負的業報一同宣洩。

「是我自己，主動想那麼做的。」

這話衝動地脫口而出。

在菊池同學的引導下，我懷著至今不曾明察的心意如此說道。

可是一旦說出口，我就更確定這不會錯，是最原始的心情。

而那——還勝過我一直以來看重的個人主義，儘管只有那麼一點點。

「……果然、是那個樣子。」

當我抬起臉龐，便發現菊池同學臉上的淚水不停滑落。

「所以日南同學……對友崎同學來說、是……很特別的人。」

她說這話的感覺像是在指引他人。

菊池同學持續侵踏我的心房，從我心底將那些話引出來。

可是因為這些話，如此感情用事流淚的，也是她。

那些淚水一定是出自理想與心情上的——不，是「業報與自我」所產生的矛盾。

菊池同學擦拭淚水露出笑容，但聲音在顫抖。

「對不起……聽你那麼說，我很驚訝世上居然有這麼棒、這麼美的關係，感到耀眼又開心，才會喜極而泣。」

對方說話的語氣像是在講述一段故事，又像是在抒發內心情緒。

「……可是同時……我也察覺自己絕對贏不了日南同學……才會感到悲傷。」

那聽起來有點像是在自嘲，不過一方面也像是在祝福這段特別的關係。

「你們一樣熱愛遊戲，互相尊敬，為自己所做的事情也能替對方帶來重要結果，為了讓這段關係循環下去……友崎同學才能那麼努力……這樣的關係實在太理想了，非常美好……」

菊池同學強裝出開朗的笑容，但轉眼間聲音裡又參雜了嫉妒。

「……因此！才沒有半點讓我介入的餘地……！」

被撕裂的情感宣洩出來。想必這是被業報傷害到，菊池同學內心的那個少女在吶喊。於是這份情感才能讓人有那麼痛的領略。

可是剛才菊池同學讓我心中的某種感情覺醒，我不可能對此視而不見。

因為那正是我心中最真的心情。

對我而言，那是要擺在所有事情前面，最重要的「目標」。

「……我喜歡的是菊池同學。」

「……！」

我認真道出這句話。

然而菊池同學似乎已經預料到接下來我會說出什麼樣的言詞，她屏息以待。

「這份心情是真的……就算發現自己對日南的重要心意，我還是喜歡菊池同學，心裡是那麼想的。而從某方面來說，那讓我感到心安。」

「……嗯。」

菊池同學也淚眼汪汪，神情認真地聽我訴說。

「但是……我想要教日南學著體驗人生樂趣，讓那傢伙眼裡的世界更加多采多姿，這份心意——」

接下來，這彷彿曙光乍現的一番話引領著我，帶我說出答案。

也許早在我之前，菊池同學就已經知道了。

「——那對我來說，一定比戀愛之類的心意，更加重要。」

這下我明確地，在這瞬間從自己懷抱的珍貴之物中選出一樣。

「好……我也是那麼想的。」

照理說這是很殘酷的一件事情，菊池同學卻靜靜接受我的說法。

「想要讓她變成女朋友，我並沒有這個意思。應該是把她當成恩人、同志或搭檔……對她的看重是屬於這型的。」

所以妳可能會感到不安，但還是希望能繼續交往——我若說這種話未免太過任性。因此我說不出口。

「……這次先讓我想一下。我想要繼續跟日南交流，也喜歡菊池同學，今後還想繼續跟妳交往下去。但這樣就等同要菊池同學獨自忍受寂寞。」

我想起兩人正式開始交往的那天。

「戲劇結束後……菊池同學曾經找到答案，我卻藉著言語施魔法來選擇妳。所以我要好好想一想，理出答案。」

那個時候菊池同學曾經有過抽象的煩惱，這涉及利普拉跟艾爾希雅算得上關係特別的理由，以及利普拉和克莉絲之間之所以顯得特別的緣由。在理想與心意之間，菊池同學曾經煩惱過。

她說其實利普拉跟艾爾希雅應該要結合，我為了讓她肯定自己的心意，賦予了「亡羊補牢的理由」，說服了尋求理想關係的菊池同學，拿「利普拉選擇克莉絲才對」這樣的邏輯，去促使菊池同學重視她的個人心意——我以友崎文也的身分，選擇了菊池風香。

那是我的選擇，如果想要問心無愧，那就該負起這個責任。

最起碼——我若想繼續「當遊戲玩家」就必須那麼做。

「……好的。我會等你的。」

顯得特別的同時，那也意味著這段關係不平衡，就像火焰人和波波爾。這種特別將會在不知不覺間形成不同種族間的矛盾，而後轉變成需要承擔的業報。

用來肯定我倆關係是特別的魔法，是不是還不夠呢？

「友崎同學曾經說過。可以同時追求理想與自己的心意。」

這簡直就跟當時一樣。

「對我而言，重要的不只是個人心意。兩個都很重要。所以……我不希望特別偏重哪一邊……在我看來，不只是自己的心意，友崎同學跟日南同學的關係也很重要。」

菊池同學再度強顏歡笑。

然後她將手放在服裝教室的椅子靠背上。

如今回想起來，那就是日南平常坐的地方。

「所以，友崎同學。假如你再也拿不動那些包袱，必須要捨棄一些——」

緊接著菊池同學慢慢瞇起雙眼，臉頰上依舊殘留扭曲的淚痕，淚水沾溼了第二服裝教室的地面。

「你可以選擇拋棄我，沒關係的。」

＊　＊　＊

這天，我跟菊池同學沒有再進一步交談。

我們原本就不是會來學校秀恩愛的那種人，因此沒人對此感到狐疑，不，也許有些人覺得奇怪，但至少我們之間的不對勁沒有大到會讓人特地去指指點點的地步吧。

事實上，午休時間水澤跑來問菊池同學的事情時，看上去似乎也沒察覺有任何不對的地方。

在學校餐廳，因為中村一時興起，竹井、深實實和其他那些很有活力的成員都跑去外面玩投接球，現在這邊只剩下我、泉跟水澤。正確說來可能是不忍心看我沒心情跟過去玩，水澤才留下來，泉則說「大家都好孩子氣喔——」，當個貼心的女孩子一起留下來。

「對了，那文也，後來事情怎樣了。」

水澤營造出的氣氛就像在跟人閒聊，但我今天早上才跟菊池同學起摩擦，說話語氣就是顯得很灰暗。

「後來是指……菊池同學的事情？」

這話使得泉擔憂地開口。

「啊！這我也很在意！還有辦法傳承舊校徽嗎⁉」

「這——抱歉……其實今天早上我跟她也有稍微爭執過……」

當我含糊回應後，泉的聲音突然高八度。

「咦——!?那現在是不是該去找替代人選了!?」

「哈哈哈，最近你們常常爭執呢。還行嗎？」

水澤用跟人說笑的口氣接話，但我卻沒那個心情配合。

「不，這次……也許……」

「嗯？」

「也許要解決……沒那麼簡單。」

當我別具用意地說完，泉就一臉嚴肅地歪過頭。

「……這話怎麼說？」

我在回答時，一面回想跟菊池同學的爭執過程。

「那個校徽……據說能夠造就特別的關係吧？」

「嗯。」

「那麼……也許我跟菊池同學從一開始就存在矛盾……所以可能很難營造出特別的關係吧……」

在回話的時候，我並沒有說得很具體。

「什麼意思啊？」

「矛盾？」

看著反問我的兩人，我想起自己跟菊池同學目前的關係。

「就是……我原本就有無論如何都想做的事情，還有想斷也斷不了關係的珍視對象。」

這話讓水澤震了一下，出現一些反應，但他什麼都沒說，而是看著我。

「可是那個人會讓菊池同學感到寂寞，還會讓她嫉妒……但菊池同學對我想做的事情還有其他人際關係，都願意予以尊重……」

「嗯——……這就好比是在女朋友和女性友人之間二選一？」

「滿接近了，但那個朋友其實會更特別一些……」

「確實會有這種情形呢。我懂。」

我只是稍微提到一下，水澤看似漫不經心，實則認真聽進去了。或許他知道所謂的「另一個人」是誰。

「我完全聽不懂……友崎的戀愛還真艱難!?」

那似乎超出泉的負荷，她腦袋停擺了。不過她願意如實告知這點，讓我心理負擔也不會那麼大。

這時水澤挑起單邊眉毛，用手指摩擦下巴。

「老實說那已經是你個人的問題了，我也不方便說什麼，不過……」

「果、果然是那樣嗎……」

被他說到難以回嘴的我開口回應，水澤則是用從容的輕佻語氣那麼說。

「不過有件事情是你想錯了，就讓我告訴你吧。」

「想錯了……？」

我一回問，水澤就頗有自信地笑了一下，並點點頭。那讓泉不解。

「我說你呀，雖然一方面是聽完我的說法才會那樣吧……但你現在認為自己做出選擇而該背負責任，還很在意什麼特別不特別的……擔心這段關係配不上舊校徽。一直在想這種艱澀的問題對不對？」

「……是沒錯。」

看到我點頭，水澤嘴裡說著「果然是那樣」，還笑了一下。

「雖然……這種事情當著優鈴的面說好像不太妥當，不過……」

「怎、怎麼了!?說到我!?」

突然被人點名的泉頓時用力挺直背脊，繃緊身體像是在準備承受即將到來的衝擊。

接著水澤面不改色說了這麼一句。

「──所謂的命運舊校徽，其實原本只是某個人在戴的破銅爛鐵吧？哪有資格談是否配得上誰？」

「這話也說得太直接!?」

身為執行委員的泉無法承受這種衝擊，她放聲大叫。

「不過如果是文也，應該能明白吧？」

見話題繞到我身上，我覺得自己好像明白水澤想說的。

「那原本只是破銅爛鐵……卻被賦予『形式上的』浪漫傳說，是這個意思吧？」

當我回答完，水澤輕浮地笑了一下。

「對。所以才會那麼受女孩子歡迎。」

「這人又在說一些黑暗的東西……」

「唔、唔嗯……？」

我們這段對話是建立在不久前談論過的內容上，那讓泉滿頭問號，但她還是努力想跟上話題，真是精神可嘉。

「所以說，你會在意那些情有可原，但不要被這些形式耍弄。文也只要用文也擅長的方式作戰就好啦。」

「……話是那麼說。」

這問題的難解之處令我一個頭兩個大。

「我跟她一起製作劇本，表明彼此心中重要的想法，互相磨合……沒有流於形式，而是真的透過言語交心。」

之前在替戲劇做準備時，我們談的那些絕不是漫無目的，也不是很表象化的東西。

「原本以為遇到的問題都解決了，我們才來交往的……」

照理說應該是有一步步循序漸進去化解，但問題依然還是像現在這個樣子，浮到檯面上。

「……原來戀愛這麼難啊。」

我這話一說完，水澤又露出那得意的表情，還皺起眉頭。

「你是不是搞錯什麼啦。問題全都解決了才交往？別小看人際關係。」

接著他抬手指向我的胸口，沉靜地開口。

「人跟人能夠真的聊些重要的事情——那種情形當然是在交往後才會出現。」

＊　＊　＊

時間來到放學後。我一直在想。

我想跟日南交流。

但是又想跟菊池同學在一起，只去要求對方單方面忍耐，我並不想做出這種違背良心的選擇。

那我當真不能像現在這樣，去選擇同時維持住自己跟日南、跟菊池同學的關係？是不是只能放棄其中一方？

站在小說家的觀點上，菊池同學想要了解日南，因此才會發現「她是特別的」。

可是菊池同學除了要背負小說家應承擔的業報，她也是個普通的女孩子，知道得越深就會越不安，然後讓她感到更加嫉妒不安。只要菊池同學還沒放棄背負那些果報，她就會想要去了解日南，這跟身為少女的菊池同學自相矛盾。總有一天那會導致她跟我的關係崩壞吧。

難道我就沒辦法主動出擊，來化解這一切？

先前我對戀愛很生疏，如今找到方法走上這條路，才會去找很多人尋求意見。將大家對戀愛的想法集結起來統整，並摸索出最好的做法，試圖找出一條明路。只不過，換成這次——

「……啊。」

就在這時，我想到一個意想不到的人，她曾說過一些出人意表的話，那些話就浮現在我的腦海中。

這話並非來自千鍾百煉的水澤，也不是正在熱戀的泉和中村，當然更不是來自人生導師日南。

『讓人感到不安不太好，為什麼？這明明就是戀愛的樂趣所在。』

在網聚上，曾經聽雷娜說過類似的話。

當時聽說了她的想法，會覺得有點極端，但只看這套想法的構造，彷彿是在肯定戀愛過程中會感到的「不安」，儘管其他人都沒說出口。

當然我並不希望強制菊池同學接受。可是這想法的某部分一定包藏我從未有過的價值觀。我現在迷失在矛盾構成的死胡同中，或許能從中發掘新的可能性。

「……好。」

總覺得在這個時間點上去見雷娜，我是萬分不願意，但放眼我周遭的人，能夠找來針對這想法詳細確認一番的對象就只剩下雷娜。

於是我打開 LINE，傳送這段訊息給雷娜。

『話說有件事情想問妳，可以嗎？』

＊　＊　＊

離開池袋車站稍微走一下會來到一條小巷子，這裡有間幽暗的酒吧。

在距離入口處有段距離的角落吧檯前，我跟雷娜坐在彼此隔壁。

「呵呵。文也會主動邀約，我好開心。」

「那、那多謝賞光。」

當我含糊回應完，坐在我左邊的雷娜身體一傾，像是在窺視我的臉那樣，望進我眼底深處。

「不過呢……可以問個問題嗎？」

她的身體又貼得比剛才更近一點。甜美的香氣包圍著我，加上現場氛圍的驅使，我的心也跟著亂套。

然後——她的目光挪到我右邊的位置上。

「……為什麼足輕先生也在？」

「哈哈哈，問我為什麼，我也不曉得啊。」

只見足輕先生在我右邊不甚在意地笑了。

對。我雖然想跟雷娜做戀愛諮詢，但一對一實在太危險，就把足輕先生一起找來。結果讓人意外的是，足輕先生覺得這種狀況挺有趣，說他有空的話可以過來一趟。

「這、這個嘛，因為只有我們兩個人好像很不妙……」

聽我這麼說，雷娜「哦～」了一聲，露出小惡魔般的笑容。

「若是只有我們兩個人，的確有可能輸給慾望呢？」

「妳這是……」

一鼓作氣入侵的妖豔笑容打亂我的心，害我心想「還是不要邀她比較好吧」，但想到一半依然不忘說服自己，說這都是為了讓今後的戀愛路更順遂。想要獲得什麼，通常都會伴隨風險，在遊戲裡都是這樣的。

「對了，怎麼啦？想問什麼。」

「就是……」

我攪動眼前那杯無酒精黑醋栗糖漿加柳橙汁，看著放了紫色櫻桃的飲料，一邊開口。

「妳前陣子好像有說過戀愛的樂趣在於會感到不安，這部分具體來說是怎樣，我是想問這個……」

「嗯～？為什麼要問那個？」

「其實……我跟女朋友之間發生了一些事情。」

後來我將事情經過簡潔說一遍，包括除了女朋友之外，我心中還有另一個重要的人，那個人是異性，女朋友得知那人存在後大受打擊，一直很不安，諸如此類。

這之於我是前所未有的嚴重問題，雷娜在聽的時候卻顯得沒什麼興趣。

「……說完了？」

「是、是說完了……」

在那之後，雷娜拿起裝了半透明粉紅色發泡飲料的細長玻璃杯，讓杯子水平旋轉，透著光出神地眺望那樣東西，同時說了些話。

「嗯～我是覺得文也你啊，是不是把戀愛想得太神聖了？」

「會、會嗎……」

即便我沒有明確回應，我還是對她要表達的有點概念。

「文也，這是你第一次交女朋友吧？」

「嗯。」

「才剛交往就在想，若能打造理想關係將不會為彼此帶來不安、讓對方感到寂寞就顯得沒良心，一天到晚說這種話，跟誰都沒辦法交往啦。」

「嗚……」

被人如此斷言，我頓時無話可說。

「雖然到頭來每個人的情況都不一樣，但戀愛其實說穿了就是利害關係一致才在一起。」

對方又丟出跟前陣子觀點不同的大人論調，害我不知做何反應。

「所以就算對方會感到不安好了，他還是願意追過來，這樣就好。因為戀愛原本就不是任何問題都能獲得解決，沒辦法那麼完美。」

「可是這個樣子，未免也太自私了吧……可以的話，應該要想辦法讓雙方都不會感到不安才對……」

我在回應時顯得沒什麼自信，雷娜則是沒什麼防備地發出一聲「嗯──」。

「或許有些人可以跟他人保持不會讓人感到不安的關係，但那真的是少部分，若是用 **AttaFami** 來形容，就像是頂尖玩家那樣喔？」

「可、可是依然有一部分人是那樣，那就該以這個為目標……」

我話才說完，雷娜就「唉」地發出一聲嘆息。

「文也你呀，不管是AttaFami還是人生都會從現實面考量，碰到戀愛卻突然變成夢想家呢。」

雷娜一面說著，邊用指尖碰觸在耳畔搖晃的金色耳環。

「那我問你。」

緊接著她用試探性的目光盯著我看。

「假如你帶了一個AttaFami超級門外漢，然後那個人……跟你交往差不多一個月？就算一個月好了。你要緊鑼密鼓教他玩AttaFami，再讓那個人『成為日本第一的玩家』，這有可能嗎？」

「啊……」

這跟日南曾幾何時問過我的問題很相似，但有一部分是截然不同的。

「……要讓她成為頂尖玩家，應該不可能。」

「對吧。」

雷娜話說起來軟綿綿的，將自己的想法流暢地說出口。

「那你們才剛交往就想立刻締造理想關係，這怎麼可能？連床都還沒上不是嗎？」

「就、就說不會做了！」

我急著澄清，結果雷娜對我微微地笑了一下。

「呵呵，那可不是在捉弄你喔，可是你臉卻那麼紅，真可愛。」

「我、我已經說了……」

雷娜說完便愉悅地將嘴脣貼近我耳邊，邊吐著氣。

「那……要不要我多教教你？」

「不、用、了！」

我將雷娜的頭一把推開。這個人是不是喝醉了，體溫好高。不行了，一談到這種話題，我就變很弱，我要想辦法將話題拉回。

「不是那樣啦，我想用一般的方式解決！」

「跟人上床也很一般嘛。」

話說到一半，雷娜愉悅地揚起嘴角。

「既然會讓對方感到不安，那必定有原因囉？天底下沒有任何魔幻手法可以將這些全都化解掉，那就只能一一解決了。就跟遊戲一樣喔。」

這話能夠看出雷娜身為遊戲玩家的另一個面貌。她說的很正確——不過。

「我、我都忘了……」

「嗯——？」

「有原因就有結果。所以才能找出解決方案。不只是 AttaFami，這套用在所有事情上都是基本中的基本……」

我才剛說完這些，雷娜就露出迷醉的笑容。

「AttaFami 的基本打法，其實也是人生的基本喔。」

「說、說得沒錯……」

我被人教授堪稱非常基礎的觀點。這樣的價值觀可謂是我思考的基礎，之前卻被我遺忘了啊。換句話說，我把戀愛看得很特別，特別到連這種事都忘了，害我沒辦法做出正確判斷。

似乎知道我已經搞懂了，雷娜「嗯嗯」地點頭，就著眼前那杯酒大口喝了兩口。接著「啊……」的一聲，吐出灼熱氣息，再度看向我時雙頰泛起紅潮。

「……如果能打造理想關係未嘗不可……若是沒辦法，關係變得不平衡，那帶來的不安、興奮與快感，大可全部享受一番。」

「原來如此……」

說到興奮與快感時，她的手偷偷靠向我的大腿，將那隻手拍掉的我適時回應。緊接著莫名其妙的是，雷娜笑得很開心。照這個角度想，這個人確實不管被接受還是拒絕都當成樂趣看待呢。

「容易感到不安的人，代表心靈比較脆弱、不安定……文也你要好好守護她喔。」

雷娜所說這話是在肯定戀愛會造成的一切局面，如今我聽了覺得很有幫助。

「不安定啊……」

我想起之前跟深實實和小玉玉的對話內容。她們提到一些人能夠自立，一些人則需要依賴這種人。

片刻後，先前一直沒有吭聲的足輕先生突然開口。

「也許，nanashi不懂脆弱的人有什麼樣的心情吧。」

那番話令我心裡一陣吃驚。

「沒、沒那種事……」

這是因為，去哪找像我這樣自認為「弱角」的人。

「不，我確實是比較容易相信自身想法是對的……應該這麼說。不久之前的我，跟現在有點不一樣。」

「不一樣？」

我點點頭。

「雖然現在已經能夠像這樣，跟人做某種程度的交談，但我原本都沒有朋友，是弱到無可救藥的弱角。」

聽到我那麼說，足輕先生嘴裡說著「嗯」，用試探性的目光看著我的眼睛。

「nanashi，你認為所謂的『自信』是什麼？」

「自信嗎？」

我稍微猶豫了一下，想起那些被我認定是自信心很夠的人，同時尋找解答。而看來算得上是答案的答案，出乎意料一下子就找到了。

「自己做了某些事情顯得很厲害，而那有確切的根據能支持，應該是這樣吧。」

浮現在我腦海中的人如假包換正是日南葵，那傢伙總是一副自信心十足的樣子，實際上她也交出漂亮的成績單。但背後充斥著壓倒性的努力與分析，那些都是不可撼動的根據。

結果足輕先生搖搖頭，臉上浮現知性的笑容。

「nanashi，這正好是反論。」

「……反論？」

即便他那麼說，我還是聽不明白。雷娜也歪著頭。也有可能她單純只是喝醉了。

「對……」

在回話的同時，足輕先生拿起杯子邊緣附著白色粉末狀物體的雞尾酒喝了一口，這才慢條斯理地闡述。

「聽好了，真正的自信是毫無根據的。」

「咦？」

那讓我不由得眨眨眼睛。因為這的確跟我說的相反。

「這樣的人就算做出成績，也能輕易捨棄。」

乍聽之下，這番話難以理解。

「若是要定義變化，那就是改變現狀進入別的狀態，而不問改變的方向。不管是朝向好的方向還是壞的方向，變化都是變化——換句話說，變化可以是進化，也可以是退化。」

「……確實是那樣。」

足輕先生說這話的語氣就像在論證。不過我曾重複做「不確定會不會招致正面結果的改變」這件事，所以這論調我很能體會。

「套用 AttaFami 來做思考會比較好懂吧？當你覺得自己的實力沒辦法再提升，想要靠著努力改變一直以來的出招風格，或是更換遊戲角色，但那不一定會使你進化──不一定能變得比之前更強。」

「對。我也有那種感覺。」

改變自我，不能保證一定會往好的方向發展。

事實上我的使用角色從 Found 換成 Jack，獲勝機率也還沒有恢復至使用 Found 的水準──搞不好回不去也說不定。

「所以一般人都會害怕改變。想要努力改變自己，卻反而退化了。那樣為了改變做出的努力與耗費的時間，全都會被否定掉。」

我認為改變並不是什麼難事，因此我不太會有那種感受，但我可以想像得到，一般人八成都是那個樣子。

「可是照理說現狀已經讓人很滿意了，nanashi 你依然不怕做出改變……按照你說過的話來看，這並不僅限於 AttaFami 吧。」

「……或許真的是那樣。」

「對吧。」

我點點頭。因為真的就像他說的。

例如在人生中「做角色變更」。也許人生原本就不是一場神作遊戲，可是在日南的提點下，認為她說得有道理的我，只是為了做個確認而捨棄「孤身一人卻日日過得挺開心」的自己，選擇角色變更，認真面對人生。

「不管是在AttaFami裡頭，還是人生中……我都認為我可以隨著自己的意思做改變。」

而這——用不著多說，是我以nanashi的身分做的選擇。

只見足輕先生邊微笑邊點頭，接下來的動作並沒有什麼特別意涵吧，他用食指在吧檯表面上「咚咚」地敲擊，一臉自信地看著我。

「那肯定就是nanashi會成為日本頂尖玩家的緣由吧。」

這讓我屏住呼吸，看著總是握住遊戲手把的指尖。如今指尖被玻璃杯弄得冷冰冰的。可是這上頭寄宿了確切的自信。

「好比第一次遇到nanashi的時候，雖然在奪三先勝戰中輸給我，但以綜合獲勝機率來看，還是nanashi比較厲害對吧？」

「……對，應該是那樣沒錯。」

「也就是說，單純看實力的話，nanashi比較強。」

雖然我猶豫了一下，但還是不打算謙讓，決定點頭承認。既然有這樣的結果出現，那就表示事實的確是那樣。跟人比勝負的世界就是這麼一回事。

「在那之後，你沒有遇到其他的職業玩家吧？」

「對，還沒有。」

足輕先生跟著點點頭說「我想也是」。

「那麼在線上，你也還是穩居排行榜第一名對吧。」

「那當然。我超前大家很多。」

我當下立刻如此回應，那讓足輕先生看似愉快地揚起嘴角。

「那就是說，歸納起來會是這樣。」

緊接著他繼續說下去，話裡稍微參雜了點熱度，嘴角一撇向上彎起。

「活到這麼大──nanashi 都還沒碰過比自己更強的人。」

光聽這句話會覺得口氣真大，不過這樣聽起來，現實確實是如此。

「……或許是那樣吧。」

到這我好歹有猶豫一下，但還是肯定了他的說法。足輕先生臉上依舊帶笑，用手摸摸下巴。雷娜一直在觀察我們，聽我們兩人說話，嘴裡卻沒有說半個字。

「所以說，本來你不需要更換角色。但現在不只是出招方式，就連主要角色都試圖更換……老實說，這算是異類中的異類。」

話說到這邊，足輕先生用冷然的目光看著玻璃杯。

「脆弱的人，每當要行動，或是要做出改變。都需要能夠說服自己產生信服力的『理由』。」

「……！」

這話讓我為之屏息。

每次行動都必須找到相應的「理由」，這樣的人——在我身邊就有一個。

「可是 nanashi 一定只需要『自行認定』，就能無止境地改變。」

「對……我想應該是那樣。」

「明明缺乏讓人相信此行正確無誤的理由和根據，你卻還是能理所當然地前進。這說起來，就等同你身上擁有其他人沒有的特質。」

我有印象。應該是說曾經跟人聊過類似的話題好幾次。可以肯定的是我和深實實、日南不同。反而是跟小玉玉很像。

我所需要的，就只有我認定的正確解答。

「這對你而言或許是很自然的事情。但那其實難能可貴，異於常人，是很特別的。」

足輕先生讓冰塊發出「喀啦」一聲，將眼前那杯雞尾酒喝乾。

「還有。」

他放下酒杯看向我這邊，用平靜無波的視線盯著我看。

「那肯定代表 nanashi。不，是友崎你這個人——簡單講就是在人生中。」

話說到這邊，足輕先生接下來要講的話是——

「在人生中你是比其他人更強的『強角』。」

——那撼動了我刻在自己身上的最大前提。

「若是無法接受這點，nanashi 你遇到的問題就無法解決吧。」

那句銳利的話語彷彿爬蟲類的利牙，而被切裂的——肯定就是……

我在無意識間持續戴著的假面具。

6 打算捨棄珍貴之物時總會有人出手阻止

回去的路上。我明明沒喝酒卻有種醉醺醺的感覺，感覺眼前的景色都在搖晃。會有這種感覺，是因為我心中的最大前提被顛覆了。

「——我是強角？」

看著我那被背後街燈照射後變長的影子，我獨自一人呢喃著。

之前我一直認為自己是弱角，甚至差點認為那就是我的正字標記。因為自己太弱了，我才會對培育自己一事感到驕傲。因為是弱角，才會懼怕讓自己主動去選擇其他人。

因為是弱角，當自己在人生中吞下敗仗，才能找藉口。

不過足輕先生說的那段「強角」論調，確實跟我一路走來的培育過程不謀而合，實在太有說服力了。只不過是感受到一些說服力，我心頭那層單薄外皮就彷彿被人殘酷地剝下一層。

腦子裡亂糟糟的，連路都走不好。

「不害怕改變。我確實對這部分有自信，不過……」

我看著持續握了好幾年遊戲手把的指尖，上頭寄宿了光靠自己就能給予肯定的確切自信。

「這樣的變化，實在有點嚇人啊……」

就好像自己從雜種變成純混血，那簡直是大逆轉。

比日南曾經跟我說過的更厲害，是更大規模的「角色變更」。

就這樣，我走在曾經跟菊池同學一起走過的北與野街道上，開始去針對先前碰到的那些問題思考。

昨天中午時分，那是一段幸福漫步的時光。可是當天空變暗了，一個人走在這邊才發現很不一樣，只感到寂寞。想必那是因為連我半徑數百公尺以內的世界，菊池同學都能將它染成別的顏色。

——當那場戲劇結束後，我在圖書室裡。

憑藉自己的意志，選擇將菊池同學納入自己的懷中。

我相信自己做出的選擇。也想正面迎戰它。

雖然先前我極度不想跟其他人有交集，都獨善其身，但我主動選擇了菊池同學。

然而我那不害怕改變持續前進的性質使得菊池同學不安又寂寞，認為人應該各過各的。假如這樣的業障使得我拒絕去解決該問題，那我只要還是現在的我，就必定無法終結兩人之間的代溝。

這樣的代溝源自於我的性格、價值觀、判斷基準，若是我想繼續跟菊池同學交往下去，那就必須做出更根本的改變。

如同深實實和小玉玉說過的，若是我能夠單獨自立，是讓他人依靠的那一邊——也就是所謂的「強角」，那我就該那樣選擇。

雷娜曾經說過一些話，跟我的想法異曲同工。出現一些問題或有某種結果，這其中必定有原因，想要解決就只能一個一個找出來處理掉。我把戀愛看得太神聖才一不小心忘了，這其實是深植於我血肉中的遊戲基礎。

而會讓菊池同學感到不安的原因，若是有好幾個。

那就如同水澤說的，我也只能一一「揀選」了吧。

於是我決定先來針對手上的包袱做出選擇。

＊　＊　＊

回到家後，我在自己的房間裡打開 LINE 應用程式。

畫面上顯示用來決定 Spo-Cha 預定行程而開的群組畫面。

我一直在想。

對我來說算得上重要的東西，還有應該誠實面對的，那肯定是選擇走上將

AttaFami 融入人生這條路，還有希望教會日南人生的樂趣所在——以及想要跟菊池同學維持男女朋友關係，就只有這些。

若是其他事物會成為導致菊池同學不安的原因。

那從我所持之物中剔除就行了吧。

若是有必要，就連 Found 這個常用角色都能更換，這樣的我在人生中應該也能做出同樣的決定才對。

群組內已經有一些對話。除了我以外的其他成員曾經去過那裡一次，大家在群組內聊到「玩得好開心辛苦啦——！」「改天再去吧！」，後來就停在這邊。那我偷偷退掉也不會被人發現吧。這樣做是有點怪怪的，但我原本就是有點奇怪的人吧，這麼做應該不至於被罵。

「……嗯。」

於是我就悄悄退出這個 LINE 群組。

然後從我的對話一覽表中刪除這個群組，這樣一來全部的對話都看不見了。雖然覺得有點寂寞，我還是告訴自己這樣比較好。

假如那個群組再度動起來，準備要去第二輪，我被邀請的可能性也會變低吧。

——這樣我手上的包袱就減少一個了。

同樣的，我打開「探尋自我同盟」的 LINE 群組。上頭留有「改天再一起玩——」之類的輕鬆訊息，跟剛才那個 Spo-Cha 群組不同，散發另一種形式的歡快氛圍。

這個群組也大約一星期都沒任何動靜，在這個時候退出應該也不會造成大問題。說真的，待在這個群組很舒適，我有預感那對自己的重要性將會增加，說不留戀是騙人的。但我也能從人生這場遊戲中找出別的樂趣才是。於是我也能接受這種改變。

我就像剛才那樣退出群組，心頭溫度又多下降一分。

——如此一來，我手中的包袱又減少一樣。

還有退出「自我探尋同盟」的 LINE 群組不只代表減少一樣包袱。這是因為——做那種事情形同拒絕我被賦予的某個任務。

我開啟跟日南之間的聊天畫面。

然後打上這段文字。

『抱歉。妳出的課題「創造以自己為核心人物的四人以上群體」，可能沒辦法完成。讓我放棄這個課題吧。』

我重新把這段文字看過一遍才發送出去。

那是因為──

若是要創造以我為核心人物的群體，那我勢必要擴展自己的世界，會牽扯到很多人，還需要在那裡面鞏固我的社交地位。

我為了完成這些而創造的其中一樣東西，就是那個群組；假如我今後還想完成那個課題，就會再有類似的經歷吧。

但那會讓菊池同學感到不安，還會用掉很多時間。

可是要讓菊池同學加入那個社交群體，又會跟菊池同學的「火焰人」性質產生矛盾。

那我就只能放棄打造該群體。

因此，我將不再做這方面的努力。

花在那上面的時間，我想要拿來用在更重要的地方。

我已經決定了。

跟在煙火大會沒有告白的那日相比，這一定是更加慎重的決意。

因為那時放棄的頂多只是「當日課題」。可是現在要捨棄的卻擁有更深含義，還是日南口中最重要的階段性課題。

自從我跟那傢伙一起展開人生攻略後——這還是我頭一遭「主動放棄中期目標」。

「……這樣就好了。」

我在我目前能力所及的範圍內整理好自己的心情，吐出沉滯的嘆息。在心裡攪動的，除了有陰暗潮溼的違和感和放棄感，還有一股類似的泥濘重力。不過做了那樣的選擇，我也覺得自己將能夠誠實面對心裡頭重視的對象。

在我心中，還不曉得這麼做是不是對的。但就算是錯的，我也有自信未來某天再花些時間，還能靠別的手法重新塑造自我。

所以真要說起來，這算是「角色變更」。

我有預感總有一天自己會沒有進步空間，才會從Found換成Jack。若是要比照辦理化解遭遇的矛盾，那我就要大幅度變更在人生這場遊戲中求生存時所具備的基本型態，只是這樣罷了。

「……嗯。」

這時我不經意張望，發現學校書包隨意丟在房間中。

上面綁著在新年參拜時購買，跟菊池同學湊成一對的護身符，還有暑假到來前深實實給的，大家都有掛的吊飾，那長得像土偶一點都不可愛。

這才讓我回想起來。

大家別著顏色不一樣的吊飾，我的書包跟大家的書包聚集在一起，就好像色彩繽紛的煙火。

接著想起菊池同學的書包，上頭只掛著跟我成對的護身符。

兩相對照有如在體現我目前碰到的狀況，還有糾纏著我的矛盾。

為了解決這種矛盾，或許我今後也必須做出選擇。

假如真的要二選一。

「……唔。」

我伸出裡頭流動的血彷彿都要變冷的手，拿起那個書包。

然後——選擇將曾經擁有的一部分繽紛景色從我身上剝離。

＊　＊　＊

接下來這幾天，我過著跟之前沒太大差異的日常生活。

雖然之前發生了那些事情，但只要我希望，菊池同學還是會繼續跟我一起上學，若我說想要盡量增加兩人在一起的時間，她也會配合。

班上同學並沒有來質問我為什麼要退出 LINE 群組，因此只要不會影響我花在重要事物上的時間，我都會跟大家混在一起。幸好我還能擠出一些表情貼在我臉上，讓大家不至於察覺任何不對勁。

「很好——！我們去家庭餐廳吧！小臂也會去吧!?」

「當然會！其實我今天沒有要去！」

「那還回什麼當然!?」

我說些不好笑的玩笑話，擺出空洞的笑容，都是為了離開那個世界。在不會給其他人添麻煩的情況下，逐漸跟他們拉開距離。

這個世界確實是在日南教導下，靠我自己的意志開拓的，我就算失去其中一部分，一定也能往前進，發現新的景色。因為世界上又不是只有這所學校。

於是為了重要的事物，我選擇將包袱悄悄擱下。

親手撈起的沙子開始從指間嘩啦啦地散去，只留下顆粒比較大的。不過我真正想要的東西，一定就只有這些大顆粒。

好好珍惜這些大顆的沙子，我想那正是我的人生攻略法。

＊　＊　＊

「那先這樣，明天見。」

在北與野車站。面對跟我一起離開電車的深實實，我就像平常那樣離開檢票口後，輕輕舉起手跟她道別。那已經持續了一個禮拜左右，為了菊池同學著想，我跟深實實才養成這樣的習慣。

只不過。

「……怎麼了？」

今天的深實實沒有像平常那樣對我揮手，而是猶豫不決地舔著嘴唇，視線到處亂飄。

「話說……軍師。」

「嗯？」

她一副難以啟齒的樣子，目光不知該擺哪。最後視線才落到我的書包上——幾天前還掛著吊飾的那個地方。

接著她咬住嘴唇，沒有再說什麼。

「啊……話說。」

我就像在找話打圓場一樣，嘴裡發出難堪的呼喊。不過我的理性讓我閉上雙脣，不讓話語出口。那都是我個人的選擇，對深實實而言一定等同背叛。去找理由希望她原諒自己，那只是我一廂情願。

於是我重新擺出笑臉，朝著深實實回首。

「……怎麼了？等到周遭變暗，一個人回去會很恐怖喔～？……走吧，快快回家。」

這些不好笑的笑話，我一定說得更順了。然而深實實一直盯著我看，沒有離開。臉上神情看不出是在生氣或感到悲傷，但卻強大到能夠讓我定在現場動彈不得。

最後深實實似乎下定決心向前踏出一步。

「不要。我今天要跟軍師一起回家。」

她抓住我的手，硬拉著我走。

「咦？……等等。」

無視我的意願，深實實拉著我走上平常會走的歸途。

就這樣，睽違許久後，我開始跟深實實一起離開車站走路回家。

＊　＊　＊

「話說這陣子突然沒空去 Spo-Cha 抱歉！玩得如何？」

我隱藏真心，在無意識間拋出無關痛癢的話題。那像是戴上假面具自衛，說的話越多，我就覺得自己的心變得越灰暗。但是為了自我守護，只能這麼做了。

「哎呀，我是有聽說竹井把事情搞砸了……」

「軍師你呀。」

深實實打斷我的話，感覺又要更進一步說些什麼。那雙眼直直地望著我。

這視線強而有力，有點像小玉玉。

彷彿看穿我心中扭曲的部分，是直來直往的眼神。

「現在的你，就好像那個時候的我。」

「……唔。」

聽到深實實那麼說，我馬上明白她想說什麼。

——那段記憶想忘也忘不了。

為了重要的東西，有人想要捨棄其他珍貴之物。結果某個人適時出面阻止，還跟那個人一起走路回家。這樣的情況確實曾經發生過一次。

而那個時候硬是挽留他人要對方一起走上回家路的——不是深實實，而是我。

深實實像是在回憶，不過說話語氣顯得很開朗。

「我啊，假如那個時候軍師沒有要我跟你一起放學回家，那現在……我肯定會過著完全不一樣的生活。」

「深實實……」

當時深實實出於嫉妒，正準備討厭日南。她不希望自己討厭要好的朋友，也不能容許自己變成那樣。因此取而代之，才拋棄對她而言很重要的田徑社。

趁重要友人這個大粒沙子還沒有從手掌中滑落，她要將推擠這樣東西的包袱擱置。當時深實實做了這樣的選擇，並迎來放學時間。

「照那樣下去，我就再也沒辦法回到田徑社了吧。可能跟葵也會……產生一些嫌隙。小玉人很好，我想她能夠諒解，但她應該會覺得有點扯。」

那個時候我硬是把深實實拉走，還找小玉玉一起，我們幾個結伴放學回家。多虧小玉玉說了些話，深實實才從那咒縛中解放。

「那天放學後，軍師當著大家的面鼓起勇氣，不惜丟臉也要把我拉走……這在我的人生中，一定算是非常重要的片段。」

深實實在我身旁吐出白色氣息，一副很懷念的樣子，臉上有著微笑。

「還有就是——」

接著她用指尖擦拭眼角，這次笑容變得很悲傷。

「若是沒發生那件事情……我或許就不會喜歡上軍師了。」

這句話重重壓上我的心頭。比起我捨棄的東西，那更加沉重許多，令人難受。

「雖然沒辦法實現，對方不領情……但我果然還是很喜歡軍師……不過會這樣想的自己，我也能真心喜愛。我很感謝讓我懂得這麼想的軍師。」

身旁傳來她吸鼻水的聲音。是因為寒冷，還是出於別的原因，其實我應該早就心裡有底了。

「所以，可以告訴我嗎？……軍師你。」

在那之後深實實再度直視我，那雙眼彷彿已看透真相。

「你是不是已經討厭我們了？」

「……！」

這是不可能的。不過我已經選擇捨棄你們，又該如何解釋才好。能找到怎樣的藉口？

懷著悲傷情緒，深實實一同將那些話語吐露出來。

「我呢，一直在看著軍師，已經發現了喔。你退出所有的 LINE 群組，就連跟大家在一起的時候，說笑話也不像平常那樣投入，看起來一點都不開心。」

話說到這邊，深實實伸手溫柔握住掛在她書包上的，那繽紛景色的一部分。

「最近這陣子……你都沒掛吊飾了吧。」

「……唔。」

是覺得愧疚，還是感到難堪，還是覺得無可奈何。我知道眼前景色已經逐漸被淚水浸溼。

「我很感謝軍師，所以不想看到軍師變成這樣……若是有我能夠幫上忙的，就告訴我吧？」

深實實眼裡蓄著淚水。但我依然無法下定決心。

「……抱歉。」

我差點吐露心中脆弱的心聲，這讓我握緊拳頭，再度忍住。

「因為我的選擇害妳傷心難過，還給妳添麻煩……我——」

握住拳頭的力道加重。可是為了面對自己的選擇，還有對深實實誠懇以對，我拒絕她的提議。

若是在這種時候表現出脆弱的一面，那麼做就形同將自己做出選擇後應負責任的一部分加諸深實實身上。

緊接著她開口說道「這樣啊」，發出落寞的嘆息。在這之後。

「那——我換個方式問？」

這話一說完，深實實就到我面前距離一步之處站定，並回過頭。

她正面面向我，不知怎麼會露出那樣的表情。真要說起來，就像富含鬥志一般。

「身為同樣想要打倒葵的『戰友』，希望你能夠說給我聽。」

「……唔！」

那是我曾經對她說過的話。

從前我跟深實實同樣有相同的目標時，曾經以同志身分說過這種話。

我想起自己也曾經如此強悍，跟深實實攜手同心。

不願意服輸，朝向共同目標努力。兩人會拌嘴，時而認真以對，度過一段寶貴的時光。

「那麼說……好狡猾。」

我依然淚溼著眼並回看深實實，話說得斷斷續續。

「妳都那麼說了……我怎麼有辦法說謊……」

緊接著深實實就用誇張滑稽的動作拿袖子擦拭淚水，像是在鼓勵我，得意洋洋地笑了。

「呵、呵、呵！這表示當時的軍師也是那麼狡猾！」

最後她露出一個燦爛的笑容，這個人確實是我的戰友。總是在我意志消沉的時候把我看得比她自己還重要，是我的恩人。

「……我之前一直都是獨行俠……」

不知不覺間，我對深實實表現出自己的脆弱。

「……一路走來都是一個人，不知道該怎麼跟他人好好相處。」

「……」

像這樣暴露在他人眼前，會讓我很想逃避，可是卻停不下來。

「……是我自己選擇菊池同學的。菊池同學說我跟她不相配，我卻強行用一些理由扭轉。說理想是其次，我希望選擇菊池同學……」

對方曾經透過戲劇拒絕我，當時也是深實實給我勇氣。

然後我跑到圖書室，在那再一次選擇了菊池同學。

「所以我應該要好好對待她……卻老是讓菊池同學感到寂寞。」

因此我──

「──於是我找出自己這雙手再也拿不動的東西，例如跟大家在一起的時光，並選擇拋置。」

在我的心中，我已經得出結論。

「這對我來說，代表我能夠好好面對菊池同學。」

「……是這樣啊。」

在我身旁，深實實慢慢地點了兩次頭。

「跟你說，軍師。」

她像是在回憶些什麼，雙眼望著橙色的太陽。

「這陣子偶然遇到菊池同學，有跟她聊過天……其實我跟她是一樣的。」

「一樣？」

只見深實實緩緩地點頭後，用那對大眼直率地看著我。

「……是關於我們喜歡上友崎的理由。」

「咦……」

這句話、那雙眼，讓我深受吸引。

「你很努力去改變自己，讓自己的世界變得更加廣闊……這樣的軍師好厲害，也很率真，看起來好燦爛，我們兩人都很喜歡這樣的你。」

「讓世界更加廣闊……」

雖然沒有直接明言——但菊池同學也曾換個方式說過類似的話。

當深實實再度開口，她像是在壓抑情感。

但同時聲音也在顫抖，似乎強忍著悲傷。

猶如在對我傾訴，拚了命地說著。

「現在友崎你在做的，不是去讓世界變得更遼闊，也不再去面對新事物。為了不讓菊池同學嫉妒，使得自己的世界更狹隘……」

說話的聲音都在顫抖，深實實逼自己把話說完。

「這個樣子——形同是在改變我跟菊池同學喜歡的特質，也是去改變友崎你的喜好。」

我一時間忘了呼吸。

「我有說過吧？說我很喜歡友崎你。」

這話說完，深實實顫抖著肩膀，脆弱地低下頭。

「也許這只是我的任性要求……但我不想看到友崎變成那樣。」

仍舊低著頭的她擦拭臉頰，額頭靠到我的肩膀上。

這是在隱藏什麼，連我都明白，因此我也無言以對。

「還有啊……**只有我**知道喔。」

深實實在說這話的時候沒有讓我看到她的臉，再度用袖子擦拭臉龐後，她才抬頭用紅腫的眼睛看著我。

「菊池同學也不想看到友崎變成這樣。」

「……深實實。」

說完這句話後，深實實再次將臉「咚」地靠上我的肩頭。

然後用半開玩笑、像是孩子般的語氣說著。

「……頭槌。」

她說話的模樣難掩害羞，也無法掩蓋真相。

「這、這樣啊……」

於是我用肩膀接下不是深實實鐵沙掌也不是深實實手刀，而是一點攻擊力都沒有的深實實頭槌，同時我感覺視野也變得清明起來。

「……謝謝，妳又救了我。」

深實實聽了依然將臉貼在我的肩膀上，小幅度點點頭後，再度用微弱的聲音說道。

「所以現在……可不可以稍微再這樣待一下下？」

「……嗯。」

於是在那之後，我的肩膀逐漸變得越來越溼潤，但是再也沒有任何疼痛。

＊　＊　＊

跟深實實道別後，我走在北與野的街道上。

沒有直接回家，而是邊走邊思考。

不，正確來說應該是我找不到方向吧。

為了菊池同學捨棄其他包袱，深實實會悲傷——若是我改變，不只是深實實，就連菊池同學都會傷心。

然而照目前這個樣子下去，跟日南和大家的關係都持續維持的話，還是會讓菊池同學感到不安，也許我們兩個的男女朋友關係還會就此斷絕。

這簡直就像一局爛掉的拼圖益智遊戲，有好幾塊拼圖形狀扭曲，沒辦法完全吻合原本的拼圖框架，若是要取出其中一個特別大塊的繽紛拼圖，就一定會把別塊擠出去。

假如我已經做好跟日南所有人生斷絕關係的覺悟，或許這一切都能解決。

但那是我發自內心想做的事情——不管拿什麼來代替，都不可能捨棄。

也就是說。

水澤也有提過的抉擇時刻，如今已經到來了。

接下來我會把其中一樣重要的東西，從我的手心中剔除。

＊　＊　＊

跟深實實談過話後，我直接折回車站，來到菊池同學會下車的車站北朝霞站。

跟深實實談過之後，我拚命思考。我心中一個類似結論的東西，已然成形。

對我來說真正特別的東西，並沒有那麼多。

菊池同學也不希望我的世界變狹隘。

但真正特別的那兩樣卻互相矛盾。

那麼——我應該做的，就只剩下做出抉擇。

幾十分鐘前，我傳LINE給菊池同學。說等一下有話想跟她講，在她家前面見面也可以，希望她看到訊息能夠出來一下。而我現在抵達北朝霞站，正要前往菊池同學的家。

這條路明明一起走過好幾次了，光是看著景色卻想起許多事情。跟菊池同學說喜歡上她的理由，我們兩人都紅著臉。

送她回去之後，明明是一個人回家卻莫名有種溫暖的感覺。這些無聊又瑣碎的回憶，對我來說卻無可取代。

接下來要去見菊池同學，我卻從指間到心靈都凍僵了。一定是因為接下來要跟她講「那件事」的關係。

兩人一起經過好幾次的橋映入眼簾。過了橋再經過三戶人家就是菊池同學的家，接下來我只要在那慢慢等待就行了。

我正要踏上那條橋——從不遠處的欄杆那邊，卻有個女子身影飛奔而來。連包包都沒有拿，手裡空空的，看起來很著急地左顧右盼。一看到我就小跑步過來，跑到我身邊。

——我跟菊池同學在橋的正中央碰面。

「……晚安。」

「是……晚上好。」

我們就像平常那樣打招呼，卻沒辦法看彼此的眼睛。

菊池同學八成已經察覺了。

知道我接下來要說什麼，打算做出什麼樣的選擇。

「那個……現在滿冷的，換個地方吧……」

「……在這裡。」

「咦？」

聽到我回問，菊池同學用痛下覺悟的神情開口道。

「在這裡……就行了。」

菊池同學是不是也對這個地方特別有感觸。她看著在橋梁欄杆後方流動的河川，重複那句話。

「在這、就好。」

這條橋很少有人經過，就只有我們兩個人。

那情境酷似當時暑假的水岸景色，唯獨少了煙火的輝煌。

寒冷與寂靜包圍我們兩個人。

「我知道了……話說。」

我慢條斯理地起頭。

「我想了很多。為了不讓菊池同學感到不安，應該怎麼做才好。應該怎麼改變才是對的。」

「……是。」

只見菊池同學用平靜的聲音回覆。

「為了不讓我們再度出現隔閡……我打算將不夠特別的包袱丟下，但這樣還是行不通。」

若我的世界能夠繼續擴展，對我而言、對深實實和菊池同學來說都很重要，有人告訴我這些。

「可是……剩下的還有日南，以及AttaFami……不管菊池同學感到多麼不安，這兩樣我都不能去改變。」

因為那是我真心想要的選擇。

不管我多麼想要選擇菊池同學，都不能放棄那些。

「所以……我只能繼續這樣下去，但那樣會讓菊池同學感到痛苦……還有可能傷害到菊池同學……」

如同當初賦予的特別理由，我們兩個之間少了平衡性。

為了填補種族間的差異，我們之間才會存在矛盾。

可是一旦試圖改變某些重要性較為其次的元素，我將不再是波波爾。

至於其他那些殘存下來的重要事物，我個人也不想去更動。

若沒辦法找到從根源做出改變的方法——

——那我肯定無計可施了。

話說到這邊，我沒有勇氣繼續說下去。

畢竟菊池同學對我來說很重要，可以的話，希望和其他一切事物擺在一起，給予同等的呵護。但是，我沒辦法什麼都選，若選擇跟另一個重要之人——跟「日南繼續有所交集」，那我也會做出相應的結論。

菊池同學這時用力握住制服的裙子，低著頭咬住嘴唇。

後來她總算放開握緊的手，裙子的形狀變得有點歪七扭八，就維持在那個狀態下。

「……友崎同學，對於我跟你的關係，這段從心靈交流開始的關係，你運用名為言語的魔法，賦予它特別的意義。」

她的手笨拙地在空中徬徨了一陣，最終停留在胸口處。

「運用魔法成為這段人生故事中的主角，還選擇了我。」

再來她緊緊握住自己的衣衫。

「不過——那一定是事後才加上的理由。」

「……嗯。」

我不敢呼吸。因為那句話切中了我一直以來的想法。

雙方抱持著相悖的煩惱，用相互牴觸的道理去彌補，我還以為這足以證明兩人關係是特別的，然而現在那卻害我們兩個人產生代溝。

「我想我跟友崎同學之間的關係，還少了『一個東西』。」

菊池同學的視線對向黑暗的天空。那裡只看得見稀疏的星星，沒了當時的絢爛煙火，就連硝煙都一點不剩。

「我原本光顧著在理想與感情間煩惱。友崎同學正好在那個時候對我伸手，還找了理由，就只是這樣罷了。」

她走到欄杆附近，雙手放到橫桿上。

「因此，我跟友崎同學必須在一起的特別理由……事實上一定不存在。可是我卻覺得這樣就足夠了。」

換句話說，我跟菊池同學之間缺少的是——

人與人之間若是要產生真正的交集，是需要特別的理由。
至少對我和菊池同學來說是那樣。
可是我那時跟菊池同學說的理由，算不上真正的特別理由。
既然如此。
理由改變樣貌成了矛盾，最後形成業障，這樣的兩人關係已經——
這時菊池同學轉過頭，慢慢開口。
「——所以這次，請『讓我來選擇』。」
我聽了很驚訝。
「在那之後，我一直在想。」
菊池同學一步步靠近我，用自己的意志、透過自己的雙腿。
「我們是從心靈交流開始，你用了名為言語的魔法，硬要讓我變得特別，我還去思考其中緣由。去想友崎同學選擇我的這件事。」
我明明沒有從這邊離開一步，明明已經選擇菊池同學以外的人。
我跟菊池同學的距離卻逐漸縮短。

「我發現自己都還沒做出任何選擇。」

想必，這次是由菊池同學——施加了改變理由的魔法。

「這算不上理想的關係……所以。」

然後——如今菊池同學已經來到伸手就可觸及的距離內。

「我想要『選擇友崎同學』。」

如此景象——彷彿那一刻重演。

但這次是菊池同學拉住我的手。

「也請讓我選擇友崎同學。

——這就是我想到的，我們之間唯一缺少的東西。」

對，這便是。

有別於陷入煩惱、矛盾和掉入困境走不出來的我。

菊池同學憑藉她的意志，做出了選擇。

「可是我……根本沒權利讓菊池同學選我……」

我話說到一半被菊池同學打斷。

「——七海同學都跟我說了，說友崎同學你曾經試著改變。」

「！」

而後她換上宛如因冰冷空氣降溫的落寞語調。

「她說『軍師他那麼做囉』，還說『這應該都是為了菊池同學妳』。」

菊池同學的肩膀在顫抖，她拚了命地訴說。

「然後她告訴我，希望我明白軍師是那麼努力。」

感覺話語之中參雜了那麼一點嫉妒，但更多的是感謝。

「友崎同學花了超過半年的時間改變自己，讓世界變得更寬廣……連眼前景色都變得繽紛多彩。卻不惜捨棄這些……你為了我，願意做到那種地步改變自己不是嗎？」

這時菊池同學執起我的手，捧至胸前。

「……我覺得這樣真的很厲害。」

然後用那令我喜愛，白皙又溫暖的雙手包住我的手。

「友崎同學你——甚至不惜『捨棄身為波波爾的自己』，是那麼樣的像『波波爾』。」

這番話形成矛盾的螺旋，對於試圖讓「千變萬化的自己」變化的我，也願意給予祝福。

「……菊池同學。」

當我用細微的聲音回應，菊池同學點點頭表示她聽見了。

「這樣的人……對我而言是理想得過分，是再理想不過的對象。」

接著菊池同學慢慢放開她的手，將手掌放在自己的胸口上。

「所以友崎同學，請你不要勉強改變自己。」

她看著我的眼睛——彷彿她真的就是天使，臉上浮現溫和的微笑。

「你為了我願意改變那麼看重的自己，有過這樣的事實，對我而言就很足夠了。」

那一字一句都是在肯定我的行動和思考。

當我目不轉睛地凝視菊池同學，我對她的愛就變得越來越深。

「……咦？」

在我發現的時候，我已經拉住菊池同學的手，把她拉向我這邊——用雙手緊緊地抱住她。

「對不起……謝謝妳。」

自己會做出這樣的事情，連我都感到驚訝。但難以言喻的是，我也覺得那是我有感而發的自然舉動。

畢竟我們這次是真真正正——

成了「互相選擇彼此的」一對戀人。

「不……我才要對你說謝謝。」

我們兩人互相跟對方道謝。

在短短幾公分的距離下，雖然看不見對方的表情，但相形之下更為真切的體溫與鼓動、還有話語都在替我們兩人傳遞心聲。

耳邊有著河川清涼的潺潺流水聲、不知名的昆蟲叫聲，還有跟那時應該是不同輛車的車頭燈光線從旁邊閃過。

所有能看得見、聽得見的都變得不再重要。

光只是這麼做，先前的糾結和不安，那些紛紛擾擾似乎都融化在兩人的零距離下，逐漸消失，甚至讓我感覺能夠永遠這樣持續下去。

後來終於有一方放鬆力道，我依然把手放在對方肩膀上，跟菊池同學面對面。

其實這沒什麼好害羞的，但我知道對方跟我一樣也會害羞，所以我沒表現出慌亂的樣子。只是我們兩個人都紅著臉，就這樣罷了。

當我的身體跟對方拉開距離後，我站到菊池同學身旁，拉起她的手，用打趣的口吻說了這番話。

「我送妳回去。」

當我說完，菊池同學也開心地輕笑。

「呵呵……雖然距離很近，但還是麻煩你了。」

於是我們就手牽著手，開始從橋中間走到菊池同學的家，走完那幾十公尺的路。

不用特別去注意，我們的步伐也自然而然變得一致。手的溫度互相調和。雖然不知道對方心裡在想些什麼，我卻覺得自己能洞察一切。

這個時候我想起剛才菊池同學選擇我的事情。

「吶，不過。」

我故意壞心眼地問她。

「我跟菊池同學只是心心相印選擇了彼此，但還是沒有找到『特別的理由』不是嗎？」

這讓菊池同學看似困惑地眨了眨眼睛。

「這、這……」

那神情和舉動像極了小動物。感覺雙方都沒有那麼緊張了，也不再抗拒讓彼此看見脆弱的一面。

於是我立刻表明所想。

「……抱歉，說那種壞心眼的話。其實……我已經知道答案是什麼了。」

「咦？」

對著一頭霧水的菊池同學，我露出像是在跟人惡作劇時會有的笑容。

我跟許多人諮詢關於戀愛這方面的問題，學會幾樣重要的事情。

面對不安，只能逐一去正面解決，有很多話都是要真的開始交往後才能談，基本上跟人交往，似乎並非戀愛的最終目標。

還有命運的舊校徽也是如此，不管多麼「特別」的東西必定都一樣。單純只是將那些「形式」——不，都是累積了一段段故事才造就的。

因此——

「這些，不是歡樂的戀愛動畫，也不是戀愛遊戲——單純只是人生過程罷了。」

於是此處，這個地方，並不是相戀的兩人所要抵達的「攻略終點站」。

對我們兩個人來說，這裡是起始點。

「今後我們要兩人一起煩惱，一起掙扎，運用我們的智慧……也許有的時候會傷到妳，會讓妳感到不安。但就像在製作戲劇劇本那樣——我們兩人攜手，一起去尋找那特別的理由吧。」

我知道聽完我說的，菊池同學的手也握得更緊了。

「我想『男女交往』大概就是這麼一回事吧。」

想必那就很像小小的共犯關係，目的並非要獨占彼此。

就算是在情感帶領下才展開也無妨。或許這之中並沒有特別的理由存在。可是——

用這種方式建構而成的兩人關係，儘管還算不上特別，我們還是會在這段關係中持續尋找非對方不可的理由。

「畢竟這不能只有一個人，要兩人一起才能辦到吧？」

那或許是詭辯。是要用來打圓場的謊言。

但是在這場名為人生，沒有百分百正確指標和魔法的遊戲中，那勉強算得上是雙方之所以會交往的特別理由。

「……這麼做，妳覺得如何？」

我在詢問的時候很難為情，結果菊池同學帶著驚訝的表情抬頭看我，然後——

——她輕輕放開我的手。

感到吃驚的我看著菊池同學。

「咦……？」

菊池同學還是背對著我，跟停在原地的我拉開幾步距離後，在那裡停下腳步。

最後她轉身面向我這邊，露出一個調皮的微笑。

制服的裙襬隨著轉身動作揚起，譜出緩慢而美麗的舞動。

這——跟在我腦海中重演無數次的情景好相似。

「還記得嗎？我們兩人一起看打上天空的煙火。那些光芒讓心都融化了，一直很灰暗的景色也變得五彩繽紛。」

我的視線和意識都受到吸引。

因為那是「只為我和菊池同學而存在的祕密」。

「雖然旁邊有河，覺得有點悶熱，但是反射出光芒的水面好漂亮。那麼絢麗多彩的世界，有生以來還是第一次看見。」

接下來菊池同學要說的是什麼，我不用問也明白。

也不曉得是第幾次了，我已經重複在心中數度默念過。

「——不過呢。」

臉上流露出宛如克莉絲會有的天真笑顏，菊池同學仰望著我。

「友崎同學教會了我最重要的事情，那是什麼呢？」

菊池同學的身影在我眼中有如覆著一層淡淡的光暈，看起來真的好像妖精。

「就是不用勉強改變自己，也能跟很珍視的人在一起喔。」

但是她口中呼喚的不是利普拉，而是我。

「因此，那『已經寫出來卻一次都沒說出口的話』，請讓我在這裡說出來。」

她的模樣看上去有些俏皮，笑起來簡直如同天使一般。

「——我好喜歡你，文也。」

菊池同學總是會帶給我小小的驚奇。

「竟、竟、竟然叫我文也……！」

看我狼狽得要命，她模樣可愛地噘起嘴脣。

「那是因為……網聚會上的女孩子會那樣叫你……所以就——」

「唔……」

這份嫉妒未免太惹人憐愛，對我來說破壞力真不是蓋的。

現下說這種話似乎顯得不解風情，但菊池同學的表情、言語再加上眼下狀況，都讓我感覺心中的情緒快要失控暴走。

打個比方就好比是——先前透過視訊電話看見菊池同學那樣打扮，還有雷娜帶來的心癢感，以及她說到「你們根本什麼都還沒做吧？」。

這些片段一口氣逼近，再加上我對菊池同學無與倫比的愛意。

讓我的身體動了起來。

「——」

所有的感覺都消失了，除了一樣——

這世上只剩下我跟菊池同學的唇與唇。

假如無法言喻的心意和思念能夠化為現實，是不是會變得如此柔軟。

接下來這幾秒鐘之間，思考和時間都停擺了——

「啊……」

當唇瓣離開時，菊池同學發出的聲音有一股魔力，換作平常的我將難以抵擋，

但現在的我沒那種心思。

因為那感觸實在太甜美，彷彿我們兩人直接觸及彼此的內心，還留有令人心曠

神怡的餘韻。

「呃……」

我迷惑到都不知自己是為何迷惑，結果看見菊池同學用虛脫呆愣的表情望著我。

「那、那個……」

她說完就用快哭出來的眼神凝視我。

「……再、再一次。」

「咦!?」

聽到我的叫喊，菊池同學才回過神睜大雙眼。

「啊，不、不是，那個——沒什麼！」

這次菊池同學雙頰通紅，兩手胡亂揮動。如今這模樣已經超越天使又超越人類，再回到天使的狀態。

「這、就是……」

「呃——哈哈。」

我們兩個莫名感到害羞又難為情，可是我倆害臊的程度是一樣的。

所以這些心跳、體溫和任性，看在我眼裡全都好喜歡。

後來我們手牽著手，來到菊池同學家門前。還是老樣子，從窗戶洩漏出來的光線很溫暖。

「那個……」

不過菊池同學依然握住我的手，沒有放開。

「跟你說再見之前……有件事情想問你。」

「什麼事情？」

當我不解地歪頭，菊池同學又用惹人憐愛的聲音開口道。

「或、或許我……還沒有像日南同學那麼了解友崎同學……」

接著她用食指指腹碰觸那淡粉色的脣瓣，嘴裡說著。

「但是跟友崎同學……那個，接、接吻的人……只有我對吧……？」

這灼熱的言詞伴隨著嫉妒，讓我的意識完全飛到九霄雲外。

7 與生俱來的特性不會輕易改變

「為什麼你們一天到晚吵架都像在演連續劇啊。你們有病喔。」

在大宮的餐飲店內。水澤在我眼前撐著單邊手肘，邊聽我說話邊狀似揶揄地揚起嘴角。

「喂，別人可是真的很煩惱，別說那種話敷衍啦。」

聽到我反駁，水澤呵呵笑。

「吵架有的時候就像前戲一樣，那也算是一種經驗嘛。」

「你也真是……」

我吃了那麼多苦頭，卻被這種戀愛高手三言兩語斷言，害我都要覺得自己做的事情是不是就只是大家會走過的路之一。話說實際上就是這樣吧？

「總之，感覺你又突破一個關卡啦。」

「別說得好像在玩遊戲一樣。」

「不是說人生如同遊戲嗎？」

水澤一臉得意，就像他說了某些至理名言一樣。這傢伙。

「話是那樣講沒錯。但把戀愛比喻成那樣，總覺得不夠純潔。」

「好啦好啦。」

雖然從頭到尾都被他牽著鼻子走，但我還是順利將來龍去脈都報告完畢。

接著水澤就邊吃大碗的特上炸蝦蓋飯，邊皺起眉頭。

「……不過話說回來，我有點意外呢。」

「意外？」

我嘴裡吃著普通的炸蝦蓋飯，一面轉過頭問他，水澤先是喝了一口水——

「還以為若要在葵跟她之間做選擇，你只會選葵。」

「這……咦，奇怪？」

「怎麼了？」

當我話說到一半卡住，水澤就撇嘴露出頗有餘裕的笑容。

「我有說過另一個人是日南嗎？」

結果那讓水澤看似愉悅地呵呵笑。

「不，在這種狀況下，你還會把對方跟菊池同學放在天秤上衡量，不知道該怎麼選，這個人非葵莫屬吧。雖然我不是很清楚原因。」

「……是喔。」

我並沒有特別去肯定他的說法，半是無奈地做出回應。

水澤並沒有繼續追究下去。我覺得這很像他的作風。

「不過——原來如此。這次『是風香來選擇你呀』。她認為你要繼續跟葵保持關係也無所謂，希望能夠跟你交往下去。」

「……是啊。」

沒錯。現階段還沒有完全解決那個問題。

應該這麼說，只要對象是人與人，那戀愛這檔事就沒所謂的完全解決。

因為今後菊池同學畢竟還是會對我跟日南的事情感到不安。看到我還是波波爾，她也會感到寂寞。會因為我造的業受到傷害吧。

可是菊池同學說「那樣也沒關係」。

「……所以我打算在交往的過程中，慢慢找出證明我倆關係很特別的理由。」

水澤的手在那瞬間停住，之後再用他的筷子夾起炸星鰻。

「嗯……我懂了。原來是那樣。」

如果是我要吃三口才有辦法吃完，他則將那塊肉一口氣放入口中，接著用筷子尖端指向我。

「那就表示，你們應該會去承接舊校徽。」

「……應該會。人家都特地拜託我們了。」

聽我說完，水澤點點頭說了聲「嗯」，用戲謔的語調開口道。

「這樣我就不用去邀請葵了。」

「你是說真的喔……」

「那是當然的吧。因為我喜歡她。」

他臉不紅氣不喘說出這種話。比起水澤的社交能力和其他類似才華，這份自信才是讓他看起來最像強角的地方……

我被他的話堵到沒話說，水澤在這之後用很直接的眼神看著我，嘴角微微一勾。

「你心目中真正特別的關係——究竟在何方。如果找到了，記得告訴我。」

他這話三兩下就說完了，好像那只是些小事，然後他就垂下眼。

「……我知道了。」

「那就好……我吃飽了。」

「咦？會不會吃太快了？」

這個人是點大碗的吧。為什麼吃的比我這個普通分量還快。

「是你吃太慢了。好啦快吃快吃。」

「喔、喔喔……！」

於是我趕緊大口吃起一般分量的普通炸蝦蓋飯。嗯，雖然我已經經歷了這麼多，但不管是人生還是吃飯速度，我好像都比不上水澤老師？

＊　＊　＊

『綠化委員會的各位，感謝你們帶來如此歡樂的話劇。』

幾天後。在中午過後的體育館內。

大約一小時前開始的三送會也來到尾聲，擴音器傳出執行委員泉的說話聲。最近幾個月內，可能她當過文化祭的執行委員和各種工作人員累積不少經驗，已經很習慣當司儀了，感覺起來一點都不緊張。環境果然會讓人成長對吧。

在我左側，竹井看似對演完的話劇很滿意，一直在拍手。

「感覺超有趣的耶!?」

「但竹井你的笑聲害我只能聽到一半就是了。」

「好過分喔!?」

聽到我這樣開人玩笑，在附近的水澤、中村跟橘等人都笑了。

我會主動去跟人社交，跟大家一起享受三送會帶來的氛圍。跟大家一起度過這樣的一段熱鬧時光，那不一定是唯一正確的選擇，也不代表這樣做才對吧。

可是如此一來，不久之前我沒辦法辦到的事情，如今已經能夠做到了，我會改變自己，讓世界變得更寬廣。換個說法就是——我還是波波爾，又或者是純混血，而菊池同學跟深實實都說喜歡這樣的我。

我突然想起去年三送會的事情。

那個時候只是悶不吭聲坐在角落，滿腦子都在想 AttaFami 的事情，私底下一直想辦法要讓這段時間快轉過去。跟那個時候相比，如今我有了驚人的變化。就好比是我更換使用角色一樣。

只不過——那必定不是進化也不是退化，只是「變化」而已，我是這麼想的。

熱鬧的時光自然會過得特別快，那一刻總算到來。

『——接下來要由在校生代表獻上紀念品。』

這段廣播讓體育館內沸騰起來，是屬於有點低調的那種。雖然學生們大多知情，但是老師們都被蒙在鼓裡，這項傳統被人偷偷地傳承下去。不過都這麼廣為人知了，我想八成也都在老師們的掌握中，但看到大家為了這種祕密騷動起來，跟單純的瞎起鬨相比，會讓人不可思議地有種亢奮感。

後方那排就是女生的座位。菊池同學就坐在我正後方。

『三年級生代表，三田村同學、遠田同學。』

廣播聲一出，離出口不遠處就有兩名學生站起來。

一位是身材高大短髮的運動型男生，另一位是頭髮時髦燙捲的模特兒型女孩。看起來就很相配，根據泉所說，他們畢業後似乎要開始同居。

『在校生代表，友崎同學、菊池同學。』

被點名的我們也跟著站起來。我轉頭和正後方的菊池同學對看，面帶微笑點了個頭。菊池同學雖然神情僵硬，還是不停輕輕點頭。雖然做這種事也不是我擅長的，但我要在這個時候引領菊池同學才對，至少得表現得從容一點。

我們兩人走在一塊，在上講臺的階梯前接過老師給的獎牌和花束。我打頭陣帶著菊池同學登上講臺，跟兩位學長姊面對面。

『在校生贈與畢業紀念獎牌和花束。』

在泉的引導聲下，我將獎牌遞給三田村學長，菊池同學則是將花束拿給遠田學姊。

「恭喜你們畢業。」

「……恭賀兩位畢業。」

我盡量不讓自己說話吃螺絲，菊池同學很緊張，說話變得謙恭有禮。我們兩人用雙手拿著那些東西遞上去。

就在這個時候。手上傳來一股冰涼的觸感。

「來……就交給你了。」

只見三田村學長小聲對我這麼說。我偷偷看過去，發現被獎牌蓋住的手上，碰到一樣泛著啞光的小件金屬物品。也就是說——

「謝謝，我會好好珍惜。」

小聲做出回應後，我收下那小小的金屬片。

裝作若無其事將手放下，偷看收在手中的那樣東西。

隔著指縫可以看見這很老舊又生鏽了，是上面有櫻花圖案，很稀鬆平常的校徽。

這校徽看得出歲月痕跡，在老師沒有發現的情況下代代相傳，訴說著那段歷史。不曉得在那之中有多少人真的締造了特別的關係，又有幾個人變回毫不相干的外人。想必這些都沒包含在大家口耳相傳的浪漫傳說中吧。

「……謝謝。也祝你們兩位幸福。」

菊池同學似乎也跟我一樣，拿到那樣東西了，她也小聲和學姊道謝。

臺下的學生們都在觀望這一切。大概是看到校徽順利交出去了吧，不知從何方又傳來小小的騷動聲。

我們四個人帶著共犯般的笑容互看彼此，假裝什麼事都沒發生，從講臺上走下來。為了讓我們能夠順暢回到位子上，女生位子那排的邊邊有兩張空座位，我們坐到位子上後偷偷跟彼此確認那樣東西，還害羞地笑了。

「收到了呢。」

「……是啊。」

當我用溫暖的聲音說完這番話，菊池同學也滿足地笑了。

「竟然傳承十年，好厲害喔。」

「是啊。」

在我點點頭後，菊池同學若有所思地看向上方。

「可是，文也同學。」

她用新的稱呼叫我。

「我可以說句壞心眼的話嗎？」

「……？」

接著她一面眺望那老舊的校徽，邊用半開玩笑的語氣開口。

「這是『舊校舍的舊校徽』。不覺得……就像是為了友崎同學跟日南同學而存在的？」

「唔……妳在報仇？」

「呵呵。答對了。」

在回答的時候，菊池同學臉上的笑容有些調皮。這跟我在北朝霞提及「特別的理由」時，用的是相同手法。

我說過自己跟日南這半年來都經歷些什麼。的確我們一起度過的祕密時光，大部分都發生在曾經使用過這個舊校徽的舊校舍裡，在那裡的第二服裝教室進行。

對我跟日南而言，那個地方、那段時間，無疑是很特別的。

「確實，我每天早上上學第一件事情就是去那裡……」

菊池同學提過好幾次了，說我跟日南的關係很特別。若是將舊校舍跟「舊校徽」搭在一起，就算覺得這是特別安排來為此而存在，是受命運的引導也不奇怪吧。

然後我跟日南掛上這些校徽，兩個人一起聚集在原本曾經使用過這種校徽的校舍裡。一想到這樣的景象——真的會覺得這個校徽彷彿從一開始就是為此而存在。

這下我頭大了，不知該怎麼回應才好，結果菊池同學輕輕地笑了一下。

「開玩笑的，抱歉。其實……我已經想好另一個答案了。」

「……答案？」

我隨即開口詢問，菊池同學的視線則是落到舊校徽上。

「文也同學……那這樣如何？」

接著她慢慢舉起指尖——

將有櫻花圖案的「花朵裝飾品」輕柔地放到自己耳邊。

「啊……」

就在這時，我也注意到了。

於是我學菊池同學「訴說當時只能透過故事傳遞的話語」。

跟她一樣，我把那樣東西放到自己的耳畔，並開口道。

「早就想像這樣，跟妳戴一樣的東西試試。」

這也是那個故事中最後一幕出現的臺詞。

只不過，這次說出那句話的——不是菊池同學，而是我。

「這樣一來，的確對我跟菊池同學來說就變得很特別。」

當我把這話說完，菊池同學彷彿化身為克莉絲，露出天真無邪的笑容。

「呵呵。不過……這不是利普拉的臺詞，而是克莉絲的喔。」

「啊，被發現了？」

「是的。因為我就是作者。」

那校徽本身肯定沒任何特殊力量。只是對一塊鐵片加上故事性，從中找到讓他人擁有所代表的意涵，還有傳承下去的理由。

「真要說起來這只是一個老舊的校徽而已……但大家都相信那些傳說——所以不知不覺間上頭的鏽蝕和髒汙，就真的具有特別意義了。」

那都是經年累月的傳說帶來的力量。

「所以……想必我們的關係。」

當我說到這邊的時候，菊池同學也開心地點點頭，目不轉睛地眺望那個校徽。然後像在撫摸心愛的東西，摸著那些傷痕和鏽斑，用手指溫和地摩挲。

「我們之間的隔閡和矛盾……總有一天也會像這些傷痕。」

菊池同學說到這面露微笑，那雙眼睛堅定地直視前方。

後來我們再度相視而笑，往後屬於我們的時光——

「嗯……就由我們，攜手讓一切都變得特別起來。」

那些時光必定會造就一段故事，為往後的日子增添屬於我倆的色彩。

＊　＊　＊

之後三送會順利結束，放學時間到來。

我來到第二服裝教室。

那些傳說得以被傳承下去，連同櫻花圖案的校徽一起。我並非要將自己都寄託在這上頭，只是突然想去與之相襯的地點。想要在那邊談談另一件重要的事情。

在這個地方，可以感受到古老的氣息、看見令人懷念的景色，我於此處瞭望那生鏽的輝芒。

到頭來那些糾葛，從某方面來說是以強迫菊池同學忍耐的形式來解決。

我們可以繼續保持男女朋友關係，但同時我也想繼續和日南交流。之所以會形成這麼任性的關係，都是因為日南對我來說很重要，這是不能退讓的最後底線。

我曾經一度決定要放棄跟菊池同學的這段關係，代表她就是如此無可替代。

——面對這樣的我，菊池同學選擇全面包容。

若由心意和時間轉化出理想，造就的那段故事甚至能讓生鏽的金屬變得特別起來。

那我跟菊池同學的關係，一定也能像我跟日南的關係那樣，變得特別起來。

浮現在腦海中的，是兩段故事裡的「艾爾希雅」。

因為無血的關係，能夠獲取所有知識，卻沒辦法真正將那些變成自己的。

於是她培育利普拉來當自己的替代品，讓他學會一些技能。

無血的自己在曾經擁有血液的短暫時光中學會一些東西，要把這些都教給利普拉。

這就像是永遠無法成為特別之人的無血艾爾希雅在做抗戰。

那傢伙跟我一樣，都很自我中心。

是比我還極端的現實主義者。

日南彷彿是為了證明正確性而活，所做行動中唯一特例就是這乍看之下屬於無謂行為的人生指南。

——不過，假如那並非無謂行徑。

而是跟她的動機有著最最緊密的連結——

——那麼屆時。

「……所以說，有什麼事？」

在司空見慣的景色中，耳熟能詳且讀不出情感的聲音響起。

轉頭看就看見日南出現在那，一臉嫌麻煩的樣了，正在看我這邊。

「妳來啦……好慢喔。」

日南看似困擾地皺起眉頭，用腳尖「咚咚」地敲著地板。

「三送會，我也要處理學生會的諸多事務。光是我能過來，你就該感激了吧？」

「哈哈哈……妳還是老樣子呢。」

換作平常，或許看到這樣的日南，我會覺得很愉快，但我現在沒那個心情。

「——話說，日南。」

我在呼喚這個名字時灌注了心念。日南對這樣的細微轉折果然很敏感，她的動作略為頓住，同時轉過頭，對我送上看起來厭煩又有點警戒的目光。

「什麼事。」

回應簡短冷淡，像是在拒絕我做出的覺悟，說得很直接。

「我一直有個疑問。」

就算那會刺傷我，我也下定決心要前進，是菊池同學讓我有了這份決心。

「NO NAME 最討厭的，照理說就是做無意義的事情……妳的一切行動應該都有理由可依循，為什麼要幫我到這個地步？」

當我觸及這個話題，日南的眉毛就微微地動了一下。

「為什麼願意花那麼多時間，協助我做人生攻略。」

「……喔，那你已經找到答案了？」

操著從容不迫的語調，她盤起手問話。

我一直看著這樣的日南，慢慢將話語吐露。

「一開始是以為跟 AttaFami 有關。妳只有遇到 AttaFami 才會展露真實面貌，我還以為是在這方面有什麼隱情。」

「是嗎……」

她臉上神情從容依舊，手還是盤著。就跟平常沒什麼兩樣。

「可是跟菊池同學談過後……關於妳的事情，我想了很多，這才察覺一點。」

我仔細回想之前跟日南有過的對話，還有艾爾希雅的動機。

「對了。妳當初帶我進房間前，我說過什麼話，妳還記得嗎？」

那是我跟日南——正確說來是跟 NO NAME，和她初次見面的時刻。

「我說人生這場遊戲沒辦法更換角色。」

「……對。」

日南點點頭。

一切都是從那個時候開始，持續到現在。

「後來你說過好幾次，說要證明在人生中也能變更角色對吧。我斷言人生是一場爛遊戲，沒辦法變更角色，原本以為妳是想用妳的主張來打敗我，因為妳不愛認輸……但事實卻不是那樣。」

她是討厭認輸的遊戲玩家，因此才想以NO NAME的身分戰勝nanashi。若是基於這樣的理由，我還能理解。

「妳說的『變更角色』……」

我說這話時回想起「純混血與冰淇淋」中描寫到的艾爾希雅。

不具備血液的自己為了戰勝並生還下去，要吸收許多種族的智慧。

而且將這些智慧原封不動傳授給利普拉，那個樣子——也形同是「角色變更」。

「那意思不是要改變我吧。」

接著我正面面對日南，雙眼緊盯著她。

「——要變更的是妳。」

聽到我斬釘截鐵地說了這句話，日南頓時睜大雙眼，原本緊閉的嘴唇稍微開啟。

而我則是看著自己的雙手。

假裝指尖碰著遊戲手把的搖桿和按鈕。

「妳說的改變角色，是身為『玩家』的日南葵——要改變『操控的角色』對吧。」

原本疊在一起的手震了一下，微微敞開的雙唇這次閉得死緊，像是在頑強地守護些什麼。

「妳從『玩家』的立場俯瞰這個世界，總是握著遊戲手把，不時提醒自己這點，一直在玩這個名為人生的遊戲。」

她退到一步之外。感情和快樂都被扔到更高的層面上擱置，總是在高處俯瞰。好比在集體外宿的時候，還有之後的訣別時刻，都已經確認過日南的世界觀就是如此。

「所以妳就把拿在手上的『遊戲手把連接口』──也就是妳操控的『角色』──從日南葵轉換成我。」

只有天生玩家日南葵才會有這樣的發想。

「妳要再一次當『玩家』，透過同樣的手法，用等級一的角色來重新攻略人生。」

這傢伙對於證明自己的正確性一事，懷著無與倫比的貪念，只有她才會那麼做。

想必這是一種儀式，要用正確性來填補無血而顯得空虛的自己。

「就算更換攻略人生的『角色』──使用友崎文也這個弱角，也能重現相同的結果，妳是想證明這點。」

正因如此，那也顯得殘酷，像在說她真的沒血沒淚。

「是為了證明自己的做法『正確無誤』——只是為了這麼做罷了。」

我把話說得很清楚了。

根據這傢伙的行動理念和價值觀，將每個細節一一對照來看，事情就變得很簡單。

日南葵只相信所謂的正確性，生存的依據就是這個。於是自己的做法若是能留下顯而易見的結果，就能證明那是正確的，並且從中找到價值，她每天就在這樣的循環下過活。

舉凡讀書、社團活動、人際關係和戀愛。

日南會分析一切來「攻略」，直到她抵達頂點，這帶來的價值能讓她心安。

正確性越高，自己就越有價值，讓她勤於求證。

越是正確就越安心，接著再尋求新的正確性。

重複做這些的同時，這傢伙最終才會得出那樣的點子吧。

套用這樣的「攻略方法」——若是用在自己以外的其他人身上，是不是依然正確。

我想起這傢伙一天到晚提到「重現可能性」這個字眼。即便環境改變，只要透過相同做法能得出相同結果，那重現的可能性就很高，等同越高越正確。不管是科學還是數學，理論上能夠擔保事物正確性的，端看是否有重現的可能。竟然還能把這些套用在人生上，可謂是相當有日南風格的驗證方式。

「妳對我施加讓眼前景色全面改觀的魔法，並不是為了拯救我，也不是為了贏過我。」

緊接著我──彷彿是要將前提到結論全都論證一遍。

「妳只是想證明『人生』這場遊戲的攻略方式是否正確。」

恐怕範圍涵蓋自己以外的所有部分。

嚴格說起來，八成是──放眼這整個世界。

在這之後，日南似乎放棄抵抗，原本盤起的手順勢放下。

「……不愧是 nanashi。」

她沒有否認。

「果然……是那樣。」

日南語氣上有掩飾慌亂的意味，我聽了悲從中來。

「才半年多就能做到這種地步，妳的做法是正確的，但已經夠了吧。」

至今為止跟這傢伙一起度過的時光，感覺起來好像逐漸褪色了。

「像這樣利用他人——就連我的人生都拿來利用，只為了證明自己是正確的，已經夠了吧。」

我沒有隱藏滿溢而出的情感，日南再怎麼說還是會覺得心虛吧，她不敢看我，而是看斜下方。

「你果然很生氣。」

就在那個時候。

可能是這場對談聊得太久，上課預備鈴已經響起了。我們必須錯開時間回教室，現在日南不回去會穿幫。

「抱歉……那我先走了。」

「啊……」

耳邊聽著幾乎不曾聽過的，來自日南的道歉，我獨自一人被扔在第二服裝教室。

這裡是平常會來的教室，有老舊的裁縫機。加上那蒙塵的空氣。

黑板角落寫著雜亂無章的日期。

我跟那傢伙一起在這個空間中度過了半年以上，不知不覺間喜歡上這個地方。甚至讓我覺得這是屬於我的地盤，逐漸蛻變成對我來說無可取代的特別之物。

然而聚積在這的意義和回憶，都像破了洞的氣球噴出空氣那般，煙消雲散。

椅子稍微坐上去就會大聲發出像是快要解體的「嘰嘰」聲，我整個人全靠上去。那「嘰嘎嘰嘎」的聲音寂寥地作響，小到沒辦法填補這個空間的孤獨感。

「……我若是在生氣，那還比較好呢。」

我小聲呢喃，這才帶著一顆疲憊的心邁開步伐離去。

＊　＊　＊

日南離去後經過幾分鐘。地點來到舊校舍的走廊上。

窗戶被沙塵和水垢弄得霧霧的，從該處射進來的陽光打在我身上，我一面思考。

也許其實我還是孤單一人。

會變得孤單都是自己的責任。

要跟其他人有交集，那就代表將跟其他人一起分擔責任。

但就算對方是跟我透過言語交流那麼多的菊池同學，我依然還是無法讓對方分擔自己該負的責任，也沒辦法去背負對方要負的責任。「只要有曾經試著改變自己的事實就夠了」——我順著這句話做，要兩人一起尋找特別的理由，雖然會以如此正面的形式邁進，但說穿了就是讓獨善其身的交往關係延長。當然我不認為這是壞事。

若雙方隨隨便便將責任分擔出去，變成互相寄生的關係，我認為那反而才是最輕率愚蠢的做法。這才叫做不負責任吧。

可是只有這樣真的就夠了嗎？

拿小玉玉跟深實實舉例。想必小玉玉很尊重他人，就跟我一樣，不會輕易去侵犯別人的領域。可是深實實一旦遇到困難，就算那其實不是自己有辦法負責的範圍，小玉玉也會因為自己想那麼做而展開行動，還會硬去承擔責任，強韌到願意去相信這種錯誤的邏輯，試圖拯救深實實吧。

深實實也一樣，她柔弱到沒辦法一個人活下去，懂得放軟姿態將責任交給其他人扛，因此其他人若是要把她原本不需承擔的責任轉嫁給她，她應該也會接受。

再看中村和泉。這兩個人八九不離十沒想過責任、自力更生、倚靠他人這些事情，是因為喜歡對方，基於如此單純的理由——才想到怎樣做肯定比較好，只順從自己的情感橫衝直撞，兩顆心一下子就能相繫在一起。竹井也是一樣，對周遭所有事物都很容易帶入情感，也有空間讓其他人把感情帶入到他身上。從我很快就能成功捉弄他這點不難看出，不管對手是多麼弱的人，竹井都會三兩下允許他人入侵自己的重要領域。

水澤則是跟我一樣，不會輕易去干涉他人，也不會輕易放行他人干涉自己。可是之前一起去外宿的時候，他在日南面前展露那一面，還說出像是摘下假面具才會說的話。那代表他做好覺悟，要去干涉自己以外的其他人，進入不該是自己來負責的領域內。後來水澤跟人的相處方式逐漸改變，他對於站在遊戲角色的立場看待事物一事懷抱憧憬，有了這份情感，再加上聰明機靈到能把自己嚮往的情感轉變成現實，總有一天他將能實現這份心願吧。

還有菊池同學，她很內向，而且不擅長跟人交流，內心卻很堅強。遇到遲遲無法捨棄個人主義的我，她有好幾次都鍥而不捨地試圖踏入我心房。假如我沒有拒絕，她肯定會突破這一道防線，讓我們兩人締造出不分你我的關係。

那我跟日南呢？

我懂得去尊重他人、尊敬他人，知道要珍惜，會對人抱持好感。在這部分，我自認就像尋常人那樣，都能夠做到。

可是當我去參加對戰聚會時，菊池同學表現出抗拒的樣子。我卻先尊重自己的選擇，只能跟菊池同學所選的路分道揚鑣。回想起來我在不久之前，就連要承擔責任去選擇他人這檔事，我都靠自己擅長的「言語」魔法逃過。撇除我要求自己承擔的責任，我無法承受其他重荷，也無法承受可能得要承擔其他重荷的恐懼吧。

我心裡肯定只看重自己。

不，或者該說整個世界——我都將之關在跟自己隔絕的牢籠中，用這種方式度過人生。

日南只相信所謂的正確性，對此外的一切——肯定連她自己都不相信。只覺得第一名或冠軍這種顯而易見的正確解答才是有意義的，其中不存在「自身意願」這種判斷基準。她的目的就是驗證正確性，就連我這個人都被她拿來當成表明正確性的「遊戲角色」使用。所以那傢伙才沒辦法採取不具備正當理由的行動，對於錯誤的事物會頑固拒絕。

這一方面來說算是極端的自我究責思維，因此除了自己操控的東西，對其他一切都不抱持期待，也不會讓其他人進入自己的世界。

雖然我跟那傢伙的不同在於有無毫無根據的自信，但都會「把自己和其他人劃分清楚」，傾向於依循這種「個人競技專用的原理原則」。最相信的，莫過於靠著自身努力做出的成果。範圍囊括AttaFami，還有社團活動或讀書學習——簡單講就是循此理在面對這場名為人生的遊戲，在這裡頭作戰。

可是，充其量我們兩個都只是在從事「個人競技」。

我化身遊戲角色。那傢伙扮演玩家。

我是會在情感作用下行動的人類。那傢伙是只靠邏輯道理行動的人。

也許我其實是強角——而那傢伙事實上才是弱角。

原本以為我跟那傢伙是同類，其實除了身為遊戲玩家這點，其他所有的部分都截然不同。但光靠那一點，我們兩個才產生全面性的交集。

這樣的我跟她之間，還有一樣。

對。我發現還有那麼一個共通點。

——那就是我，還有日南葵。

——其實真的很孤獨。

後記

各位好久不見。我是埼玉縣公認的作家屋久悠樹。

當大家在看這本第九集的時候，電視動畫也開始播送了，帶來的影響就是全國所有人都想搬到大宮這邊住，我還以為首都真的會搬到大宮。前些日子由埼玉縣主辦的「動畫玉祭」也有播出這部的動畫，接下來要放眼世界。

話說從我還是新人的時候開始，讀者就越來越多，熱情的書迷增加，追隨常常把大宮、任天堂明星大亂鬥、自我資訊搜尋這些字眼掛在嘴邊的我，有越來越多人幫忙把這部作品做大。

其實如今這個系列在一開始，都要等一段時間才能再版，是大家一起擴展了這部作品。

我再怎麼感謝都感謝不完——所以這次必須由我對各位鄭重發布一個消息。

那就是在封面插圖的菊池同學左腳上，有著「以腿部線條以外的要素」來傳達的豐腴感。

首先先看那並排的腿部下側，請把注意力放在菊池同學的左腳大腿中央部分。是不是能夠看出當我們在看菊池同學的時候，那隻腳帶給我們強烈的豐腴感？

但這裡有一個謎團。雖然上下兩邊都有線條去構成那隻腳，但那豐腴感只有停留在腳的外框上，並沒有用一些記號來提醒我們那裡是豐腴的。

那我們為什麼會覺得看起來很豐腴——這是因為那裡施了兩種戀腳癖魔法。

第一種就是用類似棉花糖的質感來表達明暗，塗出絕妙的膚色。

另一種不是在腳本體上，而是用來裝飾腳的「裙子曲線」。

要怎麼塗就不用我多說了吧。比較豐滿的部分塗白一點、亮一點。其他部分塗得比較暗沉。原本應該是平面的繪畫因此增添柔和感。換句話說，這都是因為有愛。

這個時候裙子曲線扮演更重要的角色。有立體感的裙子緊緊貼在面向我們的腳上，輕輕地鼓起，展現出被推擠上來的弧度，可以讓我們間接得知腳有多柔軟、多豐滿。不過這再怎麼說都不是出自腳，而是用來呈現裙子的線條。也就是說 Fly 老師的繪畫很有真實感，就連身體以外的區塊也全都能寫實化，將角色呈現出來。捨棄用來表現腳的要素，改為使用「腳上的某個附屬品」，來表現出對「腳本身」的痴迷——總而言之，這果然都是因為有愛。

那麼接下來將要致謝。

給負責插畫的 Fly 老師。動畫終於開始播放了。我早就準備要在這一刻無限暢飲日本酒。也請老師你多多指教。我是你的粉絲。

給責任編輯岩淺。這次跟你一起住在小學館了。下一集也會這樣。

再來是各位讀者。動畫化已經成真了，當然接下來的目標還要放眼第二季、第三季。若各位還能跟我一起衝刺，我會很高興的。感謝你們一直以來的支持。
那麼希望下一集還有機會跟各位見面。

屋久悠樹

弱角友崎同學

浮文字

弱角友崎同學Lv. 9

（原名：弱キャラ友崎くんLv. 9）

著　　者／屋久悠樹
繪　　者／Fly
譯　　者／楊佳慧
榮譽發行人／黃鎮隆
美術總監／沙雲佩
國際版權／黃令歡、梁名儀
總 經 理／陳君平
美術編輯／陳又荻
文字校對／施亞蒨
協　　理／洪琇菁
執行編輯／楊國治
內文排版／謝青秀
總 編 輯／呂尚燁
企劃宣傳／楊玉如、洪國瑋

出　　版／城邦文化事業股份有限公司　尖端出版
台北市中山區民生東路二段一四一號十樓
電話：（〇二）二五〇〇—七六〇〇
傳真：（〇二）二五〇〇—二六八三
E-mail: 7novels@mail2.spp.com.tw

發　　行／英屬蓋曼群島商家庭傳媒股份有限公司城邦分公司　尖端出版
台北市中山區民生東路二段一四一號十樓
電話：（〇二）二五〇〇—七六〇〇（代表號）
傳真：（〇二）二五〇〇—一九七九

中彰投以北經銷／楨彥有限公司（含宜花東）
電話：（〇二）八九一九—三三六九
傳真：（〇二）八九一四—五五二四

雲嘉經銷／智豐圖書有限公司　嘉義公司
電話：（〇五）二三三—三八五二
傳真：（〇五）二三三—三八六三
客服專線：〇八〇〇—〇二八—〇二八

南部經銷／智豐圖書有限公司　高雄公司
電話：（〇七）三七三—〇〇七九
傳真：（〇七）三七三—〇〇八七

香港經銷／一代匯集
香港九龍旺角塘尾道六十四號龍駒企業大廈十樓B&D室
電話：（八五二）二七八三—八一〇二
傳真：（八五二）二七八二—一五二九

新馬經銷／城邦（馬新）出版集團 Cite（M）Sdn. Bhd.
E-mail: cite@cite.com.my

法律顧問／王子文律師　元禾法律事務所
台北市羅斯福路三段三十七號十五樓

二〇二二年二月一版一刷

■中文版■

郵購注意事項：
1.填妥劃撥單資料：帳號：50003021戶名：英屬蓋曼群島商家庭傳媒(股)公司城邦分公司。2.通信欄內註明訂購書名與冊數。3.劃撥金額低於500元，請加附掛號郵資50元。如劃撥日起 10～14日，仍未收到書時，請洽劃撥組。劃撥專線TEL：(03)312-4212 ・ FAX：(03)322-4621。E-mail：marketing@spp.com.tw

國家圖書館出版品預行編目資料

弱角友崎同學 / 屋久悠樹作；楊佳慧翻譯. -- 1版. -- 臺北市：城邦文化事業股份有限公司尖端出版：英屬蓋曼群島商家庭傳媒股份有限公司城邦分公司發行，2022.02-

冊； 公分

譯自：**弱キャラ友崎くん**

ISBN 978-626-316-416-1（第9冊：平裝）

861.57 110020497